U0134331

33

林行止作品集粹

當年2016

林行止 著

天地
www.cosmosbooks.com.hk

書　　名　當年2016
作　　者　林行止
編　　校　駱友梅
封面設計　郭志民
出　　版　天地圖書有限公司
香港皇后大道東109-115號
智群商業中心15字樓（總寫字樓）
電話：2528 3671　傳真：2865 2609
香港灣仔莊士敦道30號地庫／1樓（門市部）
電話：2865 0708　傳真：2861 1541
印　　刷　亨泰印刷有限公司
柴灣利眾街德景工業大廈10字樓
電話：2896 3687　傳真：2558 1902
發　　行　香港聯合書刊物流有限公司
香港新界大埔汀麗路36號中華商務印刷大廈3字樓
電話：2150 2100　傳真：2407 3062
出版日期　2017年12月／初版

ISBN：978-988-8258-24-6

目錄

當年2016

增速換檔許乏力
樓價看跌便收手

一、

昨天環球股市全線下挫，反映了投資者對新年經濟前景的憂慮；這種憂慮的情緒其實在去年底已見端倪，當時沒有任何一位有地位的經濟學者（包括IMF總裁）預測來年經濟勝舊年！

經濟學者和投資者絕非「無端端」看淡前景，其所以以言文和行動「表態」，是因為2008年華爾街引發的金融風暴後，以美國為首的各國政府，藉着濫發鈔票製造以新債養舊債來促成經濟復甦的事實，然而，經過七八年的實踐，對市場提供了以萬億美元計的低息甚至免息資金，終於證實不對華爾街的金融機構「動手術」是於事無補。左傾論者認為從「量化寬鬆」中受惠的只是資本家（1%的富裕階級），受薪者並未受惠（此為新話題，稍後有機會再說）。換句話說，經濟仍然無法擺脫可能陷入衰退的威脅，那從世界經濟趦趄不前、社會日趨不和諧可見。

不僅如此，這些年來向經濟體注入以萬億計的「無錨紙幣」（張五常語），在沒有對金融業作結構性改革的配合下，它們還成為另一場可能已迫近眉睫的金融危機的「元兇」。非常明顯，「頭寸」氾濫錯誤投資種下了禍根。

值得大家特別關注的是，在刺激經濟增長上，西方國家對之寄以厚望的中國，在三十餘年平均年增幅達10%的高速增長後，以中國財政部部長樓繼偉的話（見《求是》第一期：〈中國經濟最大潛力在於改革〉），中國經濟部門「針對勞動力成本不斷上升、資本邊際效率下降、槓桿率較高等結構性問題」，正在持續推進「去產能、去庫存、去槓桿、降成本、補短板的供給側結構性改革」（林按：「供給側」似為港人熟悉的「供應面」，「補短板」是說整體水平取決於具體能力中最弱的一環，就像一隻木桶，載水容量頂多達到所有擋板中最短的那塊的高度。）。一句話，內地經濟發展遇上瓶頸，需要全方位改革，雖然改革一定「成功」（中央的決策哪來不「成功」的報憂!?），但在宣佈「成功」之前的所謂「經濟增速換檔期、結構調整陣痛期和前期刺激政策消化期」的「三期疊加」階段，中國經濟增長並不足以帶動世界特別是發展中國家的經濟，那意味世界經濟今年更乏起色！

內地經濟還有一項「利淡因素」，此為外資銀行紛紛「功成身退」，以內地的經濟規模，一千數百億元人民幣的抽走資金，應該沒有甚麼負面影響，但這種情況對海外投資者心理則有不可估量的衝擊。最近外資銀行紛紛沽出其持有的內地銀行股權，2013年有高盛、美銀美林及西班牙BBVA銀行（它們依次沽出所持的工商銀行、中國建設銀行及減持中信銀行股份），德意志銀行去年聖誕假後宣佈沽出其持有的19.9%（內地限外資行持有內銀股權上限為20%）華夏銀行股權。德行2006年以十三億歐羅的代價購入華夏，如今有意「獲利回吐」，這批股票的中間市價約值三十七億歐羅（再加期間收取約四億歐羅股息），賺了大錢，本為絕佳投資，值得長期持有；德銀之所以要「沽清離場」，市場猜測是該行可能「聞到」內地債務危機即將浮現（內地銀行「應收未收賬」的具體數字是國家機密，德銀不敢妄斷……）。

海內外的情況，均指出今年經濟發展不容樂觀！

二、

在形勢不太妙的宏觀條件下，讀者尤其是投資者須考慮的「利淡因素」，還有油價暴挫令依賴抽取石油為經濟命脈的中東海灣諸國財政緊絀。眾所周知，她們的財政預算都是以每桶油價為五六十美元水平為假設，如今油價在四十元以下徘徊，其左支右絀以至出現從未想過的財赤，處境之窘迫，不難想像；為了平衡預算或為了彌補赤字，削減「免費午餐」和加稅（以汽油為主）

以外，同時要打那經過多年累積已達天文數字的「主權基金」的主意，那等於說，這些除了石油甚麼都沒有的油國，今年起會大手拋售資產，那不外是有市價的股票、債券和無市價的物業及直接投資。顯而易見，前者較易套現，當稍後油價仍無回升跡象時，一共擁資二萬三千多億美元的海灣國家「主權基金」，最低限度便得拋售值二千零八十億美元資產「救急」。巴克萊銀行和投資顧問公司Breakingviews的估計，五十六美元油價是「觸媒點」——油價無法爬升至此水平（伊朗和沙地失和刺激油價上揚，相信是短期性），她們便只有沽之哉，非如此無以平民怨和籌措大幅增加的軍費（尤其是已和伊朗「斷交」的沙地阿拉伯）！不管拋售的是甚麼貨色，都會對市場造成一定的下降壓力。

上述種種都是令人不敢看好來年市情因素。對於面向世界背靠內地的香港，一樣「凶多吉少」，而首當其衝的，也許是物業市道。不必諱言，香港地經濟上只有精仔、絕無蠢人（政治上則甚麼人都有），因此，當政府無意「減辣」並積極賣地建樓令樓價前景黯淡的情形下（張炳良局長昨午在立法會上指「2016/2017至2025/2026年度為期十年的長遠房屋供應目標下調二萬至四十六萬……」，年期這麼長、減量這麼少，沒有任何實際意義），市場氣氛必會打壓港人買樓自住或投資的意念，令樓價愈難有起色。換句話說，當前的樓市走勢，與看樓價穩升、人人想從中取利而不問價買樓的狂熱不同……。決定樓市旺淡的因素多得數不完，惟最重要的是樓價看升還是看降。若屬前者，不論有否「辣招」，樓價亦會照升不誤。港人買樓最終目的在「賺價」，當置業為穩健甚且穩賺的投資；這種「思維」一旦變質，樓價便易跌難升！

2016年1月5日

南海岩礁露底 武備售台何妨

一、

2015年可說是有驚無險的一年，經濟上固然未有出現不能控制的大問題，政治上雖然火頭處處，但各國都願意坐下商談，總算安然度過。今年的「開局」卻頗為不利，處處危機。踏入新一年，便見沙地阿拉伯（進而同宗同派的多國）與伊朗「斷交」，當中蘊藏着外人難以理喻的宗教衝突，兩國隨時爆發小規模熱戰，由於美俄在中東地區的鈎心鬥角有愈演愈烈的趨勢，小規模戰爭有釀成地區性甚至世界性戰爭的可能。俄羅斯已直接介入敍利亞內戰、其戰機被土耳其擊落，令俄國與該國及其背後的北約組織結下深不可解的樑子；普京總統的新年文告直指美國、北約近期的「動作」危害俄羅斯的國家安全，在「生吞」克里米亞餘波未了之際如此「坦率」，出人意表。俄國與西方集團國家的關係進一步惡化，顯而易見。

遠東局勢也不容樂觀。去年10月下旬美派軍艦硬闖「自古以來」屬於中國的南海渚碧礁及美濟礁，揚言今後將經常在這些島礁間巡弋，只因12月向台灣軍售，為使北京「好過一點」，才決定「年內」不再這樣做；如今「年內」已過，看來美艦又會出動。

就在中方為一些退潮才看得見的岩礁與菲律賓和美國怒目相向時，中方在南海的永暑礁上所興建的機場「校驗試飛」，即已落成啟用，雖然北京指出「有關活動全是中方主權範圍內的事」，但不是所有相關國家都認同此一說法；路透社昨天美東時間5時53分發出長稿，便指此事已令南海局勢緊張。同樣認為擁有永暑礁主權的越南，延至昨天才正式提出抗議，國小言輕，肯定不具實際效用，但美國不會袖手旁觀，事件因此不可能不了了之。《信報》「老」作者「法國通」陳彥博士週日在「灼見名家」（Master-Insight.com）發表〈第三隻眼睛看越南〉的短論，引述法國軍校戰略研究所一名研究員的論斷，指越南政府決策層都得到中國政治及金錢支持，因此「越南社會不時出現看似洶湧的反華浪潮，那只不過是中國與越南兩個兄弟共產黨合演的雙簧而已」。換言之，越南就中國侵佔其領土的抗議，很快便會小事化無。相關分析不無道理，問題是，一般人知道的事，美國情報機關沒理由不知情，那意味她也早在區內拉幫結派（料美國師北京故智亦收買了不少越南政要）周密佈防，而為了配合其「重返亞洲」圍堵中國的大策略，需要時便會把「永暑礁機場事件」鬧大！

作為美國在亞洲的重要棋子，日本這個中國的心腹大患，不會坐視中國壯大，釣魚台/島紛爭沒完沒了，其「動」、「靜」要看美國遠東策略的需要；去年12月中旬，日本與印度簽署被印度傳媒稱為日印關係「分水嶺」的《2025年印日願景聯合聲明》（Joint Statement on India and Japan Vision 2025），讓日本可以「合法地」介入印度洋事務。非常明顯，這是美國安排下把印度納入其遠東防務的另一棋子。

二、

中國打造第二艘航母、展示一系列新戰機及新型遠程導彈，在內地同胞眼裏，中國無疑已是軍事強國；可是，相比之下，在國際間中國在這方面仍未算強。這種「滅自己威風」的說法，有事實根據。中國有本事在大洋中填海造島建機場，但是對美艦在這些岩礁間的海域自由來去完全無力阻止。如果中國是軍力大國，一提抗議，美艦還敢再來嗎？擺在眼前的現實卻是美國並不理會北京的一再警告，要來便來、要停便停、擇日再來，主動權全在五角大樓的手上，中國強到哪？

另一點筆者認為中國必須改善的外交舉措，就是改用其他方式宣洩不滿，比如對美國軍售台灣的抗議，其一貫申斥美、台的義正詞嚴，可是多年以來，美國繼續按照買賣雙方的意願達成軍售，無視中國抗議。事實上，北京這樣做——特別是在美、台均置諸不理的情況下——只會暴露其對本身軍事力量缺乏信心。要知道，美國賣給台灣的武備（去年底的交易值十八億美元），都是過時的、行將「退役」的，對這類美軍已嫌落伍的武備，北京仍暴跳如雷，反證了對北京而言，這些老舊的防守性武備仍具威脅性，適足以反映北京在軍備開發上遠遠落於美國之後！由於擔心「被盜取」或因台灣動亂而落入中國之手，美國在未當中國為真正「戰略夥伴」前，是不會對台出售新式武備的。在此前提下，北京實在不必自暴其短、為美國向台灣售武而動怒。台灣要買軍火便買個夠，反正在北京看來，當屬「小兒科」也！

不論國民黨或民進黨甚至親民黨上台，為安撫民心——本土意識愈來愈強烈的民心——台灣政府必然續向美國購買「次級軍備」粉飾軍威，所以如此，是因為台灣官民對中國的和平崛起怕得要死，尤其是香港當不了雍齒，更令嚐到自由生活的台灣人不敢與中國走得太近。台灣盡一切可能武裝自己，其實是當今的世界「潮流」，因為中國崛興、俄羅斯橫蠻、中東亂局以至巴黎一而再遭遇恐襲，令愈來愈多的國家為策安全而不得不這樣做；另一方面，美國當「世界警察」之心未死，加上有防範俄國、中國、伊朗甚至北韓的遠程導彈殺傷力日大的藉口，大事擴軍不因財困而鬆弛。美軍從減輕士兵個人負重的裝備（如發展從五十公斤減至二十五公斤重〔美軍科學議會建議〕）的「行囊」（exoskeleton，「外骨骼」）以至擬建目的在保護人民、工業及軍事目標的新型導彈系統（Active Layered Theatre Ballistic Missile Defense〔ALTBMD〕Program），反映其從未懈於窮兵黷武。在這種背景下，無視整體經濟難有寸進，美國的軍火工業生意，近年特別興隆。去年聖誕前夕美國國會發表的數字顯示，2014年，美國對海外盟友賣出價值三百五十多億美元的軍火，比2013年增加百億元左右。當中以海灣國家卡塔爾的約九十八億元稱冠，繼為南韓的八十億元、沙地阿拉伯的四十億元；與美國合作「剿匪」（恐怖分子）的非洲喀麥隆和尼日利亞亦「購」進相當數量的美國軍火……。據美國智庫Lexington學社資料，去年美國的特種部隊在全球八十五至一百三十個國家有這樣那樣的活動，美國現在肯定不是當中國為對手，其欲「有效控制」的是俄羅斯，但中國應提高警覺，勿讓實際價值有限的南海岩礁成為觸發與美國及其盟友大打出手的「禍源」。

投資者應注意的是，這種隨時突變的大環境，令政治穩定軍力強大及保障私有產權甚力的美國又成為「資金避難所」，這即是說，萬一又見連天烽火，資金的大量流入，美國資產必然看升！

2016年1月6日

有權不用非梁特
借機整治任國章

　　談過關乎國際金融與政經大局的勢頭，今天回歸本土，「安」議港是。

一、

　　向來被視為市儈、自號為「經濟動物」的香港人，如今不得不對政治更為關注。「改朝換代」後的政壇人事紛「煩」、運作失序、本土與內地意識形態落差日益顯著，易生齟齬，令香港的舊酒新瓶，不是小題大做、大題小做，就是小驚大怪，人謀不臧，令人不安。

　　2014年的背城佔「鐘」（金鐘），不少港人追求「真」普選的願望落空；由於「真身」未現便成泡影，目的不達的後果，說不上「失真」卻比「失真」更為難堪，因為高度自治的香港，自此「失身」！

　　揚言黃傘一役威脅國家安全的指控，多數港人的第一反應是「罪名莫須有」，可是，權位中人卻振振有詞，群眾對他們的憂懼是否真實，還是為北大人剔除治港障礙而故弄玄虛作驚人語，實在無從分辨；大多數港人、尤其是那些「雨傘驕陽」，大家感受到的，竟是雨過天不青！當「2015年政改方案」遭立法會大多數票否決後（贊成八票、反對二十八票；餘票因上演「等埋發叔」的政治鬧劇而無法投票），行政長官因「方案」不獲通過便不惜違反《基本法》規定，煞停政改工作，理由是放下爭拗，以便集中精力發展經濟進而達致改善民生的目的！梁振英對「一國」與「兩制」之間架橋築路的雙向交通，一直在調整。過去港人以為行政長官會以地方首長身份，向他的權力來源北大人如實反映此間的民意訴求，以求中央對港人意向有所理解並予放行。可是，梁振英政府不僅沒有在政改諮詢上切實反映港人意願、成全各方港人之所想，反而作出「黨性轉身」，把黨國的規規條條以及京官力求支配香港政治的「夢想」，向港人傾銷。香港政治體制受黨國指揮的規範日趨明顯，那是誰亦否認不了的形勢！

距今約半月的耶誕前夕，行政長官北上「述職」（其實操控港事的京官對香港情況瞭然於胸，「述職」已失去原有意義），中新社事後引述港澳辦官員的話，形容香港和澳門兩位行政長官，如今是在與過去不同的場地佈置向國家領導進行匯報。港澳辦負責人表示，行政長官過去與國家主席習近平或國家總理李克強會面，是坐在堂前中央與領導人並排而設的椅子上，這次改用長形工作桌，領導人是首席正中，行政長官則坐長桌右側，這樣的座次調整，據説更能體現《憲法》和《基本法》關於中央和特區關係的規定，突顯特區首長向中央負責的要求具莊重規範的作用。

含蓄的主次列位，呈現了「畫公仔畫出腸」的插曲，那是「昭示」港人、申明國家與特區政府的主次有別和彰顯行政長官履行職責須有地方官謁見中央大員的恭謹和禮數……。其實，經歷了連番事故，「話頭醒尾」的港人，何用從主僕列座中「見微知著」才能體會中、港之間的形格勢禁？「黨國凌駕兩制」之不可僭越，「一國兩制」不是一般高低的兩制，已成特區政府和全體港人銘記於心的政治新常態！

前朝的香港總督是代表英廷總攬香港大小事務的封疆大吏，當朝行政長官梁振英治下，明顯是聽命於黨國京官，是誘導港人「翽身」輸誠的Hong Kong Born Chinese！

二、

香港有八間大學由行政長官（前朝是總督）出任校監，不過，只有香港大學一間的校委會主席是用不着經校委提名和推薦，素來是由行政長官自行決定。所以，當李國章教授出替梁智鴻醫生擔任校委會主席的消息刊憲後，不論反對之聲多麼嘹亮，已成無法推倒的定局！無論事前多少港大教職員、校友和學生高聲抗議反對此一任命，「依法辦事」按章履行職能的行政長官梁振英，才會施施然、笑笑口地向市民回應他向來「用人唯才」。雖千萬人而眉頭不皺，行政長官同時露出了他根本不理會民情，沒有港人選出的地方首長應有的特質！

說學歷、履歷、才具、儀表以至口才、家世，心智正常的人都不會狂妄地說李國章博士「唔夠秤」，其實，讓他出掌區區的校委會主席，很多人還會認為他是屈就、是大才小用。李氏是當過中大校長、教育統籌局局長、能拿手術刀救人濟世且能洋洋灑灑講學的翹楚，讓他角逐行政長官，勝算與回歸後歷屆——包括現任——首長相比，都屬「超班」優才；容有不及，恐怕就是普通話未必靈光，英語比官話流利漂亮，京官及其在港的「造王者」許或見外。

李國章不是因為人才出眾而不為港大人所接受，其遭排拒，是兩者之間有數十年積怨而心病早種。主政中文大學醫學院（外科）時，李教授有初生之犢的朝氣，當時堪稱權威老老大的港大醫學院，對其種種敢於創新天的嘗試，極之不以為然，認為輕率缺德，門戶之見深植；及後李氏先後出掌中大和教育統籌局，其敢於承擔的好勇鬥「銀」，使學界認識到意見不合的話，他是一個絕不好惹的對手！港大任命副校長風波，出任校委不久的李國章，說話幾近矢口放言、唐突、尖刻，港大老少的新仇舊恨，湧上心頭。倒下盧寵茂、扶起李國章，梁振英委任李氏當校委會主席之意呼之欲出，港大眾志成城的反對，擋不了肯定爭取到京官首肯的鐵打旨意。

誰都理解「道不同不相為謀」這句老話是怎麼一回事，明知港大與李國章冰火不容，心存厚道、稍通情理的人，絕對不會在此風頭火勢的時刻，把李教授與港大局處一隅惡鬥。行政長官這位令港共大老吳康民於約半年內覺今是而昨非，從數月前數説他「陣前易帥、舉動不智」，改而撰文恭維他「芳（風）華正茂」、「愛國愛港堅定」故而為他爭取連任「加分」。吳前校長真是絕對服從中央的黨員典範。梁振英就是與「有權不會盡用」的前朝作風相反，其迎難而上的同義詞就是有風盡駛悝。李國章的字典裹，應該沒有「知難而退」這四個字，那從其從容甚至瀟灑應命，根本無意閃避任何槍林彈雨可見！

港大傳統，就是一直扮演「精英大本營」的角色，向受社會上上下下包括政府的重視，他們的意見鮮有不獲正視；這次校友教職員與學生聯群靜坐、上街、投票、簽名，連串的抗議，行政長官竟然熟視無睹、無動於衷，那種對牆壁説話的反感和怒氣，是火上加油而燎原的火種則是因為行政長官鋭意用人唯「李」而引發。港大人與港人的憂慮相若，就是李氏帶有「整治」港大的政治任務，對樓市出辣招、對港大施辣手，那不是港人願見的事，卻不是港人可以改變的現實。

李國章的能力不能輕侮，若真有政治任務，必定不負所託，那就看聰明才智一樣不缺的李教授，他深明的大義是梁振英的那套還是港大人和港人信奉的一套！

2016年1月7日

銷案息事不寧人
挾持出入不平安

一、

銅鑼灣一家專營內地「猛人秘辛」的書店，其關連企業的股東及職員共計五人相繼「失蹤」。支聯會為此於去週日（10日）發起聲援大遊行，參與人數盈千未上萬（主辦單位的數字為六千五百人、警方的為三千五百人），當中包括曾被傳媒譽為「香港良心」、如今又被部份語帶輕佻者稱為「民主老太」的前政務司司長陳方安生。方女士在現場回應傳媒訪問時說，「失蹤事件」對「一國兩制」的衝擊有甚於2003年特區政府要為《基本法》第二十三條立法！

說話的是明眼人，「一箸夾中」港人心事；輕輕一句話便指出「失蹤事件」對「一國兩制」為害之大。

週日從政府總部（金鐘）出發至中聯辦（西環）的遊行隊伍，與百萬人上街的「墟冚」，雖然不可同日而語，不過，並非空蕩蕩而是相當浩蕩，遊行者的滿腔激情絕不容輕視。參與者有手持標語、有綁上雨傘運動後極具象徵意義的黃絲帶、有人扮失蹤者，乂有人借自綁手腳和以紅膠布封口的「化裝」，用以影射港人人身和言論自由受綑綁；筆者從熒幕上看到不少標語，當中以「抗議政治綁架、捍衛一國兩制」的橫額最「搶眼」。

說「失蹤事件」是「政治綁架」，可以招來查無實據的駁斥；可是，無論心裏是否有數，當大家聽到那位議員在立法會上逐字宣讀「老友傳言」，說甚麼「五條書局友」坐「洗頭艇」赴內地宿娼嫖妓的內情絕不簡單的「意外」，由於有確認當事人字跡的信件，從內容看，已足以反映當事人對「事情被搞大」的焦慮，無論此信是出於自願的表述還是受威逼下的違心論，群眾對當事人人身安全和自由的關切，表達方式必須知所避忌和慎言，以免令當事人受罪。說到底，「被失蹤」而仍有音訊，總比音訊全無的人間蒸發那麼造孽和嚇人！港人可以就各種關乎公眾層面的疑問和難題，包括跨境案子的通報系統、越境執法的情況及《基本法》對不同國籍居民的保障等等，提出質詢甚至聲討。可是，對於形格勢禁下的當事人，群眾的聲援切忌武斷莽撞，以免發生「無彎轉」的悲劇。

律政司司長昨天在2016年法律年度開啟典禮上發言，不點名指「失蹤事件」引起社會廣泛注意，「完全可以理解，更必須正視」；但他指出「由於警方仍在積極調查，現階段不宜妄下定論」。港人必須提防好心做壞事。

二、

「失蹤事件」當事人有息事寧人的想法，誰都可以理解，然而，世故一點的人都心中有數，事到如今，縱使真能有效息事，卻無法寧人。因為人們從當事人的身份，看到無論他開了多少「太平門」、拿了多少本外國護照，並且避免回內地，但是，只要住在五星旗下的香港，風中飄盪的紫荊花區旗和精心炮製的《基本法》，都只有裝點作用而無擋架實力。地方的特殊性、權威性與自主性，都在五星旗星光下瑟縮，虛弱無力、黯然無光。

人心不安的另一原因，是特區政府知道社會上有傳言，指「失蹤事件」涉及內地人員在港執法，於是行政長官煞有介事會見傳媒，公開申明根據《基本法》，特區政府不接受內地執法機關在港執法。可是，當記者追問能否承諾「絕不接受」內地執法人員在港執法時，行政長卻繼續以「不能接受」敷衍作答，沒有斬釘截鐵的「絕不」。「不能接受」與「絕不接受」之間，行政長官按《基本法》管治香港的承擔顯然留有一點空間。「絕不」沒有保證，「不接受」還可勉為其難——今後的「勉為其難」恐怕就像他老說「迎難而上」般琅琅上口！

無論金融、工商、經貿、房產，還是文化、娛樂的各式產業，港人愈多往內地談經營，說合作，出現這樣那樣的爭拗和糾紛，在所難免；看到「河水不犯井水」的立法概念，在香港建政和管治方面大崩圍，行政長官梁振英任內不斷出現香港一制的銷蝕，這回「失蹤事件」，大家對他能否公平合理處事，光明正大地拿出日後檢舉通報和審理跨境事務的一套，難有信心；事實上，不少港人如今極擔憂的是出入難保平安，因為煮蛙的溫水似乎已見蟹眼開闔，快沸騰了！

三、

多數港人相信「失蹤事件」與該書店出版物所透露的某些內情跟「國家機密」有關，涉及政治人物私生活的雜書遂成「政治事件」；筆者早在這裏指出，內地當權派個個兩袖清風、愛情專一；落水狗則人人貪腐、玩弄女性！「禁書」不符「國情」，「強力部門」因此要盤問消息來源以便揪出散佈內情的「政敵」，惟此事拖延數月仍無定論，才會發生涉嫌越境捉人的世界新聞。

揭露政敵的醜聞，特別有市場需求與財色有關的陳年舊事，是自由言論受法律保障地區的普遍現象，是以「扒糞」為職志的新聞工作者在滿足人民知情權大纛下的努力方向，因此，新聞自由度的高低與這類政治醜聞的多寡成正比。非常明顯，這方面的「成績」，美國最為突出。

美國政黨總統候選人提名賽已進入白熱化階段，政治醜聞的曝光率相應提升，而此中最為人注目的是競逐民主黨提名的克林頓夫人希拉莉，筆者手上一本由兩名資深社交記者合撰五百多頁的《比爾和希拉莉——愛情便是這麼一回事》（*Bill and Hillary- So This is That Thing Called Love*），內容香艷荒唐、疑真疑幻，確是消閒妙品。

在這些記者如數家珍事涉以百計國際尤其是美國政治人物、社交名流並有圖文為證的荒誕淫穢私生活中，曾與白宮暑假實習生白晝在白宮宣淫（不是「做愛」）的前總統克林頓，從學生時代開始，過的便是「日日嬉春」的日子。別的不說，克林頓以羅德學人身份在英國牛津留學，據記者搜集的種種「證據」，「證實」他主修「媾女」（Majoring in women；頁七十）、當炸魚與炸薯條為上菜、課餘流連酒吧，其為典型登徒子的大學生涯，於茲可見。書中所縷述自稱與克林頓有一手的「實名」女性，不下二三十位（未正式統計，也許不止此數），其中相信港人較有興趣的是克林頓曾「意圖強姦（forcibly tried to seduce）甘迺迪夫人積琪蓮」，此事由積琪蓮密友、《華盛頓郵報》故出版人葛拉罕夫人透露，可信性極高……。克林頓是典型的「性慾亢奮者」！

為甚麼克林頓夫人競逐黨內總統候選人提名而有專書獨揭乃夫到處留「精」的荒淫行徑？答案是她的「對手」熱炒冷飯，藉以把她拉下「道德高地」。作為前國務卿及婦解健者，希拉莉竟然容忍夫君胡來，這不是反證了她是懦弱得近乎無恥嗎？如此德性，怎有成為美國總統的道德纖維……。這種推理不無道理，問題是，書中一切指控與揭露，雖然說得有根有據，但這些昔時傳聞，有多少刊於擅長捕風捉影、善於加鹽加醋的「小報」。換句話說，這類未經證實及絕對被誇大的「舊聞」，如今被當成新聞炒作，怎可照單全收？克林頓和夫人如何應付這些「負面新聞」？克林頓為夫人助選的場合對記者的回應是：「待特朗普D. Trump是以乃夫醜聞攻擊希拉莉最力的共和黨人入圍後再說吧！」這是「耍太極」之言；還是希拉莉高明，當記者問相關傳言的真偽時說：「你當然可以相信，直至證據令你不相信為止（until they disbelieved based on evidence）」。

如果在香港出版的「禁書」出現的內地政要有希拉莉的見識與胸襟，便不會鬧出這場令港人提心吊膽令北京國際形象受損的失蹤疑雲！

2016年1月12日

搖滾穩袋未來錢 當用盈餘種善因

甲、

英國傳奇搖滾巨星大衛·寶兒（D. Bowie，內地譯鮑伊；原名David Robert Jones）於去週日（10日）病逝紐約，得年69歲；據其傳記作者雲蒂·李（Wendy Leigh）透露，寶兒身體孱弱（這也許與他當紅時過的是性、毒品及搖滾樂三位一體的生活有關），過去十多年最少有過六次心臟病發，十八個月前確診肝癌，一如既往，寶兒均秘而不宣，但他作了離世的充份準備，於死前兩天發行的唱片《黑星》，便是於病榻精心策劃與歌迷告別之作。

畢老林昨天在他的「投資者日記」說，在「財經專欄寫音樂題材，未免不倫不類」，但他仍寫了資訊豐富可讀性甚高的〈大衛·寶兒與金融創新〉；筆者的專欄雖不限題材，惟寫寶兒這位作品「吾不懂欣賞」的搖滾樂巨匠，筆者固未之前想，讀者肯定亦感意外。

筆者沒條件寫寶兒的搖滾樂，但是對以他為名的

「寶兒債券」（Bowie Bonds），卻仍可寫上一千數百字。1997年1月，寶兒的「粉絲」、美國投資銀行家普爾民（D. Pullman），說服他把1990年前灌錄的二十五張唱片（共收約三百首歌）的「未來收益」，以發行債券形式公開發售，那等於寶兒把未來的版權收入「袋住先」；包銷這批價值五千五百萬美元（以債券發行機構貸款給版權持有者形式出之，巧妙地避過課稅問題）、贖回期十年、年孳息七厘九債券的是保誠保險；債券發行時引起一陣搶購潮，這當然與寶兒當時為天王巨星有關，惟真正引起投資者興趣的，還是無形資產（Intangible assets）即所謂「知識產權」第一次證（債）券化。認為無形資產前景璀璨者與喜歡嘗新趕潮流的投資者，數不在少，信貸評級公司遂給以「投資級」（Investment grade）評價。

寶兒為甚麼願意把未來十年的收益「袋住先」？一句話，那是他見人所未見，一如畢老林說「預見音樂行業迅速沒落」之故。看淡未來的知識產權收益，現值加上「貼水」把版權賣出，豈非對他最為有利？事實果然如此，正如他的盤算，唱片收入持續萎縮，寶兒唱片的收益遠遜預期，堅稱「寶兒債券回報必勝美國國庫券」的普爾民，一度為此與保誠纏訟；至2004年，「寶兒債券」更被評為「垃圾債券」。「寶兒債券」因唱片收入「下行」而「不行」，但是大衛．寶兒開創把無形資產「上市」的先河，令藝人可以「先收未來錢」，「照辦煮碗」的流行紅星（甚至作曲家）不下十人，可惜，由於網絡崛興令倚靠賣唱片抽取版權費的「歌壇」成為夕陽行業，「寶兒債券」（為紀念這位始作俑者，這類債券皆以寶兒為名）無法全面流行……。

在物競天擇的自由市場，任何成功人物，不論來自哪個行業，必有其過人之處，不然必在競爭中受淘汰。行為看似奇特詭異、衣着打扮稀奇古怪、外形男女不分（其實他有各展其長的一子一女）的大衛．寶兒，是典型的例子。在唱片業的黃金時代，他看到行業開始式微而同意賣出版權，是有遠見、看到未來的精英！

乙、

行政長官的年度《施政報告》今天稍後宣讀，筆者雖然對其內容毫無所知亦不想作任何揣測，但料市場反應不會太好。所以有此想法，皆因想起美國經濟學家奧爾遜（M. Olson, 1932-1998）的成名作《國家的盛衰——經濟增長、滯脹及社會僵化》（*The Rise and Decline of Nations: Economic Growth, Stagflation and Social Rigidities*）所揭示的「國家窘境」。他認為行之有效的穩定制度，經過一段時期後，必會因為「搵着數者」（既得利益集團）的內鬥而大變，他舉了多國的例子，真的不由你不信。當前資本主義世界正是如此景象。經過這麼多年的弱肉強食，貧富兩極化，富者愈富貧者雖不至愈貧但貧者變富已不可能。這種社會深層矛盾，必然引發「劇烈的內鬥」（heated internal infighting）。

「內鬥」指的不是明槍明刀「互轟互砍」，而是不同階層人民通過選出的代議士、在議會及傳媒上各為爭取其選民「應得」權利的言文攻訐……。換句話說，長期安定繁榮後社會很易（也許是必然）出現不同意見的爭紛，不和諧因此是常態。如何才能讓社會歸於和諧，不必諱言，就是「劫富濟貧」，特別在財富集中少數人手上的富裕社會，更是可行之法。香港由於稅率甚低（低至豪富不好意思，出言建議政府考慮加稅）而福利並不全面，因此有很大空間可以發揮。

如果新年度的《施政報告》陷入滿口遠景和瑣屑的小恩小惠窠臼，筆者會很失望。香港年有財政盈餘且累積的儲備山積，當局應在減輕全民生活壓力上稍動腦筋，拿出一套良策以拉近貧富距離，那才是港人之福！

2016年1月13日

造潛艇怒海翻騰
睜鳳眼兩岸相安

一、

台灣去週六大選，民進黨主席蔡英文（1956-）高票勝出，成為「領導世上唯一華人民主政體」的領袖，正如去年蔡女士訪美時以她為封面人物的《時代週刊》封面副題標示：「這會令北京坐立不安」（that make Beijing nervous），然而，實情也許並不如此，在當前的政經環境下，蔡英文政府雖不承認「九二共識」，卻肯定不至於明目張膽走上不符美國當前利益的「台獨」之路，官方言文亦不會直言「心中情」，不致激怒北京，因此，筆者認為去週末《經濟學人》指蔡當選令台海局勢風高浪急，有點過甚其詞。橫看豎看，無論是務虛或務實層面，台灣新政府都將規行矩步，不越「雷池」。北京當少安毋躁，放心搞「一帶一路」是為上策。

近二三年來，有關國民黨在這次大選中慘敗（連立法院的多數黨地位亦丟失）的預測，鋪天蓋地，數量多、質量高（丁學良教授刊於去年12月《信月》的〈香港佔中——蔡英文及民進黨坐收漁利〉值得一讀），這應與台、港在政治上「同病相憐」刺激論者的思維有關；昨天《信報》多篇「賽後評述」，尤其到家。不過，在洋洋灑灑的論述中，筆者認為國民黨之敗，其導因可歸納為兩大項。第一是馬英九第一次就任總統時，台灣股市指數企於八千六百點上下（2008年3月30日：八千六百一十九點），七年多下來，去週末指數在七千八百點水平徘徊。股市是經濟的縮影，馬氏治下股市不進反退，清楚說明經濟政策有問題，台商回內地（大陸）投資，不少生意興隆，賺大錢者絕不乏人，惟台灣本島受惠不多，大多數人不投國民黨一票，適足以反映他們對馬政府經濟策略不滿之情；第二是馬政府以「九二共識」為主軸的中國政策，台人並不支持，那有「民調為證」，台灣國立政治大學的民調顯示，1992年只有不足兩成（18%）受訪者認同具台灣人身份、認同有台灣人及中國人雙重身份的有46%；可是，去年底的民調顯示，只有7%受訪者認同有中國人身份，而認同具台灣人身份的達59%*。這些數字充份體現出台商雖在內地發大財、中國作為欲與美國平起平坐的大國已在世界舞台崛起，但台灣人寧可回歸「本土」，不願成為中國人！雖然近來台灣民調的「準確性」頗受傳媒及學者質疑，但上述政大的民調，與今次大選的投票意向十分吻合。非常明顯，馬政府的經濟和政治政策均無法取悅只願「跟大陸在一口鍋裏喝湯」（經貿互利）而不贊成「跟大陸同床睡覺」（政治互信）的台灣人，他領導的國民黨政府為選民唾棄，不是很符民意很合情理嗎？

二、

蔡英文在台大、康奈爾和倫敦經濟學院完成完整學業，取得最高學位，曾在台灣數家大學任教，精通西洋政治學說，其在學術界地位，早為同儕推崇，是四大卷《觀念史大辭典》（幼獅文化；《辭典》內容包括科學、藝術、文學、政治、法律、宗教、哲學、心理學領域內的重要觀念、信念……以至方法論與文學批評的論述）五位審訂委員之一，且為這套巨構寫「序」；引起筆者更大興趣的是，蔡女士譯過劍橋大學政治學名教授史金納（Q. Skinner）綜論馬基維利學說的小冊子《馬基維利》（聯經出版社，民國七十二年出版，時蔡女士在倫敦讀書，此書應為其撰寫博士論文時的副產品）。馬基維利便是那位讀者多知之的《帝王術》（台譯《君王論》）作者。

馬基維利（N. Machiavelli，1469-1527）生於亂世的佛羅倫斯，時經濟崛興的意大利城邦，如佛羅倫斯、熱拿亞及威尼斯等，相繼為外國軍事強權法國、西班牙和羅馬攻陷。馬基維利出任佛羅倫斯共和國多項要職，深明其所以衰敗，是軍（僱傭兵）紀鬆懈，無心無力對付外敵，其治國理念因而強調要建立一支能打勝仗的國家軍隊；他曾出使多國，累積了豐富的政治謀略和外交經驗。後來他在坐了幾年「政治監」後，被迫退出「政壇」，歸隱佛羅倫斯郊區聖安德里亞鎮（Sant'Andrea；四五年前，友人在此為女兒完婚，筆者夫婦與近十友人曾在現已改為餐廳的馬基維利故居進午餐），埋首著述，《帝王術》便是那時的作品。除了要有驍勇善戰和絕對聽命絕對効忠君王的軍隊，馬基維利主張政治事務必須不顧道德、奸詐狡猾和口是心非（莎士比亞因此稱之為「殘酷兇狠的馬基維利」），這令他去世後近五百年，其揭露政治和外交深層面貌的著作仍一刷再刷，暢銷不衰。不過，為了要在「道德高地」佔一席位，眾多政治人物，即使對馬基維利的理論嫻熟於胸且能活學活用，亦要與他劃清界線，以示狡猾與道德共融一身但道德凌駕狡猾（美國前國務卿基辛格是著名的馬基維利專家，但一再公開否認奉其學說為圭臬，如此表態，完全符合搞政治必須口是心非的「原則」）……。岔開寫了這數百字，旨在點出對馬基維利那套為達目的不擇手段的學說，曾譯有關專著的蔡英文總統必然深有會心，那讓她成為一位不易對付——比歷任民選（國民黨和民進黨）總統更難對付的台灣政治領袖！筆者當然知道，事實是《信報》讀者無人不知，「讀書與做事」是兩碼子事，但看加入民進黨才十二年（2004年），蔡女士已把黨內群雄割據、「天王」橫行的局面「擺平」，順利攀登台灣政壇最高峰。可知她不是「讀死書死讀書」的平庸之輩。

雖然四十六七年前曾在《明報》的專欄介紹《帝王術》，但筆者只知馬基維利學説的皮毛，惟對他強調「面對比自己（的城邦）強大的勢力而拒絕和談，是一件非常危險的事」，又説「……拒絕和談的行徑（決定）是非常不理性的」（蔡譯頁八十三/四）的論斷，印象殊深，相信蔡總統會引為己用，那意味她上台後很快會「借頭借路」和北京保持對話渠道暢通。願對話便不會動武——萬一擦槍走火亦會馬上坐下談判解決——因此，筆者以為血管流着台獨血液的民進黨再度當政，在有政治智慧的總統領導下，台海不會出現失控的驚濤駭浪！

三、

去年五六月之交，蔡英文以民進黨「下屆總統參選人」身份訪美，在連串新聞報道中，最令筆者感興趣的是，蔡女士除與美國「對口單位」交流「兩岸議題」，還爭取美方支持台灣發展軍事工業即致力促成「台美國防工業合作」。此事所以值得注意，是台方早有意及已掌握建造現代化潛艇的技術，有若干美媒亦認為這是避過《台灣關係法》禁止美國對台出售攻擊性武備而達有效保衛台灣的最佳辦法！一句話，保護台海航行自由和保衛台島安全，台灣最需要的是先進潛艇。受種種政治規範，台灣至今只有幾艘難以應付現代戰爭的舊式潛艇——美國於1972年送出兩艘二戰「剩餘物資」Guppy級潛艇及從紐西蘭轉購兩艘荷蘭造Zwaardvis級退役潛艇，這比軍事專家評估台灣最少需要十二艘潛艇，少了三分之二。那正是台灣當局集中資源研發本土潛艇的底因。

受馬基維利必須強軍以保障自由和繁榮經濟主張的影響，蔡英文總統肯定是開拓本土軍工業的熱中支持者，那從她去年訪美已提出此命題見端倪。在中國軍力日益壯大而美國未能對其出售攻擊性武備意味台灣安全很易受威脅的情形下，台、美稍後達成這樣那樣的「國防工業合作」的可能性不容抹殺。

應該指出的是，馬基維利強調國家領袖（統治者）投身政治必須信守「為公益而非為私利，為繁榮祖國而非為個人子孫的利益……。」從其言行觀察，筆者相信蔡英文具此秉賦，那等於說在她治下，陳水扁貪腐遺風會被連根拔出，一個有為且比較上廉能的政府，加上不斷強化的國防工業，將令民進黨的「江山」不會止於蔡英文的統治！

2016年1月19日

* 1月24日《信報》江麗芬在她的專欄引述台灣國策研究所去年11月的民調數據，顯示只有6.9%台灣人自認是中國人、85%認為具台灣人身份；當中20至29歲的年輕人，認為只有台灣人身份的達94.6%；在30至39歲群組中認只有台灣人身份亦有90.5%。

補記：

① 此文見報翌日接《信報》「北狩錄」欄主劉偉聰傳真，指出筆者說《觀念史大辭典》審訂委員蔡英文是台灣候任總統蔡英文，應為「中研院的蔡英文，其人研究西方政治思想……。」查《辭典》的〈序〉，見「蔡英文寫於東海大學」，知劉君所說無虛，以蔡女士曾在東吳大學而非東海大學任教。筆者為擺了大烏龍而汗顏，文二段把中研院學者蔡先生的履歷引申為總統府的英文女士舊事，那近千字是馮京馬涼現代版，是筆者只執着文字資料而未及台灣人脈見聞之故，在此謹向讀者致歉向指正我的劉君致謝。按台灣這兩位精通西學的蔡英文，均無英文名（Tsai Ing-wen和Tsai Ying Wen）且其幾近正楷的中文簽名甚為近似！

② 小輩傳來台灣《聯合新聞》網（udn.com）題為〈他撰文大誇蔡英文但蔡英文不是蔡英文〉的「新聞」，指出《馬基維利》的譯者為台灣中研院研究員「……是男性（按有圖為證），在國內的西洋政治思想學界頗負盛名的蔡英文」。至此一切「蔡落蔡出」。

③ 見報專欄結集，原文照登，借補記文字寫下一次令筆者在寫作生涯中最感尷尬的經驗，除了要向讀者交代此英文不同彼英文的同時，也為資料的掌握，但憑書本文字，無論經過多少字裏行間的交互印證，以為無誤，還是有「據」失「憑」，能不警惕？

蕭規曹隨說施政
一樹何來兩樣花

一、

未有及時議論《施政報告》，表面借口是「全城熱議」，方方面面都被論及，筆者難覓置喙餘地；深層理由是筆者有更大的「苦衷」，因為無法從《報告》內容中找到一些可供探索並加跟進的題目，簡言之，是筆者對之興味索然，遲遲沒有動筆。抱着這樣的心情，看到人們對《報告》惡評如潮的同時，又讀到建制中人炮製「輿論」的創作，煞有介事地左一句「窩心」、右一句「亮點」，去殖化的套話紛陳，評了幾十年港府施政的筆者，那份完全看不到《報告》有甚麼「亮點」的失落，豈只不會「窩心」，簡直是「剮心」！

港大民研中心昨天公佈市民對《施政報告》滿意率及評分，俱創新低；只有47%受訪者認同《報告》「切合社會需求」，為梁氏上任後四份《報告》之中最低；對於多項有關配合「一帶一路」的政策，贊成的只有21%、反對的高達60%。對整體《施政報告》滿意率淨值為-31%，較去年的跌4%！民意持否定態度，反證了筆者的「剾心」不是過甚之詞。

向公眾宣示政府所作和將作何事的《施政報告》，是特區政府「持續發展」的前朝舊貫，然而未能與時並進，並無可觀。在信息傳遞迅速、資訊流通無礙的今日，梁振英任內的第四份《施政報告》，「獨白」不只兩句鐘，長是夠長了，可惜無精打采，內容比「豆腐渣工程」更「豆腐渣」。長篇累牘的講稿，付梓印出的演說報告和施政綱領備有中英兩版本共四小冊，封面的顏色設計呈現一片陽光喜氣，可惜整份演辭連遣詞用字均為港人聽至生厭、重複過不曉得多少次的文宣八股。行政長官當天在議事堂前，發表的「政策演說」（Policy Speech本意政策演說，「施政報告」是港英師爺的譯法），幾位泛民議員，在堂上先後直敘「心中情」，叫囂嘈吵，看來「鬧事」顯然不是為民請命的呼號，而是悶得發慌而揚聲。「搞局」得以遂願，他們「被提早離場」，樂得耳根清靜兼可保住選票，求「去」得「去」，妙計也。

民選產生的政客，由於競選期間靠政綱內容「吸票」，所以當選後，那些有承擔的、堅守理念的，便會馬上行動、展開工作，把原來一己或一黨對社會建設的目標和計劃，付諸實現，設法使之成為政府政策。由選舉委員會一千二百人中的六百八十九票選出的梁振英，雖然不像普選產生、得票六百八十萬多的台灣候任總統蔡英文，可是當年他在角逐行政長官之位時，卻是功架十足，「擔張凳仔」，落區落戶，就其政綱進行宣傳和游說，其賣力投入，與普選逐鹿，不遑多讓。雖然明知不是一人一票的選舉，梁氏刻意給人帶來普選的「感覺」，而那曇花一現的風采，那「一張凳仔一支筆」走進民間聽民意辦事的民主形象，回望唏噓，從頭說來固然是個美麗謊言！

與殖民地時期的封疆大吏不同，香港總督向其權力來源英廷述職以外，更會藉着向議員作《施政報告》，尋求類似府會共事、作剔除地方施政障礙的鋪陳。彭定康之前的總督，根本不會直接面向群眾，只會在「局內」（行政及立法局）向那些並不代表群眾，只足充當「民情回音壁」功能的尊貴議員們，攤開他的施政方針和貫徹的途徑，好讓大家斟酌、參詳、摸索並追隨。

二、

梁振英（事實是回歸後歷任行政長官）藉選舉委員會（俗稱「小圈子選委」）的支持登台，也許當初還有心存下屆可能藉普選連任的籌謀，所以莫名其妙地掀起一陣民主風；由於他的政綱公諸於世，且視人民為未來選民，亦即視下屆選舉有如政黨輪替的一人一票選舉，因此與人民打成一片，刻意表現親民，結果政改原地踏步，行政長官不必買賬港人，他的《施政報告》，只是繼續全面或局部重複競選時的施政綱領，並無進一步的具體演繹。隱形的屬意取向，既沒有交代困阻或轉向的申述；霧裏來的作風霧裏隱沒——梁振英何以變為一個只心存「一國」、不在乎港人福祉的行政長官，港人實在不得而知，筆者亦如墮五里霧中，大家只知道他在真真假假中「博大霧」，當其自我感覺良好的領導。

要是在意為港為民，提高施政水平的前賢新進經驗，俯拾皆是。梁振英發表《施政報告》前一天是美國總統發表年度《國情咨文》，那是師承英國國會開幕的御前宣言。《國情咨文》內容是分析國情、認識時勢，談論將進入國會議程的重要項目，點出部份需要優先考慮立法的議題等等。發表《國情咨文》，美國總統必須收到國會的邀請，然後才能進入眾議院的會議廳發表演説。此一成了慣例的傳統，據説是在形式上區分美國政治和美國國家政策的「共治」。

回歸後的《施政報告》，看來與英治時期的，均為例行公事，分別不大，那是皮相之言，須要再加探索。前朝總督只向差遣委派他代表英廷治理殖民地（香港）的英國政府負責，故而年年回國述職，而用不着向港人交代工作表現，所以他們年年透過立法局公告政績，透露一些日後施政取向的《施政報告》，完全是「額外」工作、「超標」人情，性質如此，港人難以苛求。

按照《基本法》第四十三條第一節的規定，香港行政長官是「對中央人民政府和香港特別行政區負責」，他赴北京述職，上電視見報章的「儀禮」逐一修正、一絲不苟，是「法」當如此；此所以上月的述職，行政長官與國家領導人的工作會面，座位桌子的佈置亦講究起來，如此大費周章，為的是體現國家與地方官員的從屬主次。

《施政報告》進入特區管治，如何端品入正，稍後再說。

2016年1月20日

恆書作字大烏龍 女皇竟多愛武裝

甲、

十年人事一番，烏龍豈止這樁！

錯把蔡英文先生當作蔡英文女士，說是「擺了大烏龍」，實情是鬧出大笑話；雖說事情已成過去，讀者同行亦手下留情，可是筆者仍耿耿於懷。查閱書籍，沒有略過比較書序作者與當選總統的簽署，卻仍然錯把兩位名人蔡英文混為一談，主要是筆者缺乏台灣生活的接觸和人脈認識，因此「有紋有路」找文字資料而得出錯至離譜的男（蔡）冠女（蔡）戴，筆者終於領略到囫圇吞棗式的閱覽，最犯不來的，就是粗心大意。「終日恆書空作字」的咄咄「錯」事，讓筆者嚐到甚麼是知錯難改的遺憾。

說來有點邪。剛好十年前，筆者亦在文字上「擺了大烏龍」，而且鬧出「國際」笑話！2006年2月24日，題為〈竹島古屬日本　元朝在此飲恨〉（收台北遠景社《最佳投資》）。發表後不數日，接南韓駐港總領事趙源亨來函（以〈獨島從來是韓國領土〉為題在《信報》「讀者之聲」欄發表），領事先生列舉事實，說明「自古以來」（從六世紀開始），獨島是韓國的領土；在此期間，日本的《讀賣新聞》（也許是《朝日新聞》）亦在評論版發表短文，指筆者的說法「與史實不符」（剪報不見了，因此找不到登載日期）。究竟筆者犯了甚麼錯誤？且待話說從頭。

2005/2006年間，日本與南韓就竹（Takeshima）、獨（Dokdo）島主權誰屬再起爭拗，外交上鬧得不可開交；筆者因此藉着閱讀得來的資料表達看法。拙文略述該島的前世今生，從法國捕鯨船de Liancourt於1849年發現這兩塊海圖無記的大礁石因以船號名之（現在已英語化成Liancourt Rocks），續說20世紀初葉日俄戰爭後日本把之納入版圖；又說明寫此讀者不一定有興趣「小事」的原委，是因為周密《癸辛雜識．續集下》的〈征日本〉條，竟與竹島有關。這段「海戰報道」如下：「至（正）元十八年〔公元1281年〕，大軍征日本，船軍已至竹島，與其太宰府甚邇，方號令翌日分路以入。夜半忽大風暴作，諸船皆擊撞而碎，四千餘舟存二百而已。全軍十五萬人，歸者不能五之一，凡棄糧五十萬石，衣甲器械稱是。是夕之風，木大數圍者皆拔或中折，蓋天意也。」時作者周密（1232至1298年，曾為義烏令，宋亡不仕），寓居杭州癸辛街，「著書以寄憤」，《雜識》因以「癸辛」名之。筆者翻閱漢語大詞典出版社2004年的《二十四史全譯》（譯為白話文且為繁體字；江澤民題書名，應為信雅達之譯），見元世祖二度征日，俱無功而還，周密提及那次，因高麗而起：「……高麗王王睶派使臣說日本侵犯高麗邊境，請求皇帝派兵追擊。」元世祖二話不說，即派兵遠征；稍後又下令把新造船隻交付洪茶丘出征，軍隊照例由「死刑以下的犯人」組成（「以刑徒減死者……為軍」）；不過，當時調動的艦艇、兵員人數及大軍遇險情況，正史所記不及周密據參與此事的令史（書記之類的文官，「至明而廢」）李順丈的「目擊而言」（報道）具體詳盡，只說多名將領（包括洪茶丘）所率船隻「為風濤所激，大失利，軍回至高麗境，十存一二」。

簡單來說，元世祖派兵征日，至竹島，「此島離其太宰府（首都）不遠」，以此推之，竹島當屬日本版圖。由於竹島是最近日本的海島，因此艦隊可能在此無人孤島稍歇，以便「翌日分路以入」。此役因「大風暴作」，幾乎全軍覆沒。筆者以為這段記載，也許對那時解決該島主權紛爭有所幫助，哪知為有關各方反對！

論者說「筆記」可補正史不足，〈征日本〉是一例；然而，「筆記」所記未必便是事實，文內「竹島」有可能是平壺島，據畢沅《續資治通鑑》卷一百八十五：「艦海至平壺島遇颶風敗舟」。孰是孰非，似無定論，那正是「治史」之難，亦今日令「相關國家」有領域主權爭執之源。

乙、

雖然治史的學術著作並非出自蔡總統之手，但是筆者經過再三考慮，認為「造潛艇怒海翻騰　睜鳳目兩岸相安」的結論部份毋須修改。不論按照常理還是根據馬基維利的「歪理」，為了維持現狀，面對全方位崛起的中國大陸，台灣沒理由不強化本島的防衛力量，惟其如此，在美國突然調整亞洲政策，大陸知所顧忌之下，兩岸始有無風浪的相安。

說來巧合，剛看完兩名紐約學者合撰、去年10月發表的《女皇們》（O. Dube and S.P. Harish: *Queens*；可在同名網址免費下載），他們爬梳1480至1913年歐洲出色「女政治家」在位時的歷史，寫成這篇「文本」二十多頁的論文，其結論很簡單：「已婚的女皇比皇帝更易成為攻擊者（attackers）。」何以故？作者們的研究顯示，「已婚女皇依賴丈夫管理國務（Manage state affairs；把國內的『小事』交由丈夫管理），遂有時間精力制訂外侵策略……。」而未婚女皇統治的國家，較易受外敵入侵。這種結論推翻了「女性不喜暴力，她們統治的國家因此比男性較少武力衝突」的「傳統智慧」。當然，15世紀末至20世紀初的政治狀況，與經歷二次大戰後的20世紀中後期的「政情」大異其趣，在此期間，君主不論男女，都沒有甚麼實權（遑論發動戰爭大權）；而皇夫受「憲法」掣肘亦不能過問國內大小事務；雖然沒有皇夫「參」政的助力，她卻有掌握一定權力的內閣，這解釋了為何戴卓爾夫人二話不説便發動戰爭（如萬里迢迢發動福克蘭群島之戰）——她説服了「內閣」，因此能夠在沒有後顧之憂的情形下向阿根廷宣戰！

《女皇們》的另一點「發現」是，女皇們對外宣戰的時間並不集中於上任初期，那説明她們發動「攻擊」的目的，不在於以對外用兵來轉移國內不滿的民情或彰顯國家武力；女皇年輕即位王權未穩時，甚少主動「外侵」，意味表面大權在握的外交大臣，並無主導戰爭的決策權。

用《女皇們》的「理論」套在蔡英文總統身上，當然不倫不類甚至荒謬，當中除了婚姻狀況及政治制度文化之完全不同外，還因台灣是否對外「攻擊」，主導權絕對是操縱在美國手上（正因為如此，大陸對台獨的「武統」威嚇，難起半點作用）。不過，「女性討厭暴力」的傳統想法已被否定，蔡英文政府和美國特別是其在亞洲最重要的棋子日本合作在台灣開發「國防工業」（日本這方面非常先進）的可能性大增。如果筆者的揣測稍後證實離事實不遠，這種發展對兩岸、亞洲以至世界是禍是福，除了美國因素，主要看兩岸的經濟盛衰。

從目前情況看，中國經濟正面臨長期成功貫徹「長官意志」帶來高增長後陷入「下行」循環的困局，去年內地外流資金近萬億美元，是個「經濟前景陰霾密佈」

的先兆；為了紓解經濟窘迫對民生的影響、為了轉移內地人民的注意力，配合軍力的突飛猛進，在東海南海眾多島礁主權爭紛劇烈的海域，隨時都可能發生小規模的軍事衝突。另一方面，為了「規範」蔡英文政府不致在統一問題上愈走愈遠，中國會不斷收緊有利台灣的經貿政策（如大幅削減內地人民赴台旅遊的數額）。台灣當然不會坐以待斃，但短期的經濟打擊必會強化台人對大陸的反感甚至敵意，到頭來這又會左右政府的大陸政策。民選政府特別是強調「權力是向人民借來」的政府，其施政路向必須貼近民意，換句話說，蔡英文政府的兩岸政策必然會因此變得較為強硬（別忘記民進黨有台獨的基因），那意味兩岸關係趨於緊張，這豈是兩岸三地人民（大陸和台灣爆發衝突，香港肯定馬上「被接管」）所願見!?

2016年1月26日

無權的鬥兇悍　當權的鬥囂張

一、

2月8日大年初一深宵，旺角夜市的人流秩序演變為激烈的警民衝突，大煞節日風景。now電視與無綫新聞台於翌日（2月9日大年初二）凌晨開始直播現場情景，從熒幕所見，藉支持攤販而激動起來的群眾（包括聲稱為「本土民主前線」的成員），不論蒙面與否，全都惡氣騰騰、勇武冒進，而集結人數還遠遠多於「無備而來」（據說是「小隊巡邏」）的警察；人群不理會警察驅趕，無視警方出示黃旗、紅旗的警示，反而鼓噪「奮進」，或揮棒追打警察、或向警方投擲玻璃、木板及臨時就地拆除的磚頭！現場警隊人數少、裝備不足，真是自保乏力而身陷險境……。雖然事後有人投訴警方曾向空中鳴槍、責怪其發射實彈可能導致人命傷亡；可是，對於看過現場直播的觀眾，很難同意此一「苛責」，大部份港人對當晚執行任務的警員遇上如此「重手」的暴力襲擊，莫不寄予同情，認為他們執行任務遇襲、多人受傷是十分無辜；不少市民對「暴民」向維持治安的公職人員如此動粗，感到不齒，不值他們所為。

怕亂是常人心態，而暴力是致亂之由。港人很少不服膺「寧為太平犬，莫作亂世人」此一聽來毫無出息遑論骨氣的傳統智慧，因為在殖民統治下生活的人，過的是相對安定和樂的日子，由是領略到作為香港的「太平犬」，確比當年在內地當驕傲的中國人強，因為那時的偉大中國，「關門打仔」可以非常兇狠，長期「鎖國更生」的整治和鬥爭，令國人擔驚受怕，在物質極度匱乏中「苟活」，苦況實在不足為外人道，港人隔河觀察，心有所危！那些年，英殖香港被世界經濟學泰斗如佛利民譽為最富足最有選擇自由的美地，港人亦自覺活在履險如夷、困難可以憑努力克服的福地！

二、

眼看政制發展與香港社會「內需」脫節而向「跨境」權貴提出政改警示的「和平佔中」者，他們強調愛心、和平而發起非暴力的佔領運動，如此溫和甚且可說溫馨的活動，亦被當局以「搞亂」香港為由，敵視其為勾結外國勢力影響國家安全的滋事分子，而不以其為講求良知、為港人爭取合理政治權益的知識分子視之。梁振英政府對佔領行動參與者的政改意見，不假辭色，對和平示威還以顏色，而手法則是迎頭痛擊！那年（2014年）9月，奉命行事，履行職責的香港警隊以不必要的暴力對付手無寸鐵的示威人士，瀰漫金鐘的催淚氣體和槍聲，帶出黃絲帶、黃雨傘的「革命」淒美，那是港人正視公民責任與國民義務大不相同的開始。

在一黨獨大的集權國家，所有對當權者施政提出質疑、關乎維護民權的主張都會受到敵視、任何對漠視人道人權的批評和指摘，都被當權者視為「妄議中央」甚至「尋釁滋事」；緊握政權是在位者「營生」之本，人民只能按黨領導的人民政府的釋法能力的寬緊、聽教聽話，絕對沒有「剩餘」權力可以維護與爭取，當權的「唯權」、百姓的「維權」，前者鐵板一塊，後者累卵重疊，維穩成了「最大公約」，那是世界「共識」，更是國人「通識」！港人豈能不識？大家仗着北京對「一國兩制」的承諾與《基本法》的訂立，以為回歸後的香港，是繼續朝向公民社會模式邁進，擱下了當上中國國民的憂顧。

三、

梁振英「擔張凳仔」落區，曾給港人以「民主Feel」，但他上台後一發聲一出手，全都受到港人否定；對此，梁氏便頭也不回地仰仗國家的威權，鐵腕管治，拆除了港府向來在推動政策時不忘俯順民情的基本態度；「一國」意氣風發，「兩制」頓時窒息。出自善意勸進政改的「佔中」淪為「佔鐘」，港人看到「整人」、「抹黑」、「扣帽子」的政治鬥爭的餘緒，梁振英「平亂」邀功，連任行情被港共大老看高幾線。這回由「魚蛋」觸發的「民暴」，是「詐」彈還是「炸」

彈，尚待時間和事實證明。不過，行政長官迅速把旺角事件「定性」為「暴亂」，聲言對目無法紀的「暴徒」絕不姑息……。如此用詞遣字，已經徹底表露其家長式管治的取態。經歷「八九六四」的老香港，聞「定性」、「姑息」等字眼都會皺眉，八十後的年輕一代，怎能安然接受？

不二日後，北京外交部發言人洪磊説香港初一初二間的「暴亂」，主要是由「本土激進分離組織」策劃；在人日的酒會場合，中聯辦的張曉明主任進一步強烈譴責「鼓吹暴亂有理」的言論是「是非不分以至嫁禍於人的奇談怪論」。張氏相信包括執法機關在內的港府，會追究犯罪者的責任，他堅定地指出：「不會容忍少數激進分離分子毀壞香港最寶貴的法治環境！」

自視為本土派的香港人，他們是因為香港飽受政治壓抑而義憤填膺，而被打為「激進分離分子」絕對不是本乎「一國兩制」的推論；因為建基於河水不犯井水的《基本法》，竅妙就在於愛國愛港存有一定距離的「分離」。不惜以武力擁護香港傳統的本土派，他們「抵禦」河水氾濫淹沒井水的用意，彰彰明甚。

直覺地看，筆者對包括本土派在內的暴民襲警非常反感，亦不敢輕言贊同、支持青年人上街動武（退一步看，如今「上街動武」也許要付出個人沉重代價，在這種情形下，任何「置身事外」的人，都不應鼓動市民這樣做），用以對抗不合理甚至已逾越法理、破壞國家承諾的特區管治。可是，對於一班在中央保護傘下使用「政治暴力」欺壓香港本土意識的大人先生，筆者是更為不滿和憤怒！

「佔中三子」之一的戴耀廷，日前在面書中說得實在，「暴力抗爭在香港不會有出路」！可也正是他那份非暴力抗爭的善意主張，到頭來是吃不着兜着走的敗陣潰散，如此的「好心遭雷劈」那才激發本土意識的年輕人傾向暴力爭取（這和建制派把持的議會有理說不清，反建制派不得不擲雜物舉横匾「出位」抗議如出一轍）。怕「作亂」、不敢「造反」亦即怕做「亂世人」的香港良民，憎惡暴力、譴責騷亂是一回事，他們可也知道甚麼叫「仗義每多屠狗輩」，當一個社會時有躁動不安的場面，當權者僅是「問責」諉過於「暴民」而不反躬自問存有政治暴力的管治方式會招來多大的反彈，還要殺氣騰騰地說「絕不姑息」，其效果豈不像往「暴力爐灶」潑油？星火微不足道，卻亦不能完全抹殺其有燎原的可能性。當年共產黨出過不少來自「屠狗輩」的先烈，張曉明如今斥責「魚蛋事件」的暴徒，揚言正義會戰勝各種邪惡；可是，正義之說，言人人殊，當年對抗國民黨政府的「暴徒」，不正是今日強國視為正義之先師？

新春開筆，筆者習慣找些比較輕鬆的題材，少談掃興的物事，可是，這回初一初二間的騷亂，實在嚴重，不能迴避，因為它讓人徹底看到香港與內地之間的深層次矛盾，就是「一國兩制」若沒有楚河漢界的區分，京官港官不是各行其是，而是同鼻孔出氣，同作風辦事，那麼，港人就連愛國愛港，亦變得自相矛盾；香港「一制」賴以立足的《基本法》，亦大可被賤視為「分離主義」之所本！

相信很多香港人會像筆者一樣，絕不贊同本土派的暴力行徑，可是，對他們那份豁出去的憤恨，又並非全然沒有半點理解與同情。香港的怨氣因「兩制」支離而累積，張主任認為同情暴力抗命是是非不分，然而，更多港人卻感到，香港被「左毒」摧殘的嚴重性，遠比「港獨」所起的消極作用大。第一屆行政長官董建華掛在口邊的「中國好香港好」，事實證明其在經濟層面，實在一文不值，半點亦不成立；不過，同一句話，若從政治角度因應，便很管用。因為中國領導層愈開明開放，香港「一制」才有較大的延續機會，要是內地往專權專制的牛角尖裏鑽，那麼，申猴翻觔斗，換了梁振英，中聯辦還不是有張曉明那般令港人看得難過的滿臉得色！？

2016年2月16日

沒有條件硬碰硬
映畫《十年》嘆哀哉

一、

鄧小平當年禁止一些不在其位的內地官員批評、指點香港事務；如今來港說三道四指點香江的，是否奉中央意旨，值得深究。新華社香港分社前副社長張浚生去週日接受有線電視訪問，就香港現狀發表意見，意識形態「回到從前」，與現實完全脫節，簡直不知所云；他認為「立法會要配合政府施政」，除了展示他對香港制度的無知，更是誤把立法會當為人大或政協，既暴露內地政壇上點綴着不少花瓶，還令那些近日天天在北京出席兩會的「港區代表」的發言及「答記者問」，顯得多麼遠離人間煙火，所有一切，反映的僅是官方意見，「配合政府施政」的目標已達，卻漠視了廣大港人的意願！

作為一個自由社會，香港沒有權威言論遑論一言堂，那意味人多聲雜，人人有話說，社會的方方面面，不論經濟盛衰，因此都有這樣那樣的問題；這些問題，因為歷屆特區政府各有缺失，不僅令問題愈來愈多，有些還衍變為足以困擾政府有效管治的大難題，而大難題已具體反映在街頭活動及投票站上。遠的且不去說，2月8日旺角騷亂與同月28日立法會新界東議席補選，均具體地以肢體語言和選票，展現了相當部份港人對特區政府施政的不滿。至於議會的「拉布」，是議員應享的權利！議會「拉布」政府怎麼辦？答案很簡單，只要當局推出的政策比較正面地回應大眾的訴求，「拉布」便會自然消失。正如主管香港事務的全國人大委員長張德江所說，港人智商甚高，甚麼問題不能解決？可惜有關當局唯我獨尊，以為有北京支持便可肆意而為，罔顧民情民意，反而有意「以暴易暴」，要蠻幹平亂，令不少港人不忿，起而抗爭，才讓香港的管治困難有一發不可收拾之勢！

北京迄今仍口口聲聲說會落實「一國兩制」的有關承諾，惟其對「港人治港」、「五十年不變」等等的解讀，顯然與本港建制以外各界人士頗有差異，姑勿論誰是誰非，港人的不滿已不限於言文，這對香港的社會和諧及政府的有效管治有負面影響，不言而喻。香港的社會問題已引起國際關注，近日的「銅鑼灣書店五子潛行北上投案」以及由五個故事串成的電影《十年》（後天3月10日在日本上映，看去週《經濟學人》的力捧，《十年》在歐美上映是遲早的事），那將令西方輿論站在建制的對立面，北京聲譽有損，不在話下。

二、

這種政治氣氛下，選民把選票投給代表激進勇武的本土派政治團體外，不滿建制的街頭抗爭活動將愈演愈烈，高喊香港獨立、建國這類虛幻口號亦響徹雲霄。為了平息這股令北京難堪的逆流，當局竟然不從檢討施政缺失入手，而是主張以粗暴的警力甚至軍力血腥鎮壓，這小撮當權的武力派認為，示威事件中有人傷亡，雖會令香港情況亂上加亂，但「大亂才能大治」。如此主張是假設港人計算機會成本後，會在武力前跪低求饒！以常理度之，這種推斷不無道理，然而，目前經濟環境不錯、讀飽書和有獨立思考能力的年輕一代，憂慮擔心的是他們最珍惜的自由會逐步被北京剝奪，早把死生置諸度外！血腥鎮壓除非出現「傷亡枕藉」如六四天安門事件的場面，恐難收效。問題是，北京值得這樣做嗎？筆者的答案是絕對不值得！

一句話，在前海格局未成即未能吸引外資大規模投入之前，北京粗暴地對付香港反對派，在經濟上必受重創，這是犯不着的。中國經濟絕對崛興，惟香港仍有重大利用價值，除了「融資」，香港尚是內地既得利益階層「走資」的最佳跳板！

說前海距離足以取代香港成為地區性金融中心之路尚遠，筆者未見任何數據，只是從滙豐遷冊不考慮前海及內地官商不去前海買地建高樓而選擇高價在香港置業買地上的推論，此推論來自商界人士的具體行動，因此準確度不低。當初滙豐考慮把註冊地遷出倫敦時，筆者以為這是前海的最大機會——滙豐在前海註冊，豈非是前海有資格成為金融中心的最佳宣傳；可惜滙豐在請教「高明」後不作此圖（料滙豐數名親中的董事亦起不了作用），連香港亦不回……。換句話說，前海不成氣候而香港北風凜冽。在這種客觀條件下，任何令「外部勢力」感到香港的自由正在被腐蝕的舉措，北京都要慎思。北京千萬不可誤信本地「奪權派」的讕言，以武力迫使香港趨於無聲的和諧。

有說中國經濟體積龐大（僅次於美國的世界第二位），大部份國家與中國有深淺不一的經濟關係，看在利益攸關的份上，假如北京對香港動粗以至造成人命傷亡，她們充其量只會在言文「譴責」而不會採取行動（如當年「六四風波」後）即生意如常進行。這是天大的誤解，別說目前西方有若干處心積慮找機會壓制中國（畢竟是政治價值和決策過程完全不同的非我族類）的政客，可能乘機發難，把圍堵中國的行動升級，雖然中國必有應付的部署，兵來將擋、水來土掩，沒甚麼大不了；但如此大事周章，不利持續發展，因此可免則免……。就說沒有這類政治對抗，在經濟上也肯定麻煩未了，雖然外國政府不會「出手」，但與中國有經濟往來的，除了極少數極權國家，其餘均為私人企業（中國官員和國企主管外訪時簽訂的商業合同，對手十之八九是私企負責人），它們必須對股東負責及俯從顧客（消費者）的要求，當香港發生「血腥鎮壓」場景時，你以為這些股東和顧客不會趁機藉反對公司與「暴政」做生意以展示其並非眼中只有金錢、而是為公義不惜放棄財富的心地善良、有良知、懷「大愛」的世界公民!?當然，消費者拒購「中國製造」的貨品，可能性不低；這將對中國的出口帶來打擊！面對股東和顧客的壓力，公司管理層會怎樣取捨，已不必細說了。

綜上所述，以當前的國際情勢，北京應着特區政府致力與非建制派建立新的合作關係，特區政府及「官方智囊」必須馬上放棄有騷亂便上綱上線為武力鎮壓張本的思維！至於甚麼人才最適合與建制外（和內）就合作搞好香港溝通的人選，相信智商不下於港人的京官，早已心中有數——那位被人民「嬲嬲」世界之冠的現任行政長官（國際媒體解釋何以這麼多港人不喜歡他，間接令其失序的管治危機公諸於世），顯然不是最佳之選！

2016年3月8日

強權主席毋乖公道
濫用拉布惹反效果

一、

立法會財務委員會副主席陳鑑林去週五主持會議時，借議事廳內的混亂，提前表決高鐵撥款；以如此「粗暴」手段主持會議，當然不是端品正行，但是為免高鐵停工，他的做法卻非一無可取，從熒幕上看，陳鑑林議員的態度，絕對不易得到別人的接受，一臉囂張和險詐，非常難看，可是，撥款法案得到通過，對很多人來說，卻非壞事，因為高鐵工程到此階段，實在是騎虎難下——誰把香港利益推上虎背，值得追究——此工程若因財源不繼而停工，那是港人的淨損失。由此視角，陳鑑林也許會像行政長官梁振英因使蠻勁、出狠招而被視為有承擔、有功於香港！

陳鑑林議員去週日在無綫電視《講清講楚》節目中指出，由於委員會的有關辯論已進入「財委會程序第三十七A條臨時動議」階段，議員仍不停追問相同問題，不合程序，因此決定「提前剪布」；姑勿論如此剪布是否合理合「憲」，以陳氏作為主流建制派「民建聯」要角的身份，他這樣做是符合北京對立法會必須配合政府施政的要求，從內地的角度，便是政治上絕對正確！

由於立法會議員經常上演「大龍鳳」，在港人心目中，不管是建制或泛民，遇上具爭議性議題，他們均以敵我分明的立場對抗，是不正不經用世，沒盡議員應盡的義務。堂堂議事廳所以淪落至如斯地步，皆因政府未有及時（甚至可能是故意設計）糾正立法會機制失衡情況有以致之，造成了與政府同鼻孔出氣的建制派永遠佔盡上風，穩握「話事權」，結果立法會成為專制機關、偽議政的荒謬劇場。泛民議員為了本身的看法、落實對選民的承諾和回應部份市民的訴求，義無反顧亦是為了保住票源，不得不起而抗爭，混亂吵鬧甚至大打出手的場面，終有一天會出現。

在無法可想無計可施的情形下，拉布總比擲雜物謾罵可取！事實上，拉布是民主議會常見之象，美國的情況，筆者曾細說之，而近日南韓議員一口氣長達十餘小時的發言，彰顯了香港立法會議員的拉布十分溫和亦無殺傷力。當然，拉布是議員被制度桎梏逼出來以示不滿的方式，值得同情，然而，一次又一次、無了期地這樣做，難免予人以濫用議事程序的厭煩，如果有人認為動不動拉布是議員「鬥氣」的表演而不是為香港造福，「拉布幫」不論出發點多麼正確正義，亦不易獲廣大市民的認同！

為了抗議高鐵巨額超支的拉布，雖然師出有名，但是難收積極效果，那是早已寫在牆上；筆者以為，「拉布幫」何不兵分兩路，一方面查察工程開支，看看何以在通縮——薪金及物料價格「下行」的機會大於「上行」——的大環境下還會大幅超支？如果這是人謀不臧，有關人員便應負責……。另一方面是就立法會議事平台的公平公道，與官方談判，設座標、擬進度，謀求議會議事不失公道不再偏頗。公共工程超支，可說是常態，但在通縮之下的超支，便事不尋常。如果出發點不在「下屆選情」而是真正為香港利益着想，查找何以超支才是積極可行亦較易獲大多數市民支持的辦法。

二、

香港的議事機制，缺失明顯，應該急謀修補；府、會、建制、泛民等重重關係，爛得不能再爛，不然香港政事無法推動。和世上其他有民選成份的議會一樣，香港立法會不怕吵不怕鬧，最重要是有法有理和公開。如果雙方各藉政府撐持、選民囑咐，一遇意見難以調和便人人「賴皮」，各持一方之見兩相爭持甚至動粗而不遵循公道理性的議事原則，立法會肯定很快會失去港人的信心。雙方各執一詞不肯讓步的結不解，立法會將把香港社會帶進一個荒唐世界。

香港政事寸步難行，北京主管香港事務的官員許或已有醒覺，那意味京官也許正在考慮如何責成行政長官，接近北京的政治活動家心有所屬，紛紛出來表態。全國政協、向有「上海姑爺」別號、今屆貿易發展局主席的瑞安房地產主席羅康瑞，日前接受《明報》訪問，認為把年初一晚旺角騷動的導因歸咎於梁振英政府積下太多民怨而引爆，並不合理，他因此支持梁氏連任；羅氏的說法是倒果為因的歪理。羅氏指梁氏做事不拖拉、不蹉跎，是中的之論，問題是梁氏的做法完全無效甚至有反效果，其辦事手法因此非改不可！

羅康瑞表態後不二日，中央政策組首席顧問、有「搞鬥爭幕後智囊」之稱的邵善波，於昨天《星島日報》及《經濟日報》訪問中，擺出一副強硬姿態，認為北京雖然非常不滿「香港各界」，但一直沒有強硬譴責港獨及分離主義；而「法院對相關案件的判刑又沒阻嚇性」。言下之意，當然是北京要出重手、本港應盡快貫徹三權合作原則。邵氏認為「建制派」保皇不力，他不點名地批評「那些主席」沒強硬執行「議事規定」，好像蠻幹便天下太平；又說「四十幾個人（建制派議員？）坐定定點會流會，四十幾個人成日想溜出去搞自己的事，不開會」，「是四十幾條友不負（這個）責任……」。邵氏想是認同張浚生議會應配合施政即與當局合作的說法，首席智囊思想如此陳腐、封建，香港還有甚麼指望?!

筆者向來反對把議員分為建制（保皇）與泛民（反

對）兩大陣營，因為即使是反對派，在劇烈競爭中成為代議士進入議事廳，便是建制的一部份，那意味他們要盡其為建制一員的責任，是其是、非其非，不能永遠盲目反對、事事唱反調。換句話說，像如今在一些關係全港福祉的議題上，無休止地拉布，是議員玩忽職守的極致。雖然這樣做可獲部份對政府極度不滿選民的支持，但沒有方向沒有目標的反對，對建制只有破壞而無建設，令議會癱瘓、一事難成，這豈非有違競逐議員的目的在為民請命、造福的初衷！

審視當前國際和內地的政治環境，筆者不以為北京應聽從本港建制「智囊」的建議，以強硬手段打壓本地反對派；以內地的力量，吹一口氣本地反對派便兵敗如山倒，問題是，這樣對國家有何利益（見3月8日作者專欄）？遠的不說，必須順從股東和客戶意向辦事的外企，便可能因此杯葛任何與內地的商貿，結果不問可知。筆者深知不管甚麼人當行政長官，都必須絕對聽北京的明示、暗示辦事，因此由甚麼人出掌香港，都不是關鍵——關鍵是這個行政長官必須有與反對派溝通的誠意與能力！

2016年3月15日

好事羅列歸功特首
警察孭「鑊」市民孭「非」

一、

香港社會「撕裂」，籠統而言，始於曾蔭權的「親疏有別」，到了梁振英上台，雖然沒把親疏宣諸於口卻行瞎子皆見的鈎心鬥角、「敵我對決」的權術，裂痕破口明顯張大，難以修補！

在這場無形的「敵我」抗爭中，局限於客觀條件，本來挾京勢十分兇狠的當權派，在北京兩會吹起「和風」之後，已有改變策略的跡象。總之，「北京開暖氣」，長期來向反對派擺出絕不手軟隨時動武撲殺姿態的當權者，明白北京不會為了香港出動槍桿子，只好放軟身段，從必欲置汝於死地變為擺出「可以坐下商量」的姿態，不過，由於港人對梁振英及其「內閣」特別其「智囊」信心盡失，梁班子若未能「徹底地重新洗牌」，換上幾張港人樂意與之討論「正」事的新面孔，僅是反政府的街頭抗爭一浪接一浪，便令政事無法順暢推展遑論修補社會裂痕了。

行政長官月中強調任內已貫徹「幾個重大方面的工作」，包括增加土地供應、樓價及租金下降、增加約四成福利開支以至去週日把私樓供應量大增亦納為其「功業」等，似不至遠離事實，但在市場自由度仍稱冠、財政年年有盈餘「庫房水浸」以至有效率的公務員系統尚未被摧毀的條件下，達成這類「政績」，並不是甚麼大功德。行政長官為此自我感覺良好，是性格使然，市民不會照單全收亦毋須批評，可是港人——包括京人——皆見的是香港人心已起巨變，在中國全方位崛起的背景下，愈來愈多港人對中國「疏淡」，令不了解梁振英上台後這幾年港情變化的人，大惑不解。然而，生活在此地的老香港，誰不心中有數，這種逆世界潮流的人心背向，充份反映大部份港人對梁振英活像「朝廷鷹爪」的不滿與失望。北京年來全力支持他以強悍手法管治香港、「收拾」反對派，港人怒及北京，不算稀奇。事實上，這幾年來，中國在國際體系中的制度性權力明顯上升，那意味中國的國際地位與日俱增，在如此大好形勢下，港人卻有意在政治上隔離北京的羈絆，那在中央看來，堪稱是可忍孰不可忍，才有前年人大拋出功能如金鐘罩的「八三一決議」，把所有走向民主議會的管道全部堵塞。在這種互為因果的情勢下，愈來愈多港人鄙棄其中國人身份，便非不可理喻。

二、

新界東立法會議席補選結果，盡顯建制派陷入強弩之末的頹態（要再拉弓射箭，才有民建聯主席辭任行政會議成員當全職主席的鋪排），而泛民的認受性日盛，毋庸置疑；更重要的是，代表本土民主前線出選的港大學生梁天琦高票落敗！本土民主前線這個名字，正好代表當前日漸高揚的本土政治情緒；今天發行港大學生會會刊《學苑》的〈香港青年時代宣言〉，循着該會近年探索「香港民族，命運自決」的主題，提出「2047年香港面對二次前途問題」，要就此進行公投，以決定是否「爭取香港成為受聯合國認可的獨立主權國」！

雖然加入聯合國的獨立國家愈來愈多（由1945年的五十一國增至目前一百九十三國），而且沒有「止增」之象（見3月13日www.aeon.co），但香港絕對不能亦不會獨立（萬一中國變天，香港會成為「兵家必爭之地」，更沒有搞獨立的環境和條件），梁振英說「港屬中國不會變」，算是中肯之論。不過，雖說主張香港立國的人非常naive，但他們不惜挑戰強權並準備為此付出代價，足以顯示他們對不能失去的自由的珍惜⋯⋯。當然，不能獨立不等於「大治」，認同公民黨於十週年黨慶前夕提出的「本土、自主、多元」主張的港人不在少數；負責草擬此主張（宣言）的該黨副主席指出，所以未在「宣言」中提出「2047年方案」，是「時機未成熟」，那意味稍後若沒有走向真普選的路線圖，公民黨會提出與《學苑》類似的主張亦說不定⋯⋯。

不論從哪方面着眼，由於梁振英的管治無法紓解反而不斷加深香港的「深層矛盾」，其以「敵我矛盾」的定性處理香港社會，只會令社會危機日益深重且漸漸浮現，在北京不會為本身添煩添亂、製造經濟困難以至在國際上抬不起頭的前提下，那意味北京不會在香港製造流血事件。摸清這種情勢，激進泛民及勇武本土派的抗爭變本加厲，勢所不免。

梁振英政府當然看到這種變化，這是保安當局就警力在「行動、武器、裝備、訓練及支援」等方面作出檢討、等於研究怎樣「擴軍」的原因。檢討報告稍後才會公佈，惟警方已稍事增購「武備」，如「購置隨身攝錄機、提升搜證能力並於年內成立兩支合共三百四十人的新機動部隊」，又撥二千多萬添購三部「水炮車」⋯⋯面對如春節期間的旺角騷亂，警方為了本身安全及增強控制人群的力量，「擴軍」理所應為，但筆者要提醒警方，不管街頭情況如何惡劣，千萬不可「動粗」，流血當然更不能出現！警方要戒使用過份武力的原因，是此舉即使符合京意，卻非北京所願見。雨傘運動中發射催淚彈後，群情嘩然、北京默不表態，在這種情形下，行政長官既未承認這是他的命令（停止射催淚彈才是他的主意！）、政務司司長林鄭月娥且說在此事上她「是局外人」，沒有決策層願意承擔對示威群眾動粗用武的責任，警方因此不可衝動，以免做出無人肯「認頭」的事。要知道，如果香港一旦搞出「血案」，國際輿論必交相指摘並把矛頭指向北京，有的且會將之與「天安門事件」比較，北京顏面受損，極可能責成特區政府，把「動武」的警方繩之於法，此舉既可藉以息民情平民憤，亦可向國際社會展示北京在香港貫徹「一國兩制」和維護「五十年不變」的決心！當然，重罰港警便可清楚瞭然地讓世人知道北京的武功只會針對狼子野心犯我國土的外國，絕不會用來對付自己的同胞。北京高官不是説過這樣的話嗎？不管持甚麼護照，香港人「首先是中國人」，那等於説，即使你不認同中國人身份，你還是「首先是中國人」，北京不會對同胞動武，處罰港警因此成為彰顯北京泱泱大度最現成例子！

香港警力可以大大增強，以增聲勢，以防不測，但其「阻嚇」功能大於「動武」，這是警方應謹記於心的。如果添置新式防暴裝配後自恃「武功高強」而動輒動手粗暴打壓反對派尤其是勇武的本土勢力，港警很易成為北京向世人表示其為文明大國的反面教材！

在這種大環境下，特區政府「大洗牌」，讓有意願有能力與反對派對談的人進入決策層，是為北京的至務。

不知是人謀不臧還是陷入不可抗力的經濟下降循環，經過數十年的旺景，如今香港已明顯地進入多艱年頭。政治的不平難以擺平外，經濟線上亦無好消息，國際評級機構極可能落實把香港及主要企業評級下調的「展望」；據彭博19日報道，作為香港經濟重要支柱的貿易（佔總體經濟構成約25%）萎縮已日趨明顯，香港出口及轉口的貨量，去年比前年跌13.8%；德意志銀行的研究預測2030年代，從香港經香港輸出貨量將大跌50%，這是上海和深圳崛興分薄香港貨運生意的必然結果（「中國好，香港不大好！」），1972至2012年，香港輸出的貨量增加幾乎十八倍，但毗鄰海港開發且大有所成後，香港盛況不再……去週經營本港最大貨櫃碼頭的長和系主席說，香港經濟二十年最差，可說是業者看數據心有所危的忠實反映。

2016年3月22日

港獨組黨「得啖笑」？
時代宣言「一把火」！

一、

一個少不更事的大學生站出來「組黨」——「香港民族黨」，舉起本土大纛、高談香港獨立，內地官媒第一時間言文痛擊，港府官員反應比較「沉着」，因為禁止「組黨」與仍被各方視為圭臬的普通法相違背，於是無法跳出來當京意的錄音機；可是，一批有人大、政協及其他政黨背景的香港知名人士，卻煞有介事、板起臉孔，曉港人以大義！翻看這幾天假期的新聞報道，中聯辦張曉明主任的「大是大非」、現任全國人大常委會香港特別行政區基本法委員會副主任委員梁愛詩的「傷害中央對香港的信任」以至全國政協常務委員、星島報業集團東主何柱國的「社會不認同港獨」等等高論，一樁本來無足輕重的小事，頓時翻起滔天巨浪，使人不能不正視那超乎尋常的「抬舉港獨」的反擊。人大、政協與中聯辦要角高調壓抑追隨港獨的主張，是愚者千慮的一得還是智者千慮的一失？不同政治傾向的人當然得出不同答案，但了解香港一制、享慣自由而生活自在的人，「多此一舉」應為大家的共識。

不過，在這種表面看來毫無必要的言文攻勢下，政治現實令人感到不能抹殺一種可能有「陰謀論」成份的想法。一如筆者較早前在這裏分析，港人高舉爭取「真民主」選舉的旗幟，是以非暴力形式請求北京允許香港有「真普選」，不論爭取的過程多麼激烈，呼聲多麼嘹亮，北京亦不會「動真格」，因為以粗暴手段打壓港人爭取民主的和平活動，肯定會在國際間引起負面回響，那會令香港對內地殘存的一點利用價值亦丟失，在前海格局未成的前提下，理性的北京決策層斷不會像特區政府中一些高官主張以武力對付為爭取民主而上街示威的人群，當然更不會出動解放軍的「牛刀」。可是，港人若揮動「民族自決」的獨立大旗，情況便完全不一樣。香港華人，不管是否認同中國人身份，「首先是中國人」即具華人血脈的本質不會改變，那即是說，香港人為中華民族一分子，絕不能抹殺。在這種情形下，自古（據說從秦朝）以來便為中國一部份的香港，別說已回歸祖國，即使在外族治下，以我國的一統思想和傳統，中央絕對不會容忍香港脫離母體獨立的！

對於未成功註冊的「香港民族黨」，筆者對其成立的背景和動機，雖然完全無知（傳媒似乎未見深入報道），但表面看來只是三四十個不滿梁振英管治的叛逆青年，高調演「變奏」，而緊貼京意的權貴則煞有介事以強悍鬥天真！雖說初生之犢不怕「苦」，不畏胡椒噴霧與水炮，但倡議本土以圖獨立，應只限於言文及以和平手段表達，一旦逾越此界線，採取強烈甚至勇武行動，便極易招惹北京理直氣壯的武力鎮壓，那等於是把上了膛的槍械交給北京！為阻遏分離分子搞獨立活動，北京師出有名，國際輿論不會一面倒譴責而商業機構不會因此不做內地生意。誰得誰失，結果已寫在牆上。

問題就在這裏，對於那些香港愈亂得益愈大的個人和團體（包括一早主張藉「敵我矛盾」之名強力打壓反對派的高官和「智囊」），會否趁機搞事，或鼓動刺激「港獨」採取激烈行動、或利誘「暴徒」搗亂把和平活動演變為武力鬥爭以利警方以至軍方介入……。際此政治方向模糊的敏感期，甚麼事都可能發生。主張非武力爭取港人自決及真普選的港人，要千萬留意！

二、

面對香港的亂局，專責香港事務的京官和派駐此間看管調教特區官員的大員，也許是時候深切反省何以內地釋出這麼多善意而香港人心卻愈走愈遠。官方中策組去週五公佈的民調，顯示15至35歲青少年（53.3%有大學學位），支持泛民的達42.3%、支持建制的僅5.3%；「第三十五屆香港電影金像獎」前晚選出的年度最佳電影竟然是被《環球時報》狠批為「思想病毒」、製作近乎粗糙的非商業電影《十年》；旅遊協會主席林建岳認為這結果，展示「政治綁架了專業」，不能說是大錯，但何以致此？這個非常重視內地市場的電影專業組織，所以選擇不惜承擔「政治不正確」後果的風險，把這部不入主流的電影，選為「最佳電影」，正是遴選委員藉此表達他們對內地狠批打壓這部電影的不滿——拍攝《十年》是一種政治態度，把之選為「最佳電影」，當然亦是「政治表態」，作為寰亞電影公司主席，林建岳也許要諮詢業界何以電影人明知這樣會冒上失去內地市場的風險亦要如此挺直腰板！

事實上，對特區政府管治不善的反應，港大學生會官方刊物《學苑》的特刊——「香港青年時代宣言」——多篇文章表達得非常清楚，它不僅反映了年輕一代知識分子的心聲，亦與大部份反建制港人的看法十分接近。迄這一期為止，《學苑》免費由港大學生會派發，非學生不易取得，以其充實的內容，筆者建議它應該考慮公開發行。

在〈我們的時代性格〉一文，編者指出「香港社會在高官貴冑手中腐朽，社會要我們噤聲。社會豢養我們（按：用豢養太貶低自己的身份），要我們完全順服，問這不可答那」。由於已經被迫至懸崖，「我們別無選擇」，只有起而抗爭。特刊接着細說青年知識分子對語文、教育、娛樂消遣與城市生態、尋找安身之所、工作環境與產業生態的不滿，還對工作環境與產業生態、時裝設計產業、環境保護與資源浪費、運動文化、公共交通政策提出批評與建言；在「民族意識與群眾運動」一節，編者說「我們憤怒地直斥政權，憤懣源自於恐懼……是因香港墮落而恐懼……。」同時指出「惟有不斷地抗爭，我們才能清楚感受自己存在，然後得以填補恐懼所生的虛無……。」最後它提出「加強本土意識和完善香港共同體」的主張，進而作出「並非想像」的產物「香港民族」，而「香港民族應該擁有政治自決的權利……」

在最後一節「我們的2047」，編者語重心長地寫道：「曾經，我們選擇相信中國，她卻沒有信守承諾……。」它更慘痛地寫下：「雨傘運動是我們最力竭聲嘶的吶喊，我們天真（地）以為灑在金鐘、旺角的汗水可以換來一點成果，事實卻非如此……。」

如何令2047年的香港人「不會為奴」，《學苑》提出等同香港獨立的主張，事實上這絕不可能實現（如果訴諸言文及和平行動，不會生效；若採取勇武街頭行動，一早便會被鎮壓扼殺！），但被斥為不務正業的港大學生寫出這系列有理有節、現實與理想持平邁進的文章，十分難得，令人對港大學生另眼相待；特區政府和她的「智囊」可以漠然置之，北京決策當局卻不能不正視。不正視香港的社會矛盾把香港搞得一團糟，最終受害的是香港人和北京政府，而受惠的也許只有幾名逞強一時、弄權一世的高官和他們的「軍師」！

2016年4月5日

樓市疲弱買家失蹤
獅城爬頭源自拒共

一、

看經濟線上的表現，香港真是時運不濟，不過，以一個生活在奉行資本主義制度已經百多年不渝城市的居民，不應有此想法，因為經濟不可能永遠向上（世間萬事，只有男性的年齡永遠上升），發展快慢，景氣盛衰，上升軌後進入下降循環，是亙古不變的經濟常態。一如宗教世界有天堂必有地獄，資本主義的自由市場只有旺市沒有淡市才不正常！

有這種認知，大家對近期香港經濟頹態畢呈，應以盛極而衰的必經過程視之，如此便不致心慌至對前景失去信心。事實上，多類零售店大減價、珠寶店「縮舖」，對業者來說，只是多年業務蒸蒸日上後的調整，是整頓業務、重塑人事結構的時機。就宏觀市場角度看，那會迫使漲升至世界之最的租金市場回歸現實，令更多過去負擔不起「貴」租的業者有進入市場的機會。

店舖價格租值下行，除了港元幣值「太強」，有選擇自由的消費者擇廉而噬去價格低於香港的地區消費外，當然亦受經濟結構調整的影響，以拓展網購成大業的世界級大亨馬雲，年前在香港物業超旺期指出，購買行為的改變令商舖價格租金長期看淡，當時有人以為他口出狂言，現在才知他有遠見。

店舖市道不景，大眾化的住宅市道亦「見頂回順」，此中原因，不外是價格已升至平均受薪者難以甚且無法負擔的高水平，加上政府大增土地供應之餘，還重手出辣加辣不減辣的行政手段，多方從稅務上加重置業者負擔，多箭齊發，樓價不跌才是奇事。和零售業「寒冬已到春天還會遠嗎」不同，樓價下行，尤其是測市往績不錯的專業論者認為跌勢有餘未盡，短期內樓市肯定難望起死回生。受過去數十年為保持低稅率及少稅項優點而實行的高地價（進而高樓價）政策，港人已養成樓價必升的迷信，那等於說置業必賺，而事實果真如此，由是而生的「財富效應」，又帶旺了整個消費市場……。

如今愈來愈多的人在當局誓言不會減辣亦不會不加推土地的情形下，相信物業價格跌易升難，意味置業已失去坐待財富自然增值的好處，這種市況這種心情，必會令準置業者等待樓價跌定時才入市，那可能是無限期的押候，除了有特別需要，一般準買家都不願承受置業後樓價下挫的後果，如此這般，入市的人少了，供應則因政府堅定的壓抑樓價政策，源源而至，樓價難望回揚，似是普通常識。

物業發展商過去理直氣壯地相信麵包（物業）價格必然高於麵粉（地價及建築成本），等於說投資物業一定賺錢，過去數十年，他們說對了，但這可不是資本主義自由市場的思維。香港行的是名副其實的資本主義制度，包括樓價在內的物價必然有升有跌。

《信報》創辦不久，香港樓價進入長期上升軌，當時筆者看不清這種不可抗力的趨勢，多次為文，奉勸剛剛進入市場的青年人不可貿然置業，以免為供樓而斷了辭工創業的機會（當呎價升達六百元時，知名建築師劉魯建以樓價高得失常，不再為《信報》評論樓市）；但在樓價天天上升置業必賺的苗頭初現之下，加上物業廣告商的「警告」，筆者在現實面前「屈服」，這種說法不數月便偃旗息鼓。顯而易見，如果認為樓價短期內會回升，便應積極部署置業，反之便不必費事周章。樓價是升是沉的前景，是打算置業的年輕人所考慮的重要因素。

二、

亞洲「二虎」香港和新加坡，長期在經濟上互別苗頭、競爭角力，由於各有所長、各有缺失，成績可說難分軒輊。近來的跡象顯示，新加坡已漸居上風；港人對此趨勢，當然不得不予留意，惟政治決定一切，香港恐怕難以扭轉。

向來香港和新加坡都互為殷鑑，各牟其利，互出奇謀，不遑多讓。以吸引各國遊客為例，香港主辦「國際七人欖球賽」，多年來成績顯著，航空及旅遊業均獲其利；新加坡有見及此，亦極力爭取，國家體育館於2014年落成，今年繼香港之後，本週末「欖球賽」首次在該國登陸。另一方面，繼新加坡的夜間一級方程式賽車，香港於10月初將首度主辦電動方程式賽車（Formula E ePrix）。「二虎」各為吸引遊客同時彰顯本地基建達世界水平的「良性競爭」十分劇烈，不言而喻。

香港由於具有背靠祖國的地緣優勢，作為金融重鎮的比拚，長居榜首，不過近日已露頹勢。標普及穆迪約十天前先後調低香港信貸展望（從「穩定」降為「負面」），為稍後正式降低香港信貸評級鋪路；新加坡在這方面的最佳評級紋風不動，香港顯然已遜一籌。信貸評級展望下調，不是甚麼大不了的事，何況日後可能回升，不過，假如調低評級落實，則日後政府和企業的融資成本會相應加重，在公共建設預算屢屢大幅超支的情形下，那肯定是雪上加霜的負面消息。

不過，對香港更為消極的消息是，成立於1994年的英國商業顧問公司Z/yen本月10日公佈其「環球金融中心指數」（GFCI），在全球受調查的八十六個金融市場中，香港從第三位跌至第四位——跌一個名次看似小事，香港卻因此「跌出三甲」，港人聞之沮喪；更「痛心」的是，取代香港地位的竟然是「競爭對手」新加坡，令自從2008年1月17日經《時代週刊》品題的「紐倫港」（Nylonkong〔紐約、倫敦、香港〕），必須改名「紐倫坡」，香港受挫，不難理解。值得注意的是，GFCI是根據各地營商環境、金融體制發展、人力資本、基本建設及商譽等的「實際表現」作出評估，香港被降級，究竟在哪個環節出問題，有關當局不可一味說些空泛的「安慰語」，應該成立專責小組，找出缺失，致力改善，Nylonkong才不會長期為Nylonpore取代！

對於香港作為金融中地位的倒退，筆者以為是受中國因素影響，與中國進入增長放緩的穩定期無關，與其動輒以行政甚至政治手段干預市場活動卻有關連。中國有左右香港政經活動之力，干預市場（匯市和股市）的餘波在香港市場蕩漾，勢所難免，那意味作為自由市場，香港已不能享有絕對自由，地位受挫，是評鑑者的應有之義。大家不可忽視的是，新加坡之有今日的政經成就，根本原因是排除共產黨（新共、馬共和中共）的影響，無法不受中共影響的香港，在國際上排名的下降，恐怕不止於金融一項！共產黨的確令中國全方位崛興，但她不信賴市場力量，市場走勢一旦與中央政策相背，便以為有人存心與中央作對，由是對其不熟悉的市場事務，無事不管，最終肯定會自食苦果。基於同一道理，上海的GFCI排名雖超升六位至全球排名第十六，成績斐然，但北京事事管的後果是，上海無論如何不能躋身三甲，要取代在經濟事務上仍不必事事緊貼北京意旨的香港，當然更不可能！

2016年4月12日

包租婆不「親」阿爺「切」一國思維兩制危

一、

還是英國殖民地的年頭，港人包括傳媒戲言女皇伊利沙伯二世為「包租婆」者，來得自然，當時筆者只覺此說富調侃味，而沒有想到有甚麼微言大義。轉眼間，明年便是主權回歸二十週年，港人「生活方式五十年不變」的說法（中國對香港的承諾!?），愈來愈少人提及，因為這裏早已變得非常難看，硬說不變，聞者不作滾地葫蘆便是倒胃；而在變的當中，誰曾聽到有人說黨國領導人像「包租公」？沒有，那也許算是香港物事人情墮落的一種缺憾和遺憾！

當年英國之於香港，宗主國女皇在小市民嘴裏是「包租婆」，不管稱謂屬於敬或不敬、是虐是謔，那種關係正好展示業主與租戶受租約約束，彼此權責分明，只要按照合約；不拖不欠，不違約不犯法，業主怎會理會租客怎樣佈置櫥窗、做甚麼生意，只要是有政府牌照的合法生意，業主便甚麼都不必管亦管不着；當然，就住宅而言，只要不涉結構性改動，其對租戶如何分配空間、裝修以至搞衛生，業主不會聞問，不會說三道四遑論橫加「指導」。

稱「今上」為「阿爺」，雖然通俗，卻有既親又敬的涵意，但「阿爺」事事關心，不由不令人驚覺那種出諸愛護的關切，那「切」字與「切膚之痛」的「切」是音同、意同，筆畫相同。在中國的不同地方方言裏，「爺」字除了是對祖父輩的尊稱，那些行為舉止予人以「有錢大晒」、「有權威盡」的真老闆、假財主和大小官崽（在市民心目中，現政府的官僚已降級！），便會令人由衷地吐出一句「你阿爺！」而在大老爺——「你阿爺」眼裏的「別人」，就是小了一圈、矮了一截。

前有「包租婆」，今有「你阿爺」，香港的前世今生，徹底體現在這兩個詞兒上！

二、

以年輕人為主的傘後組織，聯群結社組黨，已是香港新常態，這些新政團新政黨的唯一標的在準備迎戰下一屆立法會選舉，從體制外的社會運動走進體制內的行政架構，這些政治組織會對特區政府產生甚麼影響？是發揮積極功能對建制有所建樹、還是身在建制心在社運而消極抵抗甚至做出一些被建制認為興風作浪有損常規的破壞？現在言之，肯定過早。不過，可以肯定的是，從這些新政治組織把推動香港自決2047年後應否獨立的

「公投」看，特區政府，不論誰當行政長官，將會面臨一波又一波的衝擊，是麻煩接踵而至的困擾。

行政長官梁振英就「公投自決」倡議的話題向記者表態，重申《基本法》開宗明義便指出香港特區是中華人民共和國不可分割不得分離的部份（其實，「自古以來」便如此！），而中國擁有香港主權沒時限；《中英聯合聲明》所提到的香港「五十年不變」，是指這個地方實行資本主義制度和港人生活方式不變，完全不涉主權會從1997年起計算的五十年後可作改動的考慮。對於有人質疑香港未能落實民主回歸，是把港人迫上前途自決，因而不得不進行「公投」，行政長官沒有正面回應，只是促請港人比較回歸前後的民主狀況，強調《基本法》賦予香港所享有的高度自治權利，其實已比內地城市和不少海外地方高出不少，因此中央須保留部份權力，例如修改行政長官選舉方法，便須得到中央批准。梁振英強調經過長時間諮詢和漫長的起草過程寫成的《基本法》，十分完備完善，如今有人特別是青年人對之不滿，可能是對有關歷史認識模糊，所以「政府和社會」有責任向青年人解釋。

看到梁氏這樣說話，筆者終於領悟到港人為何會在他當上行政長官後不久便患上政治抑鬱症，迸發民怨沸騰，導致人心不安。

三、

身為起草基本法諮委會秘書長，一般人因此認為行政長官梁振英對立法原意當有比較全面的理解，可惜，枉為「重炮手」，這次把香港高度自治的權利與內地其他城市相比，正好表明其對持續發展香港一制，根本沒有放在心上、不存於腦海，那比無力承擔管治責任的負面作用，自然有過之而無不及。

英國人治下百餘年，香港成功地發展了典章制度，生活質素和經濟條件，一直優於世界很多地方包括內地的大小城市，在亞洲四虎眾龍之中，長期鰲頭獨佔，成就驕人，令當年北京亦另眼相看、知所珍惜，那才會有鄧小平拍板提出的「一國兩制」、港人治港和高度自治！香港一制與國內一制起步點不同，取向迥異，梁氏卻大而化之，拿一黨專政下的社會主義城市與香港比肩量高矮，港人縱使再謙讓、再無半點優越感，比較準則帶出的現實，就是當中落差慘淡，要不是行政長官胡亂比較、語於不倫，就是他只是「一國」推手，不是「兩制」（之一）的守護者和領導人！梁振英棄守香港一制，只有「一國」思維，沒有「兩制」的籌謀，其實並不符合《基本法》對行政長官資格的要求，他這樣做，既有負代表港人利益的權責、亦有負香港的持續發展，沒遭立法會彈劾，是建制派緊跟阿爺同鼻孔出氣；阿爺說支持行政長官依法治港，這班希旨承風唯唯諾諾之輩，哪有推他下馬的勇氣，連不願支持其連任的表態亦遮遮掩掩、藏頭露尾，看了教人唏噓。在這種政治氣氛下，港人能作甚麼真心取捨？從建制派的景況，阿爺對梁振英並不適宜出任行政長官的眼開眼閉，是故意？是存心？那才是令香港痛入心脾的關鍵！

2016年4月14日

離岸金融藏不正？貧富不均可奈何！

一、

「巴拿馬文件」曝光至今逾半月，此時執筆，真有不知如何落墨的煩惱；傳媒鋪天蓋地的議論，姑且勿說，僅《信報》的有關報道和評論，從5日的〈全球逾百政要捲離岸公司風波——涉中國領導人家屬港成中介者集中地〉、7日的社評〈巴拿馬文件敲響暮鼓晨鐘〉以至16日的〈離岸金融總有英帝國影子〉等，便點出這份「文件」的精髓、要害和重要性！

未入正題之前，筆者要向揭露此事的新聞工作者致敬（早已退下「火線」，因此沒有「利益衝突」）；加上和《波士頓環球報》的記者在惡劣客觀條件下追蹤採訪該市多名天主教神職人員的性醜聞（3月9日作者專欄），這兩宗轟動人間和「天堂」的新聞，彰顯了新聞工作的使命感，相信會令更多人起而捍衛新聞自由、激勵加入新聞工作的志向——沒有新聞自由，這類與民為敵的醜聞便不可能被揭發。

一年多前，「無名氏」向德語地區外讀者相當陌生的慕尼黑《南德意志報》（Sudeutsche Zeitung；下稱《南德日報》）提供來自巴拿馬律師行莫塞克．馮賽嘉（Mossack Fonseca）共約一千一百五十萬份「文件」，年期涵蓋1977年至2015年，共約四十年，面對此一「歷史上最大宗商業秘密文件」，《南德日報》決定與「國際偵查報道記者聯盟」（ICIJ）合作，爬梳這批數量比天文數字還要大的電腦檔案，初步整理出來的內容已「全球公開」——除《南德日報》，還在聲譽卓著的《衛報》（英國）、《英國廣播公司》（BBC）、《世界報》（法國）及《國家報》（巴西）同日發表。全球四百多名記者工作一年多而消息並未外洩，沒有人以之向有關個人或法人通風報信以換取個人利益，說這批新聞工作者情操高尚，應該沒人會反對。「有趣」的是，那數百名記者中，有數名是《紐約時報》及《華爾街日報》的前記者，然而，這兩份大報卻不在首先披露這份「文件」的名單內，那令她們的老編「戚戚然」；《紐時》的公共事務編輯（Public Editor，三四年前設立、專責蒐集公眾對報社意見，然後向老總匯報）更為此召開特別會議，討論該報為何不為ICIJ選中。

二、

在被披露的二十一萬四千多家隱名離岸公司中，東主持美國護照的只有二百家左右（而且所有人多不見經傳），美國公司佔不成比例的少數，難免引起世人（以至俄國總統普京）對這個世所公認的避稅大國的政府，是否設計洩漏這批文件，以中傷、抹黑俄羅斯、英國、冰島、智利、法國、烏克蘭、阿根廷、德國、巴西、加拿大、挪威、瑞典和中國政要，進而襯托、彰顯出美國的「廉潔」。這種陰謀論有不少「信徒」，然而事實並不如此。

在列根總統任內（1981至1989年），受新自由學派經濟學家（代表人物為佛利民）的影響，美國國會通過一系列對有錢人「保留財富」有利的稅務法案，據美國國會研究小組（Research Service）發表於2015年1月的報告：〈稅務庇護所（逃稅天堂）——國際性的避稅逃稅〉（Tax Havens: International Tax Avoidance and Evasion），這系列新稅例的「非預期後果」為包括美企海外公司在內的外國公司「少繳應交稅」；報告還指出，從此美國有錢人可輕易在「逃稅天堂」開戶（公司），讓那些來自利息、股息、資本增值等所謂「不勞而獲」（Passive或Unearned income）的收入，可以合法地逃離美國稅網！有關當局從所謂「合格中介人」（Qualified Intermediaries〔QI〕）蒐集的數據，顯示美國人每年逃離美國稅網的資金在四百至七百億（美元，下同）之間。QI是任何在美國稅法指引下為有錢人轉移資金至海外的個人（顧問）或法人（律師及會計師行）。

顯而易見，上引數字僅是冰山一點（一角都說不上），美國企業避走海外「逃稅天堂」的資金，據不完整的統計，約為二萬一千多億，「巴拿馬文件」上所以不見美企美人的蹤影，皆因美國有錢階級比較喜歡利用加勒比海島國避稅；還有，上述數字並不包括那些隱藏於國內避稅州份的資金，據2012年7月21日路透社引述「稅務正義網絡」（見下文）公佈的數據，美國有錢人存於稅務庇護所的財富達三十二萬億，它們應納的稅款，僅入息稅便達每年二千八百億！內華達、懷俄明和特拉華的州議會先後通過法例，讓企業可以成立目的在避稅和做巨額金融交易的殼（控股）公司，它們究竟「包容」多少財富，有待進一步揭露。

迄今為止，受官方宣佈和荷里活電影的影響，一般人只知美國的政經事務都公開透明，事實不然，比方說，內華達州在ICIJ的「世界十大逃稅天堂」中排名第八（位列榜首的是香港和內地財主「摯愛」的英屬處女群島），第九第十為香港和英國（大家應該記憶猶新，英殖時的財政司夏鼎基曾一再宣稱香港不是稅務庇護所）；而據總部位於布魯塞爾、秘書處設在倫敦、負責人J.S.亨利（J.S. Henry）為著名商業顧問公司麥健時前首席經濟學家的「稅務正義網絡」（Tax Justice Network〔TJN〕）編彙的「金融保密指數」（Financial Secrecy Index），2015年的排名，榜首為以替客戶開秘密戶口膾炙人口的瑞士，那應在大家意料之中，但以下依次為香港、美國、新加坡及開曼群島——美國名入三甲，這個甚麼都主張公開透明的國家竟有那麼多秘密，實在有點意想不到吧！

三、

人所共知的「大道理」是，財富在自己的口袋遠勝落入稅局庫房，全球有點辦法的有錢人，遂設法在稅務庇護所開戶逃稅，「少繳應交稅」，可說是人情之常，別忘記自私自利是人的天性！當年列根和戴卓爾夫人同聲同氣，為有錢人逃稅避稅開綠燈，打出的旗號當然不是養肥資本家，而是令富者愈富的結果會產生財富最後流進貧窮者的口袋的效應，這便是成為「顯學」數十年、「供應方面經濟學」稅制主要構成部份之一的「滴漏理論」（Trickle-Down Theory，亦譯「利益均霑理論」）所揭示的「真理」，一句話，是「富者愈富」最終會出現「利益下滲」（Richer menbers spending raise the real income of the poor；肥水流入別人田）效應，那即是說，有錢人會大事揮霍，巨額資金流入市場，帶動經濟發展、提高就業率，結果受薪階層人民必會受惠（詳細述說見2014年8月26日及27日作者專欄的「理財要有新思維」系列；收《只聽京曲》），且令有錢人逃稅自肥理直氣壯；可惜現實與理論背馳。有錢人拿出一點點本來應繳納的稅款作炫耀性消費營造繁榮景象，然而，低入息階層的生活日趨窮困，現在連中產階級生活艱苦透不過氣的窘迫亦鐵證如山。事實顯示，落實優惠富裕階層的稅例稅制三十多年後，大家只見富者愈富而低中階級的實質入息與時並縮，那意味貧富兩極日深、社會不和諧日甚，四五年前佔領華爾街揭示了「99%」對現行只有利於「1%」的制度不滿已近沸點，而「巴拿馬文件」披露「冰山一小點」，已令世人深切明白富裕階級不顧一切只知自肥不惜逃稅避稅大損公益的醜陋行徑，在人民有「話語權」的地方，不應長此以往，要改革稅制收緊稅務漏洞的呼聲，因「巴拿馬文件」的披露甚囂塵上。現在正是考慮把列根——戴卓爾夫人那套被戲稱為「逆向羅賓漢經濟學」（Reverse Robin Hood Economics即濟富劫貧經濟學）改弦易轍的時刻！香港特區政府應該馬上想想辦法，紓解造成當前社會不和諧中的經濟元素。

2016年4月19日

政壇新血為流血？京港行走幹甚麼？

一、

回歸未足二十年，那時尚在童稚之年，現在極其量亦不過是二三十出頭的年輕人，三二成群組黨，搶攻政壇，想在各級議會，取得席位。看他們的政見，既有推動連同港人自決選項的2047公投，復有與大陸劃分界線的本土主張，連獨立於中華人民共和國的考慮，亦毫無忌憚地寫進工作綱領，那是不知死活、糊塗大膽？還是清醒高昂的意志？真把年長比較世故亦對中共有深刻認識的好幾輩香港人，看得昏頭轉向、瞠目結舌。一方面嫌他們少不更事，說他們不會獲得大多數港人的支持；一方面卻憂慮後生可畏，過火言行會累己誤前程外，還將禍及全港，使「香港居」從「可以居」、「不易居」，淪為「不宜居」、「不可居」！

「香港眾志」是其中一個週前成立的新政黨，主席羅冠聰，23歲，主權回歸那年，他只是個四歲童蒙。看網上資料，羅的學業平平，小時候的興趣是踢足球、打機和看漫畫；唸大學的課餘兼職是電子競技（電子遊戲）評述員……，與政治可說完全扯不上邊，他究竟是怎樣和政治拉上關係？

羅冠聰在2014年佔領運動時，為「學聯五子」之一（另外四位是周永康、岑敖暉、梁麗幗和鍾耀華），他們沿着「佔中三子」的理念，爭取公民提名的「真普選」，表現積極，可是運動效果適得其反；經過慘淡清場的歷驗、行政長官迅速叫停政改的決絕，還有湧現到社會層面的敵視、偏見和排擠，對這班年輕人的打擊甚深。為避免這種挫敗引致志氣消沉的喪氣，筆者本以為他們最好是離港到其他地方進修，藉學習、觀摩與思考，進一步充實自己，再謀出路；可是，不久便發覺曾經參與佔領活動的年輕人，他們連到內地應考、面試或旅遊，均遭內地海關留難甚至被拒入境，使他們失去選擇的空間——不但擇業、深造的機會大降，同時喪失了回內地旅行的自由。

青年受壓的感覺愈強烈，他們想改變現狀的反彈力便愈大！

「佔中運動」令很多人在出師失利後感到絕望，不過，亦同時考驗出一些人對香港民主志業的堅貞。一年多後，有人捲土重來，秣馬厲兵，既在3月的區議會改選中小試牛刀，更着力於9月的立法會議員選舉，立意從體制外轉到體制內追求民主。港大戴耀廷教授提出一套名為「雷動」的意念，準備調協一班政治素人如何出線，團結支持民主黨派的選民，提高「聰明」投票的警覺，務求新舊民主派系不致亂作一團、互相「鎅票」，自相「殺戮」，避免出現親者痛的鷸蚌相爭的情況。

「香港眾志」立黨誌慶一團糟，第一炮便響起「唔夠秤（不夠份量）」的警號，被指為「浮誇」的黃之鋒是該黨的秘書長，失分最多；年紀比他稍大的羅冠聰，表現較為沉實，他在接受電視節目《講清講楚》訪問，重申該黨對「自發」、「自立」、「自主」及「自決」的觀點，聲言將以實際行動，促成連同以「自決」為選項之一的2047公投，為達此標的，該黨將進行長期非暴力抗爭，以香港本位，謀求香港的政經自主進而打下邁向民主治港的基礎！

羅主席侃侃而談，沒有口沫橫飛，不是手舞足蹈，不算字字鏗鏘，可是，「大男孩」的一臉真誠，給人留下不驕不躁的端正純良好印象；放眼當前各級議會的滿座「大人」仕女，「自古英雄出少年」這句老話，不期然浮上心頭。議會上出現幾張「唔夠秤」的稚嫩新臉孔，未嘗不是一股煥發濁水的清流。

二、

人在成長過程中，叛逆年齡的任性，並不罕見；甫踏足社會便進入複雜險惡的政壇，懂得在意前人經驗、留意長輩的經驗並加反思且留為借鑑予以變通的，怕是萬中無一。還在講求獨立人格、尋求突破的年齡，明知參政是關乎眾人之事，往往亦會從「自我」出發、憑一己的道德抉擇，甚少理性判斷的思前想後，對要付出多少個人及社會代價當然亦欠深思熟慮或許根本不在思考之中。一句話，和古往今來的任何時刻一樣，年輕人即使潛質再好、水平再高，還是會有世故不深、歷練不足、修養有限的種種內生問題要克服。源自「佔中運動」的政治素人，取態遠比傳統泛民黨派中人激烈，那是行政長官梁振英鐵腕嚴酷對付佔領運動而受中央支持並加讚譽的反響。

專制政權不得不以威權治國，所以「聽取民意」、「俯順民情」等，皆在其思維之外，根本派不上用場；行政長官不理「三子」建議、不顧洶湧群情、不經說項斡旋、不管示威和平與否，反正成功鎮壓了一場大型群眾運動，便算硬朗，便是國家治理香港的得力「功臣」。北京對梁振英的「一國」作風「上身」，不以為怪，因為他們習以為常；但是，看在港人眼裏，便完全是另一回事。以香港人熟知和認同的標準，梁氏管治不稱職、處理建政事務失準失慎、對付和平示威者手法失當，惡化了香港人與內地的關係。上述種種失誤，每一項都有消極後遺缺失，足以丟烏紗。可是，北京卻對他讚賞有嘉，那是中央示意「一國兩制」於梁氏治下是在正確的軌道上推進？

三、

訪京回港的民主思路召集人湯家驊表示，京官對港獨議題態度平和，可是，若干內地學者對於本港法律不能約束港獨言文，十分不滿。這又是一塊驗證「兩制」是否名存實亡的試金石。學者的研究議題海闊天空、鑽牛角尖，那是大家可以理解並且可供思考的論題。就像青年人主張「港獨」的言文，要是沒有違法，便誰都管不到、理不着，若借立「法」予以約束，亦要慎重思考、周詳行事、廣徵專業意見。無論如何，在言論自由的前提下，鹵莽地以無法可依的威權，打壓不合京意的任何言論主張的人，徒顯特區政府為迎合上意而設計哪個應捉捉哪個、哪個應放放哪個的法例。那是橫蠻強悍的霸道，絕非法治文明的守為。

那些對香港法律亦即法治不滿的北京學者，此間有識之士即使內心深處對其言論嗤之以鼻，為了保持「和諧」，亦可仿效熱切與京意溝通的湯家驊，以專業知識和理性意見，感化成見甚深且對香港法治根本毫不理解的大陸人。要是特區政府繼續「一國」為先，置「兩制」於不顧，為處罰提出港獨言文的人而急不及待地為二十三條立法，那是「兩制」嗚呼、是港人之大不幸……。

律政司司長袁國強日前表示「港獨」關乎大是大非，必將採取行動、嚴肅處理，循《公司條例》、《社團條例》、《刑事罪行條例》以至其他相關刑事罪行法例等加以爬梳，看看主張港獨的獨立奢言可有於法不合之處……。希望律政司能盡速展開研究，讓崇奉法治的港人知所遵循。

事到如今，大家有興趣知道的是，經常京港行走的袁國強，他赴京是請示、領旨，還是「善」作解人，讓香港的一套可令「阿爺」理解和安心!?

2016年4月26日

一帶政改要改　一路港青無着

一、

中共政治局常委、中央港澳工作協調小組組長兼人大委員長張德江，已定5月中旬訪港三天（17日至19日），此行的官式理由是應行政長官之邀出席「一帶一路高峰會議」，並將發表主軸演說，張委員長為習主席主催的「一帶一路」鳴鑼開道，為應有之義、應份之事；不過，有了數年前「開發大西北」的憾事，看來「把握機會」參與此盛事的，只好由特區政府帶頭了。非常明顯，「一帶一路」的規模和「野心」遠比開發大西北大，但兩者均出自規（計）劃經濟的思維，並非「市場主導」，吃過虧比前「聰明」的港商，除非動用OPM（他人的金錢），不然會非常謹慎小心，不會貿然介入。

看張德江的官銜，無一與「一帶一路」有直接關係，難怪有人因此認為張氏此行另有目的；而目的可從其身兼統領港澳工作及人大委員長猜度。前者令他必須直接視察和體會情況以理順香港亂局、後者則涉及由他拍板定案把香港政壇搞得人仰馬翻的「八三一決定」，他有責任「善後」。

從近日北京官員尤其是學者對主張香港獨立、自決言文的撲殺圍剿以至昨天行政長官突然公開指出「無一個中央政府會支持一個搞獨立嘅（的）城市」看，北京視此為洪水猛獸，殆無疑義。然而，在現行的法律框架內，北京明智的做法是放棄強詞奪理扭曲香港法律以禁止港獨，應改而利用輿論和民意以打壓鼓吹這種立場的人和團體。參照北京的慣常做法，張德江此行必會師團結多數孤立少數的統戰故智，擺出開明開放廣納言路的姿態，和一切不論「出身」不管「背景」反港獨反自決的建制內外政治團體的代表會面，「共商港是」。張氏以國家領導人的身份，一方面向這些自己人和因「被統」而內心暗喜的非建制中人，介紹國家美好的政經前景，鼓勵與會者踴躍參與其中，以成為建設富強祖國的一分子；一方面則痛陳分裂國家之害及絕不能容忍……。在無形和有形誘因面前，香港社會凝聚一股勢不可擋的反港獨反自決聲勢，是可以預期的。

在這種情形下，主張獨立和自決的一方，原本便因為人少勢弱加上財力不足而難成氣候，現在很易成為過街小（老都說不上）鼠，即使現行法律無法把這種行為繩之於法，在反對聲浪直上雲霄營造了絕大多數反對極少數的社會現象，獨立黨、自決派不是抱頭鼠竄，便是因為不得民心而褪色。

「傳統智慧」告訴大家，受打壓的極少數，以目前的選舉條例，卻是出選進入立法會的不二法門，因為只要有少數選民支持，受打壓極少數人中便有人夠票當選。在法律容許範圍內，「扮」勇武激進的政客順利進入議會，已成常態，可是，這種情況現在可能有變。

人大常委前年頒佈的「八三一決定」，即使在北京看來法理充份、完全符合《基本法》規定且「一切為香港好」，但在香港遭遇前所未見的壓倒性反對，有目共睹，北京豈會無動於衷。此事無法在立法會通過後，老羞成怒的行政長官宣佈終止政改諮詢，此舉有違《基本法》政改工作須循序漸進進行的規定，在本港引起廣泛的反彈，料北京亦不完全同意。香港人的反對，絕非沒有道理，經過這幾個月來的反思，相信北京再非鐵板一塊，不再認為香港反對派絕對錯誤，而是「有理取鬧」；同時亦明白只要稍稍鬆手，在圍堵通往「真普選」之路上鑿出一線隙縫，讓「溫和反對派」有下台之階，一切仍好商量，香港便會重回循序漸進的政改路。這種轉變，符合北京堅守貫徹《基本法》的承諾，讓她可以昂首闊步於國際社會；而香港正朝「真普選」的最終標的邁進，金融中心地位的維繫便有保障……。

也許，回北京後不久，人大常委便會作出在「八三一決定」基礎上，讓香港重新啟動政改諮詢的決定；至於北京會否揪出一隻代罪羊，指他誤導中央作出並不完全符合港情的「八三一決定」，筆者不想揣測。

筆者相信張德江委員長蒞港，不管官式的任務是甚麼，對港事必有積極作用。不難想像，這種發展對鼓吹獨立主張自決的一方極為不利，他們必然會成為極少數，而極少數之失意，正是被團結的大多數揚威的時候，那對他們在選舉中有利，不言而喻！

二、

香港青年不滿現狀的情緒已近沸點，他們的先輩生於憂患，而他們生於優裕，何以還有這麼深的鬱結以至要起而組黨爭取政治話語權！

青年人不滿現實的根本原因，是政治氣候和經濟結構的變化，令他們擔心「自由自在」的生活方式很快變質，前路灰濛濛，讀飽書通點世情的他們，深明前途必須由自己爭取，遂紛紛採取行動；在這種大前提下，筆者還從他們的處境，看到兩點令人沮喪的轉變。

其一是，隨着「社會進步」，人壽日高，祖、父輩壽命較長，青年人承繼遺產的時日因而「順延」；由於社會變遷令他們不易於年輕時賺足可以「財政獨立」的金錢，對承繼遺產尤其是自己根本買不起的物業以改善經濟狀況，是一份期盼，但人類愈來愈「長命」，令他們實現這種不勞而獲的想法更為遙遠！

其一是，就業市場一方面日漸萎縮，一方面競爭因不公平而愈趨劇烈。現在的就業「行情」，據知情人士表示，即使在私營市場，已遠離「用人唯才」的普世準則。外資企業，不論是甚麼性質，用人首先考慮錄取內地的官二代，其次是富二代，再次為平民二代中的尖子；考慮這三種內地人之後，才輪到香港的富二代，以次為海外名校的高材生，最後才輪到本地大學生（大學又分幾個等級）。這種「用人結構」，除盲目錄取官二代可能惹來麻煩而不一定排於首位之外，其餘的序列不變，那意味本土學生就業機會最差。由於這種不成文「行規」存在已久，在經濟大環境惡劣就業機會本已減少的情形下，本土青年把自己的不幸——社會流動性被堵塞——歸諸政治制度不能保障他們的利益，不滿現狀進而試圖以有異於溫和的方法爭取政治話語權，可算是順理成章的發展。

不知「一帶一路」能否為他們提供有前途的就業機會!?

2016年4月27日

創新發明成績亮麗！中國經濟再上層樓？

一、

作為世界第二大經濟體，中國經濟盛衰「關乎全人類福祉」，舉世關注，是情理中事。

對於內地的經濟數據，一來報上引述已多，二來其可信性存疑，筆者因此不在這裏重述。筆者要指出的是，中國經過長期高增長，無可避免出現生產設備過剩、生產資源及存貨堆積、貨幣供應增長過速以至信貸氾濫等等、常見於資本主義世界的老問題。不同的是，社會主義中國絕不會讓衰退遑論Decession（這個90年代初出現的名詞，也許讀者早已忘掉；此字有身處衰退〔depression〕而面對蕭條〔Recession〕之義）的出現，因為這會重擊負責指導市場、規劃經濟發展的領導人的威望，亦可能引起「民變」，輕則釀成社會失去和諧，重則動搖政權穩定性。因此，北京會盡一切辦法，令內地經濟持續增長，儘管速度稍緩幅度不若過去。

內地經濟能否在上升軌跡中運行，從國際大炒家的言行看，可說莫衷一是，看淡和唱好之聲交匯。以《信報》這幾天刊出的信息，著名基金經理伊坎（C. Icahn）甚為悲觀，身體力行，拋清把盈利前景寄望於中國市場的股票；另一名期貨大炒家（美其名為「商品大王」）羅傑斯（T. Rogers），則大大看好內地前景，不僅他的公司持有大量內地股票，連他兩名女兒的退休賬戶（信託基金？）亦如是，並聲言是「長期持有」。不過，這些名實相符的大鱷，在買賣前是不會透露其市場決策的，他們都在買賣後才把購進或沽售情況和大眾「分享」……。伊坎便是顯例，他在購入「金蘋果」後和沽清「爛蘋果」後才公諸於世，盲目追隨的人，恐怕都成了他的「踏腳石」！

外匯大炒家索羅斯（G. Soros）看淡中國經濟——說經濟政策也許較貼切——有其道理，因為他認為一個對市場走向稍為偏離國家政策便以行政甚至政治手段干預市場運作的政府，經濟不會有好下場！不過，這是以資本主義規律，評估國家指揮市場經濟的「偏見」；換句話說，在自由市場，若政府粗暴地操縱市場，必無好結果，但對一切由中央決定的內地經濟，筆者認為索羅斯的論斷，長期也許正確（但「長期而言，大家都一命嗚呼」，「長期」因此沒有實際意義），短中期則肯定「測錯市」，原因很簡單，和許多西方論者一樣，他們均輕估中央集權的力量，已全方位崛起的中國政府的力量，左右短中期經濟去從，是綽綽有餘的。

二、

筆者對內地經濟的看法，套句股市術語，是好淡爭持，有淡有好。

先說看淡的一面。內地當前的經濟策略，強調「供給側改革」，這與西方的「供應方面經濟學」類似，這種政策取向是對的，然而，決策者許未想到、也許不想提及的是，一孩政策的惡果已經浮現——這可不是孤家寡人沒有兄弟姊妹這麼簡單——此為20至59歲的人口已快停止增長，那對從出口轉型至內部消費的經濟形態，大為不利。59歲以下20歲以上的人口，是「內部消費」的生力軍，如今這支「生力軍」開始「縮水」，對消費的消極影響，可想而知。

人口統計顯示，從1973年至2008年間，進入勞動市場的成年人，每年平均為一千二百五十萬，那意味每年有新增千多萬物業、汽車以至形形色色耐用及非耐用物品的準買家，他們的消費帶動經濟增長，不言而喻。從2008年起，每年投入市場的成年人萎縮率達95%；至2018年，不僅沒有增長反而是長期下降的開始，而下降可能持續二十年左右。值得注意的是，這並非揣測或估計，而是根據人口出生率及在沒有「淨移民」（只有移民外國、極少外人移居中國）的情況下推算出來的實際數字。這種人口趨勢，等於說從2018年起的約二十年，成年消費者人數漸次下降，這對經濟增長肯定負面。不但如此，趨勢還意味其對經濟已不具或只有極少積極功能的65歲後人口逐年增多，那會加重政府（如果有健全老年福利政策）財政負擔而最終由全民支付即增加工作人口稅負……。再寫下去便是社會甚至政治問題了……。

再說內地經濟樂觀的一面。

中國製造業從低成本向高科技轉型，目前處於過渡期，成績並不耀眼，不過，由於有一支高學歷的工作隊伍、有龐大的本地市場，加上資金充沛及掌握無限資源的政府直接介入，前景令人另目相待。

麥肯錫（麥健時）顧問公司去年底在一份題為〈試說中國創新發明的威力〉（Gauging the Strength of Chinese Innovation）的報告，詳盡評介了內地在科技創新發明方面的優勢。其結論是到了2020年，創新發明的經濟效益可增國民毛產值（GDP）2-3%，約等於屆時GPO三成半至五成的增幅！創新科技的發展，有望吸納大部份因淘汰「殭屍（低效率）企業」而失業的勞動人口。

在1994年至2014年，中國投入研發（R&D）的資金，從佔GDP的0.64%，於二十年間增加至2.05%，政府的目標是，2020年此比例增至2.5%；以購買力平價（PPP）為基礎，中國在研發上的投入，約佔全球的20%——日本約佔10%、德國約為7%；據經合組織（OECD）的推算，到了2019年，中國將成為最多投入研發資金的國家。

在科研人才的培訓上，中國亦位於世界前列，理科畢業生佔總體大學畢業生49%，緊隨其後的美國為33%；到了2030年，中國勞動人口中27%有大學學位，為世界之冠；不但如此，由於內地就業機會較佳，「海歸」人數從2000年的九千一百二十一人，增至2014年的三十六萬多……。

在專利註冊上，中國增長之快，亦是世界之最，根據歐洲專利局（EPO）的數據，在2005至2014年，中國申請專利的個案增長十倍；2014年向EPO申請專利的二十七萬四千一百七十四宗個案中，中國佔了二萬六千四百六十二宗（約為總數9%）；去年的情況更上層樓，EPO所收有關申請個案增18.2%，來自中國的增22.2%。去年8月5日，作者專欄談中國創新經濟的題目為〈舊經濟強弩之末　新經濟成敗難測〉，現在看來，新經濟成功機會已不難測。

儘管金融界對中國經濟前景不樂觀（去週五《經濟學人》的社論更指出北京應停止推進人民幣國際化的部署，不然會弄巧反拙，釀成債務危機），但仍有眾多外資科技公司把新科研項目帶進內地，在2010年1月至2014年12月，有投資額達五十五億美元的八十八宗新項目投入內地市場；同期投進美國的只有約三十億美元。

上述這些數字十分枯燥，了無讀趣，但它們説明中國在創新科技方面，已急起直追且有成為世界第一之勢；只要政治穩定、社會和諧、東海台海南海等（第一島鏈）無戰事而香港不再有「動亂」，中國經濟成功轉型，可以預卜。

2016年5月10日

巴拿馬文件揭密
選士著皆大歡喜

一、

當前國際經濟秩序中，有兩項亟待解決卻受既得利益集團阻撓而無法進行的事，今天只說其一——避稅港（「稅務天堂」）。

自從4月中旬「巴拿馬文件」公開後（4月19日作者專欄），避稅港不欲張揚甚至要遮掩其為貪官污吏的財富及避稅逃稅的資本階級服務，已是眾所周知的事。顯而易見，「避稅天堂」的業務，令收入見不得光的貪腐官吏逃過刑責、意圖避稅的法人和個人少納稅款，其後果直接製造貧富不均及間接削減福利，對佔人口絕大多數的低收入階層，十分不利。公平公道公正為西方奉行的「普世價值」的支柱，但「避稅天堂」正是在經濟上釀成貧富兩極形成不公平社會的一個不可忽視的源頭。可是，由於英國是此機制的最大受惠國，談及把它廢除或改革，英國朝野便渾忘「普世價值」，其所維護的只是他們的「死忠」有錢人——資本家階級的利益！

「巴拿馬文件」的資料揭露了世上不為人知的隱蔽財富數以萬億（美元．下同）計，這些「避稅」資金若「如常」納稅，每年稅款在一千七百億元水平（其中最窮的非洲亦達一百四十億元），若把之用於福利上，當可紓解部份低入息階層之困；不但如此，由於受法例的保護，等於默許甚至鼓勵各地貪官污吏更積極地搜刮民膏民脂，然後安全地藏富海外……。「避稅天堂」因此與助長貪污和劫貧濟富無異。

說來有點不可思議，巴拿馬本是世上最大的「避稅天堂」，1989年美國藉掃毒之名揮兵「入侵」，推翻專制政權、活捉獨裁者努力雅嘉（M. Noriega）將軍，政權變天、政壇起巨變，面對不明朗前景，「投資者」遠走他方，為財富尋求安全避難所，大部份見不得光的空殼公司遂轉至兩個英國海外屬土——處女群島和開曼群島。「巴拿馬文件」的「主角」處女群島成為「避稅天堂」，始於70年代，她本為美國有錢人的「專屬避稅島」，1981年為華盛頓取締，本有沒落之象，英國見機不可失，在「幕後活動」，使處女島國會於1984年通過「國際公司法令」，有保密條款外，尚允許外國公司免交本土稅……。1989年巴拿馬變天，行「普通法」的處女群島（和開曼群島）便成兩個最不想納稅的富裕階級和不想公開財富的貪官的「天堂」！

二、

這種不公平現象，存在已久，但管治「避稅天堂」的英國不僅從無放棄想法，而且在「國際壓力」下矢口否認英屬處女（維京）群島（British Vingin Islands）是避稅港！2013年八國集團會議上談及「避稅天堂」問題，英國不當一回事，會後首相卡梅倫發表聲明，指包括處女群島在內的英國「海外屬土」，近年進行多項改革，稅制已趨於公平公開（fair and open），說她們是「避稅天堂」，並不正確。真虧他說得出口。政治領袖面不改容「說謊」，由於是為國家利益着想，因此是國際政壇的常態！

「巴拿馬文件」見光的「秘密戶口」，雖然只是冰山一點，卻足以證明英國的「海外屬土」絕對是「避稅天堂」。在世界的「避稅天堂」中，處女群島以有近九十萬間海外公司註冊成為冠軍（約佔全球避稅公司總數之半）；目前該人口不足三萬的群島的財政收入，51.8%約一億三千萬元，來自「海外公司」的註冊費及相關雜費（另約一半收入來自旅遊），這是該島經常出現「財政盈餘」的重要財源。

在不少有言論自由的民主國家，「巴拿馬文件」引起「政治風暴」，隨着避稅內幕逐步揭露，一些國家「風暴」已釀成「海嘯」，可見問題的嚴重……。在這種情勢下，以「救災扶貧」為使命的樂施會，趁去週四

（5月12日）於倫敦召開有四十國代表參與的「國際反貪腐峰會」（anti-corruption summit），於5月9日主催一項由全球三十多國三百餘名經濟學家簽署、聲請與會的世界領袖設法取締「稅務天堂」，以阻遏避稅行為的公開信！

2013年卡梅倫的表演，不僅以「語言偽術」展示這些「避稅天堂」已不具避稅功能，同時亦暗示英屬處女群島對外資空殼公司的稅務優惠，與倫敦無關。然而，美國名經濟學者沙斯（L. Sachs）在上述公開信上簽名後，表示處女群島所以能夠成為臭名遠播的「避稅天堂」，完全是金融大國如英國和美國政府包庇大財團及與會計師行和律師行合作為富裕階級及有大量不能見光的貪官隱藏財富的結果，等於摑了卡梅倫一巴掌！

三、

「公開信」條陳「避稅天堂」不但令許多國家失去巨額稅源，且助長貪腐之風，因此作為反貪會議主辦國，英國應禁止屬土作此「對經濟增長無助、助長貪腐又對貧困一群有害」的稅務政策，但英國政府並無正面回應；卡梅倫政府只聲言會「調查」在英國購買房產的資金來源，就「打貪」而言，這種取向聊勝於無。值得大家注意的是，英國對海外屬土的「管治」方法，頗類北京之於香港。英廷派出的總督全權處理外交及軍事防務，由民選的土著擔任副總督「協助總督」處理日常工作。回歸近二十年，京派駐港大員（聯絡辦主任）的權力若總督，如市長的副督（行政長官）由港人擔任。英國和這些屬土相安無事，皆因人丁稀少人民教育水平較低易於「管教」之外，最重要的還是副督由當地人選出（其立法議院的十三個議席均「普選產生」），有地方的認受性；香港的副督由北京欽點，事事聽命於授權來源，仰北京鼻息，市民的不滿因此持續性不息——這是三任「副督」都不得人心的底因。

「公開信」拋出阿當．史密斯主張有錢人應交比平均數多的稅，這段成為「累進稅」基石的話，見《原富》第五章〈論君主或國家的收入〉；值此貧富不均日趨嚴重，要求加重富人稅負之聲響徹雲霄四海可聞之際，史密斯這幾句話又常現眼前——除了「公開信」，今年4月出版、由史丹福及紐約大學經濟學者合撰的《向有錢人開刀》（*Taxing the Rich*），亦引述《原富》同一章節字義相近的話（頁二十九）。

富裕階級應多交點稅，可說是包括大部份港人在內的世人共同訴求，看情形很快成為世界（資本主義和社會主義社會）的主流稅務政策，以非如此無法撫平民怨、俯順民情。要在香港行累進稅，對行之已久且有效的單一稅制有翻天覆地的衝擊，會引起富裕階級主導的「社會震盪」（比如為避稅而「走資」），但當局應設法向有錢階級「開刀」（不少開明和有同情心的豪富早已聲言願意「引頸待戮」！）；《信報》12日消息指

「印尼稅局要求『巴拿馬文件』榜上有名的二百七十二人中的七十八人『修訂報稅記錄』」，等於下令這些避稅者重新報稅，這是一項重建公平稅制具建設性建議，特區政府要在這方面動點腦筋，決策者不要把精力專注於寫「網誌」和做「秀」，多讀點新銳的課稅文章以刺激「新思維」（以海耶克和佛利民為代表的新自由主義已從實踐中證實是貧富兩極化的「元兇」），進而改革香港稅制。令富裕階級多納糧，不僅可為步向社會和諧增添動力，且是為向以公平為主軸的內地稅制看齊邁出有意義的一步！

2016年5月17日

中歐聯推英美拒「杜賓稅」腹中胎死

一、

令國際經濟秩序大亂的另一個「火頭」，是外匯投機熾熱，「杜賓（托彬）稅」本為和緩炒風的有效「工具」，但為既得利益集團美國和英國極力反對而胎死腹中！

去年10月間，北京外管局「正在研究杜賓稅」，權衡客觀形勢，筆者雖然得出徵收「外匯交易稅」知易行極難的結論（3月23日作者專欄），可是看近日歐洲不少國家鼓吹徵收此稅之聲此起彼落，北京若能與這些國家達成協議，美國和英國便不能不認真看待，不能只一味否決！由於對外匯投機——炒賣外匯課點稅，既可遏阻炒風，又可把稅入用於提高人民福祉，比如扶貧或投入環保事業等，令大多數人受惠，英美尤其是英美以外的民意，肯定持正面態度，如此可能左右民選國家政治，在這種情形下，達成相關的國際法，便不會太渺茫！

有關「杜賓稅」的前世今生，筆者説之已屢，不少讀者許亦了然於胸，因此不再細説。此稅於1972年被提出後，由於直接侵蝕外匯炒家利益，金融大國美國和英國「誓死反對」，不在話下，這對世人有益有建設性的建議，在此後數十年無法推動遑論由國際機構通過規例着令各國遵行的原因。

經過半個世紀「蹉跎」，至2013年「杜賓稅」（或類「杜賓稅」）才有捲土重來之勢，而這是2008年華爾街金融風暴後「自然催生」之故，以歐洲諸國痛定思痛，提出徵收「外匯交易稅」（FTT），以和緩炒風進而希望達致匯價相對穩定的目的。經過數年醞釀，歐盟議會於2013年1月通過由奧地利、比利時、愛沙尼亞、法國、德國、希臘、意大利、葡萄牙、斯洛伐克、斯洛文尼亞和西班牙提出的議案，本意翌年可能落實，卻因遭受「外來勢力」干預，實施日期一再延宕，最新消息顯示已押後至「2016年年中」，如今「年中」已近，看情形還會順延。能否實施「外匯交易稅」，和英國是否「脱歐」有點關係，作為世界金融中心（炒賣外匯最熾熱的倫敦），英國不希望加入任何會加重外匯投機成本的「立法」，最直接的做法是「脱歐」——如果她不「脱歐」而歐盟達成徵收此稅的議決，英國便不得不執行，那對英國特別是倫敦的「金融城」非常不利，世人皆見。

1992至1993年歐盟貨幣危機、1994年墨西哥貨幣大貶值，令杜賓教授認為「市場力量只會令市場大起大落而無助穩定匯市」的論斷，再受廣泛關注；法國左翼社會黨總統密特朗1995年在哥本哈根的一次歐盟會議上，首度提出應對外匯炒賣徵稅，惟他知道美英反對甚力，對其成為法例，並不樂觀；同年在加拿大召開的七國峰會，法國代表重申此議，但「台下」反應「平靜」。此稅影響不少人的「生計」、打擊「金融中心」的生意，反對者眾，不難理解。1996年，巴基斯坦經濟學家（博弈論大家，曾任該國財長）哈克等人編輯的《杜賓稅》由牛大出版社出版（M. ul Haq等編彙的*The Tobin Tax: Coping with Financial Volatility*），收錄近十名學者從方方面面對杜賓稅的分析，大體得出徵收此稅有益有建設性；本書出版後不久，當時的歐盟主席、聯合國秘書長以至世銀行長，都公開發表支持立例徵收此稅的言論，令不少經濟學家以為「杜賓稅」從此不再只是「論文的註腳」，認為徵收「外匯交易稅」快成事的人更多；法共出身的總統希拉克競選時還以此作為政綱，他當選後，2004年更在聯合國大會上提出，雖然未獲大會通過，但稍後於巴黎召開的財長會議，有三十國（去年底增至六十國）組成「創新金融以促進經濟發展領導小組」，主要目的便在促進此一「環球徵稅計劃」。

法國鼓吹開徵「杜賓稅」的勢頭，至2007年右傾共和黨的薩爾科齊上台，才戛然而止，他向財政部（部長為當今IMF總裁拉加德〔C. Lagarde〕）下的第一道命令為取消從1893年實施的股票交易稅，此舉目的在「使巴黎向作為金融中心邁出一步」，這種「指導思想」令此前兩位總統鼓吹的「杜賓稅」聲沉影寂！

二、

2008年華爾街引爆的金融危機，雖然無法打動法國總統薩爾科齊改弦易轍，支持徵收「杜賓稅」，但英國一位「公職王」、時任工業總會總幹事的端納（A. Turner），於2009年公開主張應徵「杜賓稅」，同年二十國集團峰會通過「訓令」（Mandated）IMF提出一項包括徵收「環球外匯交易稅」在內的金融改革計劃，這比「杜賓稅」只針對外匯交易（Forex）再進一步。一如預期，美國、英國和加拿大政府馬上發出強烈反對之聲。這也許是IMF在翌年年報中不提此事的底因。

不過，要向金融特別是外匯交易「開刀」的主張，並未因此而沉寂，德國總理默克爾指出，二十國集團若不以積極態度處理此事，她會促請歐盟「獨力」推動（她聲言法國總統薩爾科齊已改變主意支持她的主張），歐盟議會果於2011年會議上批准成立研究「歐洲金融交易稅」的小組；「歐洲金融稅」的徵稅對象涵蓋包括外匯買賣的所有金融交易，它建議股票及債券交易稅稅率0.1%、金融衍生工具稅稅率0.01%；稅率雖低至似有若無（杜賓最初的提議稅率為0.5%），年收入仍有三百至三百五十億歐羅；這當然不是大數目，但「用得其所」，有數以百萬計人民受惠！

值得注意的是，薩爾科齊在2012年大選前，把內容十分「溫和」的「法國杜賓稅」（French Tabin Tax）列入政綱，但他敗在奧朗德之手。作為社會黨黨魁，奧朗德認為金融業是法國的「真正敵人」（true enemy），誓言當選後會致力令歐盟實施「金融交易稅」。可惜，他上任後便不彈此調，只把股票交易稅提高一倍——從0.1%增至0.2%。「金融交易稅」必須全球各國遵行，正如2014年初法國財長莫斯科維奇（P. Moscovici）所說，如果歐盟實施此稅：「歐洲的金融市場便消於無形……，所有的有關交易將為倫敦吸納！」

不得不考慮實際情況的官員，雖然對落實這類稅收不敢樂觀，然而，有政治理想且以公平為念的政客，仍然鍥而不捨……。去年法國與德國達成在2021年實行徵收某種程度（稅率很低）「外匯交易稅」的共識（Common Position），但看這些年來歐洲政治人物在此問題上之多變，屆時能否成事，天曉得。

不厭其枯燥簡述二十國集團特別是法國（和德國）在徵收「外匯交易稅」上的起伏，說明一個事實，外匯交易對經濟並無貢獻，徵收交易有利世人，但阻力來自那些在國際金融事務上有「話語權」的既得利益者如美英（加）。一如文前提及，在國際金融市場舉足輕重並有意推行這種稅收的北京，若能和歐盟諸國達成徵收「杜賓稅」的共識，反對者便不得不讓步。由於開徵此稅對經濟、稅入以至福利有積極影響，北京若登高一呼，必可贏得舉世的尊敬！

2016年5月18日

一國來撥亂 兩制未反正
——人大委員長張德江訪港

中共政治局常委，中央港澳工作協調小組組長兼人大委員長張德江，本月17至19日的訪港「看、聽、講」三天行，早在「一片好評」聲中「圓滿結束」；今已事隔四五天，其來港「視察」的大事小事，傳媒早有議論，筆者只能擷其大要，作零星評說。

一、

張委員長此行，的確有和緩香港社會撕裂氣氛的作用，似在反映中央對京官（國家）旨意決定一切香港事務的專橫有點點鬆動，那從他對「反對派」的界說較前鬆可見端倪。

2014年爭取「真普選」和平「佔領（雨傘）運動」，成為行政長官表現其奮不顧身為主子効力賣命的機會，也許真有京官因此認為他們沒有擇錯治港港人，而此人的能耐，亦於「不必出動解放軍」便能「平亂」上彰顯。可是，梁振英那種有北京撐腰便蠻幹、一落場便擺出敵我分明、完全不體恤民情民怨更無意設法紓解民憤的強橫作風，又豈是北京希望通過和諧香港向國際社會展示其有容納與內地不同的多元社會的泱泱大度，這有助中國在國際社會上的「定位」，不言而喻。

筆者對張氏香港行的觀感是，中央已從「雨傘運動」領略到「逆我者亡」的策略，在香港會換來群眾的「不合作主義」，搗蛋拉布者有之，謀「獨」圖「自決」者亦不乏其人，那意味梁振英的鐵腕政策該有修改之必要！

二、

在中共權力結構中排名第三且直接管轄香港事務的大員訪港，由於對財閥不假辭色，沒有安排蒞港領導人與本地大亨會面，等於不與商界作「互搔背脊」的「應酬」，受慣全人類捧場的本地財主，便「互不界面」，這是張氏在港活動兩天，恒生指數連日顯著下跌的原因——股民沒有因國家領導人訪港而心情亢奮、歡欣鼓舞，股市不升反跌，傳達的是對此行的負面感受。有人會說，港股之疲弱，是受外圍如美股因傳加息在即而下滑的影響，這確是事實，但若本地財閥欲營造港人熱烈歡迎張委員長訪港「巡視業務」的拍馬氣氛，只要在指數主要構成權數的少數股票上用點力，外圍的影響便化於無形。

三、

4月27日作者專欄認為「張德江此行必會……團結（大）多數孤立（極）少數，擺出開明開放廣納言論的姿態，和一切不論『出身』不管『背景』反港獨反自決的建制內外政治團體的代表會面……。」事實果然如此，四名泛民議員見張氏並有機會直陳己見，是北京的精心安排，這種師「豬欄效應」（過去不瞅不睬〔話不投機〕，今次施小惠示好〔愛心傾聽〕）故智的設計，釋出北京有團結大多數的善意，對獨立和自決派的「一小撮」，則聲色俱厲！北京略施小「計」，香港眾志秘書長黃之鋒，已直斥泛民「聯署」（向張德江）要求撤換行政長官的做法「倒退」，令他很「不舒服」……。如果北京進一步向泛民伸出「可以溝通」之手，吃不到葡萄的勇武或和平抗爭的「造反派」，看來與泛民「割蓆」之期不遠！

這一着，可說北京統戰初見成效（為甚麼對已回歸多年的香港仍要「統戰」，皆因在前海未成氣候之前，香港仍有點金融方面的剩餘價值，加上「一帶一路」確有用得着香港的地方，營造香港社會的和諧氣氛，便有必要），不過，如果稍後（據說6月將召開「港澳工作協調小組擴大會議」）出爐的香港政策與四泛民面張時公開申述的訴求無涉，不僅張委員長紆尊降貴盡顯開明開放廣納言路的「正能量」馬上化為烏有，還會令有自信有自尊的泛民議員對北京死了心而放棄與北京理性對話的策略……。

雖然港區人大代表、行政會議成員鄭耀棠在《講清講楚》的訪談中，指出「人大八三一決定不會因目前的和諧氣氛而改變」，但筆者不想修改4月27日作者專欄的結論，即「八三一決定」會稍為鬆動，北京會在「適當時刻」重啟政改，而屆時應該鑿開一線縫隙，讓溫和泛民有下台之階；至於北京會否揪出一頭代罪羊，指其誤導中央作出不完全符合港情的政改安排，筆者不想妄測。筆者不想在這方面浪費筆墨，是深明在選行政長官上，北京是典型的「何伯遜」（Thomas Hobson, 1544-1631），他擇甚麼馬你便騎甚麼馬，絕對沒有「自由選擇」這回事；不過，在「一帶一路」仍有用得着香港的先決條件下，「何伯遜」應替香港擇一匹不會亂闖的馬；當然更不能選一頭衝撞瓷器店（China Shop）的蠻牛！

四、

一方面重彈北京對「一國兩制」、「港人治港」的執着和堅持，一方面對不屬國防與外交範疇的港事指指點點（身體語言亦如是），而一眾「政治正確」的社會賢達肅立聆聽「教誨」，即使為示「禮貌」不出噪音不發異議，事後亦沒有指京官犯了原則性錯誤，在「兩制」之下不該指點香港江山……。殖民地教育早把香港的既得利益階層「馴化」！

五、

對於警方把保安部署升至「防恐級」，坊間負面評論不少，筆者則以為警方扮演的只是被動角色，因為中共對層級不同領導人赴外地「巡視」的保安級別，規定得一清二楚、非常嚴謹（事實上，在保護領導人方面，各國的做法俱如此），香港警方只能執行北京保安當局的指示。至於說香港警方在本地執法，應有主導權，只是天真的想法，那從不久前由英女皇之口透露習近平主席訪英時中國保安人員的霸氣，可知已崛起的中國，根本不把客地的警力放在眼裏，領導人蒞港，甚麼兩制自治，均為虛文，全部得靠邊站。在北大人眼中，香港警方算是老幾？大家不要再批評沒有「話語權」的警方了。

六、

張德江訪港的最大收穫，筆者認為是他口中的「埋（買）單」（粵普皆宜的Maidan）一詞，明年入選《牛津英語字典》機會極高；張氏的名字將隨《牛典》而流芳俚語界。這種「發展」，與委員長重視「粵語文化」一脈相承，據財政司司長曾俊華週日在網誌上引述張德江上週在「一帶一路」論壇上的發言，稱香港有文化優勢，「長久以來，粵語文化令我們跟華南、東南亞以至世界各地的華僑保持緊密聯繫……」（林按：眾所周知，海外僑胞的主要華語是普通話），委員長說「埋單」，說明他對粵語文化的重視，不是一句虛語。

2016年5月24日

有形之手商人忌
擁護國策用公帑

一、

「一帶一路」的設想，既展示習近平主席重建強盛中國的鴻圖，亦稍紓過往數十年為達國務院定下經濟增長（GDP）目標而過量投資，加上這兩年世界貿易量萎縮（這從運費直線下降及中國與南韓造船業式微可見），造成多種行業尤其是重工業產能過剩的「妙計」——把計劃經濟必然造成的資源浪費，在北京牽頭成立的亞投行（亞洲基礎設施投資銀行）協助下，作為打開一條新經濟命脈同時可擴大我國在相關地區的政經社影響力，不是「妙計」是甚麼？

香港商界，即使是有大量OPM可以運用的上市公司，其負責人為對股東（包括他們自己）負責，對並非由市場無形之手指引而是由政府有形之手主導的「一帶一路」的經濟效益存疑，十分正常——商人對有形之手言聽計從，才是怪事——因為事實告訴大家，自古以來，興旺的商業活動，都是市場主動而非政府下令而成事。18世紀初葉溝通東西商貿且有大成的「海上絲綢之路」，便是歐洲商人嘗試、冒險不斷，得出風險與報酬成正比的結果後，才由貿易商和投資銀行（當年稱「商人銀行」）合作開發、拓展出「一盤大生意」。雖然行政長官梁振英「大力催谷」，但私人企業對「一帶一路」仍感遲疑，不敢輕易「落注」，如此不配合國策，與政治無關，只是考慮成本效益後的商業決定。

張德江委員長在「一帶一路」論壇的演講，認為「香港要跟着走，而且要主動積極才能從中獲得好處」。其對象若為「國企」，必可收一呼百應之效，可惜，香港迄今並無這類可以不計成本不問效益的公營企業！《信報》18日「社評」說「一帶一路予香港人的感覺，彷彿（要）地球人登陸火星大展拳腳……。」確是的語。事實上，要港商遠赴有「世界心臟」之稱的地區投資，未免太「高瞻遠矚」，務實現實的港商沒有充份利用「近水樓台」以「得月」，完全是因為此「月」不過是鏡花水月！老實說，對於「一帶一路」所經大部份國家的政經宗教以至商情，主要強項是賣發水樓起家的港商，根本如丈八金剛，這是他們對領導人的呼籲沒有熱烈回應的緣故。

二、

北京也許了解港商的局限，因此並未寄予厚望，然而，對利用香港作為「一帶一路」的融資中心，北京顯然很有期待，但筆者以為這方面亦不易做出成績，原因有二。第一是「生意前景」不明朗，作最樂觀的打算，融資成本可能很昂貴。其一是香港的銀行，如今由港人全權管理的（所謂「華資銀行」），真是鳳毛麟角，屈指可數，東亞、大新之外，還有甚麼可以做這類融資生意的「華資銀行」；如今控制香港金融命脈的，可說是「外來勢力」，內地銀行的力量難以小覷，可是投資者對它們在這種跨國基建融資上，缺乏信心，令它們很難負起作為亞投行以外「一帶一路」主要融資者的重任。以英美銀行主導的本地金融業，有盈利的生意當然不會放過，可是由有形之手指示的生意，政治目的大於經濟利益，她們便不會主動沾手，以免被董事質問及股東炮轟；二是她們的重大決策無法不受國內（總部所在地）政治影響，「一帶一路」經過不少政治多變的國家，令她們的融資多了一層金融以外的考慮……。香港要擔當融資「一帶一路」的角色，有可能是「不能承受之重」！

當然，亞投行的重要性不能不重視，但外界對該行的評價可能因為是北京主催而帶有負面的偏見。一般人的看法是內企（國營及私營，歐盟最近才否定內地是市場經濟，原因可能是不少具規模的私營當中有「官股」成份，且她們的業務方針很難偏離國家的政策）在「一帶一路」沿途諸國的投資，用的主要當是亞投行提供的資金，用以購買內企過剩物資，作為在當地的投資，亞投行貸款給這些國家投入種種有利其經濟發展的基本設施，等於融資與財貨大體由中國（亞投行股份中國佔49.9%、十個始創成員國共佔50.1%）提供。換句話說，由國家主導不必考慮市場反應的投資，私企很難參與其中。

「一帶一路」沿途諸國（連中國一共六十五國），大都政治複雜（不少政治親西方、經濟靠中國）且宗教色彩濃厚，民風強悍，還有本地經濟不振市場需求並不殷切（如有市場需求即具經濟效益，難道西方資本家不會去開發!?），因此，投資難有好收穫；此外，值得注意的是這些國家大都缺乏一流管理人才，工作表現缺乏效率、貪污普及而政府公信力不彰，加上政治多變，一旦政壇「變天」，賴債違約之類的金融糾紛層出不窮，債權人要獲預期的合理利潤，很不容易。上述種種，令人對內地在這些國家投資的經濟效益不敢看得太好。不得不考慮的還有，國人未富先驕、小康聲大、財大氣粗的特質，令人反感，如今國力強盛，發財者眾，那種被李光耀深惡痛絕看不起人的傲慢性格（Condescension），很易把「借錢給你投資」視為天朝恩賜，盛氣淩人，結果招惹當地人不滿、敵視，令投資橫生枝節……。北京一定要提出一套周全且有嚴格規矩可遵循的計劃，才能引起能夠在市上籌措資金的私營企業的興趣！

三、

香港私營銀行能在「一帶一路」的基礎設施融資上扮演甚麼角色，精打細算的銀行家自有主張；未來這類投資若在香港金融市場（股市債市）上市，類犬類虎，投資者心中有數……。在這種情形下，香港商人應如何「主動積極介入一帶一路」的開拓？筆者有三點微不足道的看法——

甲、據江蘇師範大學等學術團體編彙厚達六十餘萬字的《「一帶一路」沿線國家語言國情手冊》，這六十四國使用的語言多達一千多種，要與這些地區做生意，不論是亞投行的融資還是「絲路基金」的投資，工作人員必須學點當地語言，才有利溝通；這方面香港應起一點積極作用，而做法是可利用多元社會中有不少來自這些國家的移民，由教育局從「一帶一路」的十億元獎學金中，撥出部份款項，令有志者「就地取材」，向來自這些國家的移民學習當地的語言……；另一方面，亦可鼓勵甚至明文規定領取獎學金來港深造的學生，有義務介紹其國家的風土人情及教授語言。為日後赴這些國家工作做好準備，是香港能夠出力的地方。

乙、如果市場反應不錯，本港旅遊公司該積極開闢「一帶一路」沿途國家的旅遊路線，讓更多港人（和內地同胞）熟悉她們的市情、自然環境、飲食、宗教以至名勝古蹟，這類「實用信息」有助對這些國家國情的了解，可以拉近兩地的距離，對在這些地區的投資肯定有積極功能……。

丙、私企提不起興趣，但國營部門如政府及立法會則應積極投入；行政長官已做了不少工作，立法會應急起直追，組團前往這些國家「考察」；對於引進「美食車」亦要組團赴外取經的立法會議員，赴這些國家看看有甚麼香港可以「効勞」處，應視為當務之急。與此同時，立法會對政府有關撥款的申請，宜即時通過，以這是香港社會配合國策所能做的事……。

2016年5月25日

燭光寄意成風景
香江顏色亦千秋

一、

支聯會主辦的六四維園燭光晚會，從1990年起無間地舉行，到了2013年，悼念晚會除有支聯會的維園會，還有「市民自發」舉辦的尖沙咀集會，說明了從那一年開始，民間出現一股不滿支聯會主辦維園燭光晚會的意氣，他們認為支聯會的悼念形式僵化，主導意識落後於香港政治形勢的變化，無法反映切中時弊的政治訴求。在這樣的背景下，數不在少的市民，另起爐灶，「尖沙咀集會」之外，2014年有熱血公民主辦的「香港人的六四集會」，去年還加入港大學生會的「六四集會」，今年更像遍地開花……。相對於維園的燭光，尖沙咀集會的戾氣很重，與香港市民的主流心態頗有距離，其追隨附和者，不僅未見大增反有疏落之象，和港人不喜暴力，從中可見一斑。

經過2014年「佔領運動」的失敗和政改無着後，港人對中央政府恪守《基本法》承諾的雙普選，信心盡失，年青一輩對特區政府無意捍衛港人循選舉制度產生行政長官和立法會議員的政治權利，更為不安。對於八九．六四以來，支聯會一直堅持支援內地民運，爭取民主、自由、人權和法治在內地早日實現的訴求，有高不可即之感，不足為奇。因為更多港人覺得自身難保，哪還有餘力顧及內地的情況？在這種形勢下，支聯會的五大工作綱領如「釋放在囚民運人士、平反八九民運、追究屠城責任、結束一黨專政和建設民主中國」，說起來雖然鏗鏘堂皇，在港人自身政治權益已被京官嚴重蠶食腐蝕之下，便顯得有點「離地」、不切實際！

支聯會的全名為「香港市民支援愛國民主運動聯合會」，是1989年5月港人響應國內的民主運動，出現了上百萬人上街的愛國民主大遊行，而支聯會便是在那次大遊行中宣告成立。當時香港主權已指日回歸中國，既成定局，但香港仍是英國殖民地，在英國屬土上生活的港人，何以那麼熱切關懷中國？答案很簡單，那是他們感到「支援內地愛國民主」，與生活在這塊已定期回歸母體的自己的未來，息息相關。

時移世易，回歸後香港的政治生態，令有獨立思考能力的年青一代，對北京死心，對授命於北京的特區政府會捍衛本地政治權益絕望！熱愛香港的新一代，遂有人爭取與北京進行第二輪香港前途談判，希望從談判中尋求自救以保自由⋯⋯。非常明顯，所謂本土意識，正是在排山倒海的自救訴求聲中興起的民間運動。

二、

繼去年香港大學學生會自辦「六四集會」，今年學聯代表及所有大專院校學生，自行舉辦悼念六四集會或論壇，缺席維園六四燭光晚會，為全港最具代表性的六四紀念活動是否已經四分五裂、薪火相傳的用意是否再難持續，打上問號。不過，支聯會主席何俊仁當晚致詞時說，該會一定會「咬緊牙關，面向風雨，追求公義」，那等於說，不管學生們另起爐灶及其他團體以各自的形式悼念，維園集會不會停辦。

支聯會主辦悼念六四的維園燭光晚會，是香港一年一度一個群眾參與人數最多的公開集會，除了本地人的參與，一些移居外國的「港僑」、「華僑」以至內地同胞，無論是經意或不經意的選擇於6月初來港，然後跑到維園、坐在地上、點燃蠟燭，藉着悼念八九當年那些為抗議官倒貪腐、為追求民主掀起的政治事故而犧牲、而受害、而失落、而離散的人情物事，追昔撫今……。顯而易見，當年北京學界藉悼念胡耀邦而起的和平抗爭，歸根究柢是對當權者的施政不滿而爆發。從往後的發展看，六四對內地的影響比香港小，堅持經濟開放走對了路，在短短數年間，六億人脫貧、不少人致富，令內地民眾大都安於現狀；然而，香港卻因八九民運而受創甚深，港人對不惜以血腥手段鎮壓和平示威學生的政權，固然非常反感，北京則一改在起草《基本法》期間那種用人唯才、廣納各界精英効力建樹香港的做法，回歸後對香港的多方干預，令香港的方方面面，都起質變，而令香港元氣最傷的是，過往用人唯才的準則，如今變成非要是愛國奴才，否則不會被重用；加上北京一再強調不會和平演變，等於民主在內地止步，令大多數港人意識到不起而爭取本身權益，除了做奴才當奴隸，已無出路！

三、

紀念六四的群眾，即使集中在維園，亦是各有懷抱，各有不同志向（最大的分歧也許在有人主張有人反對以港人的力量去「建立民主中國」），不過，大家心存鬱結，卻屬一致。一年一聚，不論在維園、尖沙咀還是大專院校的會堂，與會者莫不謹守記憶、憑一點燭光或言詞，煥發昔日傷痕帶來還未至於完全熄滅的一份心願。

事實上，對於維園燭光晚會的參與者，不等於他們擁護支聯會的主張，但支聯會排除萬難主辦這個年度晚會，二十七年的堅持，已把聚會化為一幅香港英、中治下的人文風景；這人文風景，展現了始於英國治下香港人民對北京那場起於和平靜坐卻以血腥鎮壓造成傷亡而告終的政治風暴是如何關情；而這個燭光晚會能於英、中治下帶着濃厚殖民地氣息的維多利亞公園無間地舉行超過四分之一世紀，清楚告訴世人英國治下的自由，到了中國治下尚能持續不輟，反映特區香港仍有「兩制」殘存的空隙——僅此一端，大家便不可完全抹殺北京沒有貫徹「兩制」的承諾！

明天是紀念愛國詩人屈原投江自盡的端午節（不過，歷史學家早指出「端午節的源起必須離開屈原、伍子胥和勾踐等去求」（見江紹原的〈端午競渡本意考〉），三閭大夫是二千二、三百年前的歷史人物，他的愛國以至自盡的故事，說明我國百姓歷來對獨裁者殘民以逞強權的不滿，是個沒完沒了的心結。維園六四的燭光是港人家國之思的寄意，年復一年辦下去，正是大多數港人的心願！

2016年6月8日

徙置安居平夙願
優化寮屋是與非

一、

以眾籌形式成立的通訊社「傳真社」，去週五發表一則「深度採訪」，「揭發」港島南區大潭灣東丫背村有八間由寮屋改建的房舍，從電視所見，這些勝似海濱別墅的獨立屋，有花木扶疏的花園、玻璃建構的日光室，還有稱不上碼頭的私家小渡頭……。長鏡頭下的灣村風景，恍若世外桃源，令人驚嘆人頭湧湧囂聲塵上的香港，還有這樣閒雅寧靜的一角！

「傳真社」報道受到廣泛的注意，那是由於一來那八間「海濱獨立屋」有如遠離塵囂的人間樂土，令居住環境擠迫不堪的不少港人「看傻了眼」，驚艷香港竟有如斯優美的臨海民房；二來是這些「優化寮屋」的屋主（佔用官地而擁有上蓋業權），有富商有退休高官有探險界名人，俱非無瓦遮頭之輩，他們仍要霸佔官地建獨立屋，真的是貪婪無厭，令人反感，於是群情嘩然。

輿論對此事的看法，大體都是負面的，以此一建築群存在同時不斷「升級」的時間長達三十餘年，期間並無交差餉納地稅；而在原教旨主義環保分子心中，其美化工程破壞了沿岸生態環境；還有這些僭建物業所以能數十年「平安無事」，是否存在有關部門貪腐瀆職的過失，在在引起港人高度懷疑、熱烈討論！

對這種種消極反應中，筆者感慨良多，除了認同當局應徹查是否有官員貪污因此對僭建視若無睹以外，筆者認為對這些把「不可居」的寮屋及荒涼海濱美化活化的居民，不論他們的出身背景，都不應被看為負面事件！一位過氣泛民政客突然「建制上身」，理直氣壯地指出這些屋主應受懲罰，因為他們「已享受了幾十年」！這名政客故意不提或根本無知的是，今天大家看到的風景，是屋主們長期工作、投資的成果（有人仍在親手建造渡頭），海濱生態也許因為修路建渡頭被破壞了，但屋主們種了多少樹木花卉、鋪了多大的草地，景色宜人令環境優雅之外，還是多少鳥獸昆蟲的樂園。非常明顯，經改造後，環繞這些原寮屋的自然環境遠勝從前，環保分子為何視若無睹？退一步看，從政者不是有改善民生的理想嗎？屋主們不管是親力親為或鳩工美化與翻新，以自己的精力和財力改善居住環境，是值得鼓勵而不應惡言相向！

未獲當局批准自行美化活化寮屋，其合法與否，有待研究，但於情於理於美化市容，卻屬無虧；當局長期未有改善寮屋相關的法例，在不合時宜的規管下，沒有及時制止「屋主」修葺加工（是否涉及貪污，有待廉署調查），「屋主」見有機可乘，盡力把寮屋優雅化人性化，不但讓自己住得舒服，亦令周遭環境「升級」，何罪之有?!

二、

說來難以置信，網絡上的資料顯示，如今香港的寮屋不下二十萬間，其中有人居住的在八九萬間之間；這些寮屋，絕大部份散佈於新界，九龍及港島的數量不成比例的少，大約只有四千餘間。有關寮屋的情況，當局早已知之，且有詳盡的紀錄，沒有及時處理，大概是公屋供應不足，對這類「廢物利用」的寮屋及其改良版的獨立屋，便不急於「撥亂反正」；傳媒對此現象關注已久，據八五二郵報（Post852.com）的報道，網誌《粵民時報》於去年2月間已就土地灣村（大潭灣五條村莊之一，其餘為東丫背村、東丫村、爛泥灣村及銀坑村）涉非法霸佔官地一事，「進行專題報道」，只是當時似未引起有關部門及媒體的注意，沒有跟進，遂「不了了之」。

本港寮屋這麼多，追源溯始，要從40年代後期說起。抗日戰爭勝利後，人口驟增及經濟衰頹，香港開始出現佔用官地的臨時房屋（今之寮屋，當年稱山邊木屋或鐵皮屋）；大陸解放前後，簡陋房舍隨內地難民蜂擁而急劇增加，當時港府未有公共房屋政策，人們便在市區邊緣、野外山邊自行搭建居所，安全及衛生條件很差。1953年聖誕節石硤尾大火，五萬多人無家可歸，為了安置災民，政府先在災區附近興建兩層高平房，稍後再於災場原址興建七層高的徙置大廈。自此政府大規模開展公共房屋建設，同時認真處理寮屋問題；本着先安置後遷拆的原則，政府先向佔用官地的臨時房屋逐戶登記、訂定賠償上蓋建築設備以至果木數量，然後遷徙安置。如今的寮屋，確切點說，就是等待政府收回土地、準備上樓住公屋的臨時房屋居民。

寮屋住客雖然佔用官地，上蓋物業卻為搭建者所有，所以，住民遷往徙置大廈安居，還可以得到一點涉及上蓋財物（包括果木）的現金賠償；港府在1982年及1984年進行兩次寮屋登記行動，就是按一向規矩辦事，實際記錄每間寮屋的面積、高度和居住人數等具體資料，勒令居民此後不能自行擴建房屋（視為僭建），為的是防止人們在等待上樓交回土地期間，不斷改建擴建，把鐵皮屋木屋改為磚屋或石屋又或增種果木甚至添養牲畜，以索取較高賠償……。政府的設想不能說不周全。

滄海桑田的變化，大潭灣東丫背村八間寮屋的官地，顯然是政府未及安置、未有收地而給住民捕捉到自行發展優化園林建築的空隙，如今被形容為「豬欄變豪宅」、被說成可能牽涉官官相護以至退休高官和富商們的居停，那是很易誤導公眾，以為這些人不是鑽「法律漏洞」而是觸犯「天條」，罪無可恕！新聞界可以深入報道任何地方的發展風貌，可以敦促政府正視寮屋問題的處理，但是不分青紅皂白的「扒糞」，不愛惜一份經之營之且有品味格調的環境改造，還有那份認為這些寮屋住客「着數」了幾十年而非要遭受懲罰不可的刻薄⋯⋯。筆者對這則新聞的處理和港人的反應，感到難過，因為我們的社會，似乎再不是朝向厚生之道邁步而是吝嗇成性地借理、借法摧毀「自力更生」式的追求美好生活！

2016年6月14日

政權交替無動作
揚威立萬戰幔燃

一、

中國政治並不透明，這是她無法與其他國家尤其是透明度高的西方國家建立真正友好（推心置腹）關係的根本原因。

引起筆者評說此一向來極少提及的命題，是看到黨的喉舌《人民日報》週一發表侯立虹的評論：〈一把手怎樣名副其實〉，文章針對「把公權變成私權而我行我素，把自己的話當政策而狂妄自大」的人；又說：「這種唯我獨尊的權力把持很危險，往往導致一把手『不得善終』」。在引述這段「新聞」時，立場新聞（thestandnews.com）加上「令人不禁聯想到上任後不斷集權於一身的中國第一把手習近平」的評論。

這種推論有其道理，但人們不禁要問的是，既然集權於一身，何以正牌官媒仍敢「犯上」，連「不得善終」這種狠話都說得出，此中可有「別情」？這即是說，所謂「集權於一身」只是表象，實際上「反對派」

仍未完全被馴服，眈眈虎視，伺機反撲!?

除了總攬黨軍政大權，習近平主席還分擔許多重要決策部門（中共議事協調機構）如國家安全委員會、中央全面深化改革領導小組、中央對外工作領導小組、中央對台工作領導小組以至中央財經領導小組等的組長（領導），意味其影響無所不在，幾乎所有重要決策都要待他拍板才能定案，就此觀之，說習近平大權在握，絕不為過。然而，無論從治國權術（Statecraft）或企業管理的視角，這種事事親力親為的作風，意味這位領導人對屬員不放心；而這種陰影的凝聚，等於領導人懷疑屬員可能有二心、存異見，即不是絕對聽從領導人的指示辦事，領導只有親身上陣督師！如果這種分析不致遠離事實，便只能說習近平「一把手」的地位尚未坐穩，有名無實。事實上，如果能夠「一言而為天下法」，習主席便不必事事親躬，一切都可交由聽話聽教的屬員代勞，然後向他匯報。

二、

習近平手握最高權力，可是仍然存在「下有對策」的隱憂。王毅外長數天前在加拿大以非常傲慢（李光耀一再強調的中國人的「死穴」）的態度「教訓」記者，縷述中國的經濟成就，沒一項可歸功於習近平的領導，換句話說，他當上主席接手的不是一個爛攤子……。習近平上台後，雖然在反貪方面搞得有聲有色有成效，但一套足令官員清廉的制度——在職及退休——迄今尚未制訂，令人對中國吏治前景不敢樂觀。習近平上台後，在東海（ECS）及南海（SCS）事務上是滿天風雨，但是迄今仍一事無成，東亞南亞「諸小」更「公然」與美帝「結盟」（或締約或建立密切的雙邊關係）；13日王毅外長在雲南玉溪的「中國——東盟國家外長特別會議」歡迎晚宴上致詞，表示「中國和東盟各國山水相連，是分不開的永遠的鄰居。」又說了不少情理兼備可說相當感人的話。不過，說到底，東盟諸國「經濟依賴中國軍事倚靠美國」的主軸政策不會因為王外長一席話而改變。東盟諸國在政治和中國保持距離，根本原因是受王毅外長以強國使者身份展示的無比傲慢所影響！

令人注目的是，連冷戰時期恪守「中立」（不肯當美國的亞洲走卒）的印度，亦「正式」投進美國懷抱，令圍堵中國的圈子更牢固；本月上旬，印度總理莫迪訪美並於國會發表演說，強化與美國的軍事聯繫，不能不說是美國外交上的重大勝利。已故新加坡「國父」李光耀早於60年代高調籲請美國介入亞洲事務，令亞洲「諸小」免受傲慢的中國欺淩。看如今亞洲「諸小」對中國的海洋政策的反彈，「李光耀思維」仍派用場，那等於說美國介入亞洲事務，大受亞洲「諸小」歡迎，美國「重返亞洲」的策略有「民意基礎」，因此不會改變——即使北京認為6月6日至7日在北京舉行的「第八輪中美戰略與經濟對話」框架下戰略對話有「具體成果」，美國在維護海洋航行自由藉口下，仍會漠視中國對東海南海島礁的主權宣示。

三、

筆者不久前在這裏指出，美方對中方聲稱自古以來便擁有東海南海一眾島礁的主權，置之不理，這可見於在北京高調反對下，美國仍定期派遣軍機戰艦進入這些海域「巡邏」，那意味美國不視中國為軍事強國，不當中國海軍兵力是一回事，設非如此，美軍早就「挾着尾巴」逃之夭夭；這數月來，中方「照辦煮碗」，亦調派警方軍方艦艇赴日本宣稱擁有主權的釣魚島（諸閣群島）游弋，日本的反應亦不似軍事強國，因為除了跳腳抗議，並無「下文」，這適足以彰顯中國海軍實力強大，令日本不敢輕舉妄動？表面看來確是如此，然而，想深一層，軍事上無法不與美國結盟，而且美軍在日本本土還保持數個基地，等於在與中方較量上，日本不得不聽從美國指示。如今美國選戰進入近身肉搏期，恪守美國傳統政治文化，卸任之期已近的奧巴馬總統，便不願在此時刻與中國正面衝突，避免捲入一場大戰；別忘記中美合作可以各牟其利（「中美利加」，Chimerica）的事實，行將「退休搵真銀」的總統讓此頭等大事由其接任者決定，是負責任的舉措。情勢就是現階段美國只會虛應故事，不圖真正出手，中國遂有在東海和南海擴建、增兵甚至可能在南海設「防空識別區」的空間！北京必然會利用美國因大選期近政府「不作為」及新總統上台伊始「難作為」的權力真空期大展拳腳，但只是虛張聲勢的花拳繡腿，因為「拳拳到肉」損害到美國及其盟友實質利益的搏殺如「奪回釣魚島」（遑論收復台灣），美國便會縱容日本反擊……。美國的反應，當然早在北京計算之中，這正是中方堅守「動口不動手」的底因。

由於後台是美國，北京對愈走愈遠的台灣民進黨政府，亦只能怒目相向、摩拳擦掌，其對台灣的「經濟封鎖」，若真的落實，只會激發台人在經濟上「奮發圖強」、在政治上更傾向獨立，以目前的情況，台灣不可能因經濟萎縮而向中國作原則性讓步（有獨立之思不肯承認中國人身份的大多數台灣人不願台灣成為另一個香港！）……。中國在東海和南海連番「作為」，在美國政壇忙於「內鬥」（大選）期間，只有些微進展（在擴建的島礁上進行「基本建設」）而欠實質收穫，有損習近平的威望，不難理解！現在最危險的是，習主席為了立威立信，在內政受經濟橫行（所謂L形）的困擾及看中美國政權交替期內在朝者避免「有作為」的局限，在東海或南海點燃戰火……。

2016年6月15日

政治不正確叫座
反自由貿易難行

一、

如無意外，特朗普（D. Trump, 1946-）代表共和黨角逐下屆美國總統，已成定局；由於對手民主黨的克林頓夫人，此刻民望遠遠在他之上，因此，現在評論他上台後的政策，未免為時太早。

關於這位賭場大亨、地產巨子，他在四分之一世紀前，筆者已在《信報月刊》（總一五八期，1990年5月）有一長文，細說他的事業和家事（〈家不和可傷心　業不興最傷神〉，收《閒讀閒筆》），筆者對此公的興趣，除充滿傳奇色彩的賭場生意，還有他多姿多采的婚內和婚外情，不過，最重要的是，他與傳媒的「怨恨情仇」，非記一筆不可；特朗普把80年代紐約暢銷的扒糞雜誌《竊秘》（1986-1998；Spy，當年譯《間諜》）告上法庭並打贏官司，最後該月刊無法支付罰款而關門大吉。《竊秘》可算是本港那些「八卦週刊」的始祖，以揭露政商娛名人「醜聞」（主要是桃色事件）

為己任，最轟動的一宗揭秘是老布殊的婚外情，差點令他在總統大選中落敗（見〈始終引不起熱潮的布殊婚外情〉，亦收再刷數次的《閒讀閒筆》）。二十多年前有關特朗普的文字，可作為「特朗普前傳」的資料——他若順利「出閘」，也許可用這些舊材料作一文。按倒閉後《竊秘》的編輯於2006年出了一本舊文結集，三百餘頁，印刷極為精美，題為《竊秘開心的年頭》（Spy-The funny years），有關它與特朗普的「交手」，均收其中，圖文俱佳，閒讀妙品！

特朗普金髮蓬鬆、表情誇張、動作粗野且口沒遮攔句句狂言，其能於明槍暗箭子彈横飛的政治角力場中脫穎而出，以筆者的看法，皆因他的大部份「競選言論」完全「政治不正確」（請參閱3月14日沈旭暉的〈政治正確之死〉及動向chengmingmag.com的〈甚麼是美國的「政治不正確」〉）。最近數十年，社會（東西方皆然）形成一股甚麼都要「政治正確」才能生存的意識，不少人心底反對同性婚姻、公平貿易、視若干宗教為邪教以至歧視有色人種等，持這些觀點均被定性為「政治不正確」，受「政治正確」的主流社會所排斥甚至告將官裏，在這種社會氣氛下，持異議者遂不敢暢所欲言，他們的抑鬱不快，不難想像，因此，當特朗普的放言高論（大放厥詞?!），正好説中他們的心事，他們起而支持他，不難理解。

二、

特朗普把美國經濟疲不能興，歸罪於和中國的自由貿易，在他的簡單分析中，中國廉價勞工（相對於美國）生產製造的東西，輸進美國，美國高成本的相關行業，無法與之競爭，造成美國工人失業率上升、經濟增長放緩……，這種經不起嚴格學術實證的說法，雖然「政治不正確」（環球自由貿易各國互通有無才是「政治正確」），卻說中大多數不敢公開的心底話，特朗普揚言，一旦當選便不容中國製造的貨物濫銷美國，這類言論，大受歡迎……。

事實上，特朗普這種論斷是不正確的——政治和經濟——因為自由貿易雖對某些行業不利，惟平均而言，整體經濟（如美國和中國）是大受其惠的。顯而易見，中國於2001年加入世貿組織（WTO）後，中國貨出口美國數額大增，這是中國經濟高增長而美國通脹於低位徘徊的根本原因。這種情況的確會拖慢美國的就業增幅，但消費者卻受益不淺。那即是說，中國廉價物品的進口，一方面令相關的美國企業不得不設法提高生產力、壓低工薪或遷往成本較低的地區如亞洲及南美諸國；一方面則令消費者受惠——即使加薪幅度不若過往（中國未加入WTO前），由於物價跌幅愈甚，消費者仍可得益。一項研究指出，中國進口貨對美國失業的「貢獻」只約佔失業人數的四分一（即百人失業中只有二十五人受中國進口的影響），華爾街引發的金融海嘯，才是失業率居高不下的元兇。

幾乎所有經濟學派都主張自由貿易，哈佛大學經濟學教授孟球那本暢銷教科書《經濟學原理》（G. Mankiw: Principles of Economics），當中圖文並茂的分析，清楚展示自由貿易國家從進出口貿易中，得益遠多於損失；以傢具業為例，自由貿易令成本高國家的傢具業中沒落甚至被淘汰，但其他如咖啡、香蕉、能源，以至紡織業等則蒙利。由於受惠行業的股東及消費者不會「上街慶祝」，而受害行業的相關人士卻會「上街抗議」，因此自由貿易予人以對進口國不利的觀感。實際卻並不如此。

三、

近日讀到不少受薪者收入多年並無寸進（指數順應後不少且是不加反減）的新聞，意味勞工階級物質生活陷入困境，在這種情形下，何以高度重視勞工權益國家（先進國家）的工會和工人不起而爭取？說到底，這是拜自由貿易令平均物價全面下降（通脹率似有若無）之賜。換句話說，自由貿易有益世人，特朗普有關限制中國進口貨以打擊中國經濟的說法，不管在某些人聽來是多麼「政治正確」，亦不應貫徹為政策。

關於自由貿易的討論，從18世紀以還，可說並未隔斷，至上世紀後期才有結論。1995年世貿組織取代

1948年簽訂的關稅及貿易總協定（GATT），確定了自由貿易為世界各國（WTO成員國）的貿易模式，自此世界貨如輪轉、雙邊貿易大增。一位奧國學派經濟學家（Don Boudreaux）說得好，政府不會干預「隔街」的人「互通有無」做買賣，同理，亦不應干預「隔海」或「隔大陸」的國家這樣做。這種扼要的說法人人能明，不過，如果有人強調「隔街」的人或「隔海」的國家是「不良分子」、「邪惡國家」，應予抵制，一切便因無可避免會掀起貿易戰而改觀。看特朗普狂言，他若當選，自由貿易許會枝節橫生，不過，筆者相信他的經濟顧問會阻止他這樣做。一如政客在競選期對選民許下的承諾，特朗普反自由貿易的政策亦無法實現！

2016年6月16日

人惡人怕有人不怕
欺負香港驚動世界

甲、

把人身安全置諸度外的林榮基，「現身説被囚」，令轟動全球（以傳媒的報道作準）的「銅鑼灣書店五子失蹤事件」，一目了然；以香港和內地的密切，對此事的來龍去脈，表面上是被蒙在鼓裏，實際是早已心中有數。林榮基的「和盤托出」，雖然為其他仍有「內地聯繫」或「身在內地」的受前老闆及同事駁斥，大多數港人還是選擇相信林氏的説話。昨天《信報》「香港脈搏」欄提出的「陰謀論」，言之成「理」，但港人只能以姑妄聽之的態度看待。

香港與內地地緣相連、血脈相通，內地遂順藤摸瓜，介入香港事務鑽「一國兩制」漏洞，甚或漠視其存在，對港事指指點點、予取予攜，愈演愈烈，已成常態；這種站在法治觀點看來無法無天的事情，部份港人以事不關己、「未燒埋身」，不予理會，但準備為本身權益付出重大「機會成本」而挺身對北京説不者，為數不少，且以青少年人居多；不過，以內地的強勢和強悍，尤其是在國際事務及地區事務到處碰壁的此際，如果連囊中之物的香港亦管不了，政府威權何在、面子何存？換句話説，北京仍會用盡一切可用的手段（在現階段解放軍肯定不會出動），用其有異於香港的意識及邏輯，試圖馴服香港、壓服民心。由於掌握了行政長官以至決策官員的任命權，即使香港社會亂成一團，北京的旨意仍能在香港落實，雖然過程可能掀起滿天風雲，令社會非常之「不和諧」！

不過，北京將為此付出沉重的代價，在此資訊迅速傳播而且很難守密的時代，世界各國尤其是亞洲「諸小」以至台灣，從其玩弄香港於股掌間，看穿中國有權不會不用盡的政權本質，正是由於她已全方位崛起，與中國政治意識有異的國家特別是鄰國，因此莫不怕得要命，北京的利誘她們當然「甘之如飴」，但政治上紛紛投靠美帝以策安全。強力把香港反共民意壓了下去，北京行有餘力，然而得不償失，因為香港表面上被馴化了，可是在國際間，北京卻被視為蠻不講理的異類，引起反彈，文化輸出的「孔子學院」難以發揮預期的功能、高鐵輸出到處碰壁、歐美領袖不聽勸告不怕被報復高調接見達賴喇嘛、剛在加拿大大發脾氣的外長王毅與東盟外長開會竟無法發表支持中國南海立場（南海大部份島礁自古以來屬於中國）的聯合聲明；台灣愈走愈遠——不承認「九二共識」，起碼比國民黨政府倒退一大步；而自認中國人的台灣人和香港人比例直線下降……。

上述種種，都是在中國自認為大國強國的背景發生，所以如此，相信北京的香港政策令人們心中發毛之故。試想，如果香港是雍齒，台灣會愈行愈遠嗎？如果北京不以其與眾不同的道理解釋《基本法》、「一國兩制」及詮釋香港法律，亞洲「諸小」會在政治上與之保持安全距離嗎？為甚麼台灣及各國有這樣負面的反應，難道北京當局不必自省和檢討？

銅鑼灣書店五子失蹤事件的「林榮基折子戲」上演後，雖然北京發動龐大且部署周全的反宣傳，但一再受愚的海外人士尤其是有切身體驗的香港人相信誰，答案早已寫在聲援林榮基示威遊行的橫額上。林榮基的人格不會因為「如實道來」而光輝、高尚，卻亦不會因為北京的全方位「抹黑」而令港人不相信他的血淚控訴！此事的一項後遺症為必然有更多的港人打起反建制的旗號從政，迄今為止，進入各級議會，仍是和平捍衛港人權益別無選擇卻不一定有效因此是聊勝於無的途徑。

在北京「依法辦事」扮演何伯遜為港人「揀馬」的前提下，如果港人為求自保踴躍從政，在當前的民意氣氛下，導致泛民議員人數壓倒所謂建制派議員人數，不足為奇，如此一來，政府提出的議案更難獲議會通過。表面上，這令政府無法行惡法，是民主的勝利，但實際上恐怕更不利香港的政治發展。按照常理，議會為泛民控制，北京肯定會委出一位手段和心腸如梁振英甚至勝梁振英的人治港，因為若不如此，北京豈非無法貫徹其「治權」的法定權力。如果事情的發展果如所料，香港的政經社麻煩未完未了！

香港前景實在太不樂觀。

乙、

筆者雖然不以為「一帶一路」對唯利是圖的港商有甚麼吸引力，但設想對中國卻非常有利（既可解決內地過去多年為追求GDP增長而過度投資形成的產能過剩，復可藉此擴大對那被西方國家忽視忽略的六十四國的政治影響力），因此，作為中國的特別行政區，當局應運用公帑——何況香港有的是盈餘——好好配合國策（若當局無法游説立法會配合，是失職！）。令宗主國有「着數」，是香港保持不變、維持原貌的不二法門——這是筆者數十年來的陳調，惟相信依然有效。

特區政府拋出十億港元的「一帶一路」獎學金，體察上意，構思甚佳，可惜數額小，成不了氣候；更甚的是，當局在推動此一大計的手法可説毫無技巧，難怪教育界反應平淡而議員——包括若干建制派反對者眾。

事實上，連引入普通不過而且已有專文論述的美食車，當局亦要組織議員赴外考察；配合國策的「一帶一路」獎學金，當局竟然沒有相應活動，輕重不分，可見一斑。

筆者認為，教育局應組織教育界人士，分批前往「一帶一路」所經六十四國（連主場國中國共六十五國）考察，然後提出專業報告，令業界以至老百姓了解這些國家的教育狀況，學生們可據此作出對本身進而國家有利的決定——申請獎學金到這些國家深造對就業前景是否有用，各人可因應本身條件再作決定。

更重要的是，當局可同時組織議員去考察，對象當然不是教育而是經濟條件及風土人情，看看有甚麼商機外，尚應查察有甚麼香港人可以効命之處。據電視節目《新聞刺針》透露，迄今年4月——屢提「一帶一路」的《施政報告》之後數天而遠在「一帶一路」獎學金提出之前近月——本地以「一帶一路」之名註冊的公司已達一百二十餘家（相信現在已不止此數），這現象反映了港商嗅覺敏銳靈活的優良特性；由於對此六十四國的國情所知無多，這百餘公司仍在紙上談兵的階段……。特區政府此時若以公帑請議員組團考察，回港後草成報告，商界固拍爛手掌、北京領導人許亦欣賞特區政府「識做」。如此利港益國之事，何樂不為？

當局花點公帑，既對香港有利亦有助推動國策，不僅北京會大加讚賞，亦肯定可排除不少諸如立法會阻撓相關項目的撥款提請，教育界亦會發出認可這些國家教育潛質的聲明……。當然，這不是說當局的「雞髀」有神效，而是那些獲邀前赴考察的賢達們，親身走一趟、親眼看一遍後，便能領悟國家領導人開拓這些國家「商機」的遠見，從而得出惠港耀國有益有建設性皆大歡喜的結論！

2016年6月21日

中國填海四方受敵
台灣發憤外交難伸

甲、

雖說美國奧巴馬政府換屆在即，盡量避免在亞洲與中國動武，但這絕不等於美國在亞洲事務上完全被動，坐視中國坐大。除了在亞洲海域集結兵力、進行演習，美國太平洋總司令還於去月上旬對記者表示已作好「今晚開戰的準備」，這種極具挑釁性的言論，竟然是針對「挑釁者和擴張主義者」中國！

中國被加上這些惡名，有點兒冤枉，以北京掌握不少歷史證據，證實東海南海若干在越南、菲律賓以至印尼「門前」的島礁為其「自古以來」的領土，因此，眼見越南在2013年年底便靜悄悄地在她認為是其領土的島礁進行填海擴建工程——據「戰略及亞洲海域透明度國際研究中心」（Center for Strategic and International Studies' Asia Maritime Transparency Initiative）的統計，越南三年來已擴建十多處島礁，填海總面積逾一百二十公頃；比起國力遠勝的中國，卻屬「小巫」，以中國僅在南沙群島的填海便造地達三千餘公頃！作為「世界警察」，美國叫停越南填地，越南政府早已「停工」，但中國卻置若罔聞，一來北京認為在自己領土上的擴建，是中國的內政，與外國無涉；二來中國辯稱擴建島礁及在其上興建基礎設施，目的在供各國「和平使用」。可惜，這些理直氣壯甚且可說與人為善的理由，以美帝為首的國家，尤其是中國鄰近「諸小」以至西歐大國，都不能接受。今年4月中旬，七國集團外長廣島會議，除例行公事公佈《廣島宣言》，還發表「處處針對中國」的《海洋安全聲明》，雖然北京指斥這是「越軌行為，是對南海問題的粗暴干涉」，但看美國的後續行動，顯然不當中國的反駁是一回事！

本月14日，中國與東盟諸國在雲南玉溪就南海問題舉行外長會議，這些在經濟上仰仗北京利益施與的國家，竟然無法與中國達成協議，而且據說東盟諸國已擬就措詞強硬、不點名批評中國的聲明（最終「受壓」沒有公開）。非常明顯，站在中方立場，這是美國「攪局」令這些國家有靠山而不賣中國的賬；不過，中國這些「古已有之」的島礁便在人家門口，即遠離中國但與問題國家如越南、菲律賓和印尼等較近，從鳥瞰圖看，中國的主權宣示是有點過份。這正是東盟大部份國家對中國在南海的填海造地（遑論「軍事據點化」）大有微詞，在美國擺明介入並有實際行動調派更多艦隻進駐區內的情形下，她們有恃無恐，終於群起反中。

七國集團、東盟諸國不滿中國的南海活動，可算是中國的外交挫折；日本死抱釣魚島不放以至美機軍艦隨時出入中國領海，可說是那些國家不把中國視為軍事強國；鐵般事實，中國不承認亦不行。

對中國南海政策不滿的，不少是中國經濟利益輸送的受惠國，以國人的想法，她們既在經濟上佔了便宜，便不該對中國的國策持相反意見，更不可公開反對，以受人錢財、替人消災，是我國的傳統美德。可惜，外人特別是西方人觀念有異，因為不論投資或商貿，都是在互通有無的基礎上，雙方各有所得才達成協議，因此並無誰欠誰的懸念；況且，與中國國企做成交易的，絕大部份是私營機構，根本與國家政策無關。事實擺明，私企所以能與中國國企做成生意，不少是政府穿針引線之功，而企業多以投其一票或於競選期間在法例許可下捐點經費作為回報。如果北京以為這些國家的私人企業從中國身上獲得不少「甜頭」，她們的政府便成為中國的政治盟友，那便大錯特錯。近月中國和英國及法國達成不少數額龐大的商業合約，但在兩海問題上，英法領袖仍公開站在美國一邊，這絕非這些國家「食碗底反碗面」，而是彼此理念不同，在所有民主國家，商貿和政治是絕對的兩碼子事！

乙、

台灣新任總統蔡英文，週五（24日）首度外訪，作為運河使用「國」之一，她將出席巴拿馬運河寬拓竣工典禮，期間會與「非邦交國官員」有「自然互動」的接觸，而與中國代表（商務部副部長）則會「打個招呼或點個頭」。據台灣外交部公佈，蔡總統會順道訪問（國事訪問？）台灣在中美主要盟友巴拉圭，而出入巴拿馬之間，假道美國，在邁阿密及洛杉磯過境，全程八天九夜；過境時，「像往例將與美方政要接觸」，而美方一如舊貫，基於「安全、舒適、便利及尊嚴」原則作過境安排。

從公開資訊看，民進黨的蔡英文政府和美國的合作，將比國民黨的馬英九政府密切，這是因為台灣會選擇性地發展軍事工業，而這非和美國建立更密切關係不為功。這政策令北京不快，不在話下；然而，以當前的情勢，北京除了「動口」抗議譴責，恐怕不會有甚麼實際行動。中國「近攻」的外交政策，令北京在可見的將來，不可能對台動武；「遠」的不説，京都大學的張智程博士月前在《信報》發表的〈日本是制衡中國稱霸關鍵〉一文，甚有參考價值——日本的國勢雖無復當年勇，但軍事上仍有「制衡」中國的實力。以目前台灣和日本的關係，台海有事，日本必然趁機發難，即使美國袖手等做「和事老」，被美國眾嘍囉圍堵，中國只能選擇做君子！

蔡英文出訪的巴拉圭，與台灣關係深厚，其故獨裁者史特羅斯納（A. Stroessner, 1912-2006）與台灣故獨裁者蔣介石（1887-1975）為反共盟友，是蔣介石於1966年主催的「世界反共聯盟」（今之「世界自由民主聯盟總會」）創會會員。老蔣雕像至今仍聳立在首都阿松森中央廣場；不難想像，蔡英文是不會去獻花敬禮的。

不管台灣如何發憤圖強，其邦交國將愈來愈少，所以如此，其一是中國經濟崛起，即使現在進入發展瓶頸，仍有餘力作經濟輸送，令一些國家自斷與台灣外交關係；其一是不少國家，特別是中美洲小國如薩爾瓦多、危地馬拉和尼加拉瓜，近年都由親共前游擊組織奪得政權，她們的政治主張近北京遠台灣，因此很易投進北京懷抱……。

蔡英文有一套很完備的發展台灣經濟計劃，在軍事上亦會與日美建立更密切關係，但外交上的挫敗，大勢所趨，不能回天！

2016年6月22日

脫歐影響所及　英國運美選情

一、

英國的公投在香港時間去週五中午有結果，全英四千六百五十多萬選民，72%投了票，大出意外的是，其中51.9%支持「脫歐」，贊成「留歐」的48.1%。力主「留歐」的英相卡梅倫聞訊後馬上在相府門前宣佈辭職，10月離任。非常明顯，在這次博弈中，卡梅倫失敗了，雖然在公投中失意不必下台，但主張「脫歐」的黨友虎視眈眈，不主動求去，讓新人應付新局面，經歷「宮廷政變」而被轟下台機會甚高。換句話說，其斷然求去，是大方地鞠躬下台的做法。

說公投結果「大出意外」，是指外匯炒家與多數論者而言，對筆者來說，則並不意外。投票前民調顯示，脫留雙方勢均力敵，未表態的約在15%水平，筆者因此推測「脫歐」一方將佔上風（6月23日作者專欄），因為未表態者聽信女皇的「疑歐論」後，極可能「投女皇一票」（如此她的「家業」便不致被拆散——若她能阻止蘇格蘭及北愛爾蘭進行「脫英留歐」公投的話），結果成功「脫歐」。英國真是一本難懂的書，其君主政體始於公元871年（國會原型則成於13世紀），這千多年來，皇權早已旁落，如今皇室扮演的角色與馬戲班無異，無權無勢但在必要時刻必須粉墨登場娛賓之餘，草根政客還不時尋皇室開心（二三十年前有位工黨議員寫了一本《女皇與我》的書，對皇室極盡嬉笑怒罵之能事，笑料極多，讀之令人倒絕），可是，一個規行矩步端莊得體的皇上，不論性別，仍受平民百姓尤其是三姑六婆的敬重和擁戴，已過90歲的今上伊利沙伯便是典型。二年前她要蘇格蘭人「脫英」公投前三思，投反對票的遂佔大多數；此次傳出她曾拋出「疑歐三問」，「疑歐派」果然在一片看淡聲中脫穎而出。

「脫歐」成功，不少有切膚之痛的英人大吃一驚，若干投「脫歐」一票的選民，竟然因後悔而發出再進行一次公投的籲請，雖然網上簽名者超過三百五十萬，看情形英國政府不會認真處理；因為工黨內訌及保守黨「揀蟀」已夠忙，況且此例一開，恐怕失意於公投者會不斷要求「再來一次」，直至他們滿意為止，這與「輸打贏要」何異……。民主的真諦是少數服從多數，此次公投並無作弊做假，沒理由因為有人大感意外大失所望而再公投！

二、

如無意外，英國脫歐已成定局，以旁觀者立場，結束這段不愉快的「婚事」，對英國未始不是好事。二戰之後，英國和歐陸諸國，可用「齟齬不絕」來形容；60年代，英國曾二度因法國強人戴高樂總統的阻撓（提出太多「不合理」條件）而無法加入「歐洲共同市場」（EEC），直至1973年，保守黨首相希斯才與戴高樂繼任人龐比度談妥條件而「入會」；可是，英國翌年大選，工黨以一旦登台會行公投讓人民決定是否「留共市」為政綱，大受歡迎而當選；工黨上台後，果於1975年6月進行公投，結果「留共市」的多數勝出（威爾遜內閣七八名反對派明志辭職）……。到了戴卓爾夫人拜相，這位女強人對「共市」的決策大都看不過眼，她的不合作取態，令她有「No, No, No夫人」的別稱亦是導致她於1990年11月被迫宮落台的成因之一；不過，她的繼任者馬卓安上台不久，英鎊於1992年9月16日被迫退出「歐洲匯率機制」（ERM），匯價暴挫（索羅斯大撈一筆），英國政府「賠了夫人又折兵」，灰頭土臉之餘，對歐洲日益疏離。英國雖然在較早前的《神根公約》（1985年）及稍後的《馬城條約》（1992年）簽了字，但內部反對之聲清晰可聞。

在經濟上，作為歐盟成員，英國可能在經貿及人才上，和其他二十七國「互通有無」，當然有得着，而作為無可取代的世界金融中心，倫敦更是最大的受益城市，「金融城」（The City）此次有75%以上選票支持「留歐」，充份反映了「倫敦中環人」決意捍衛本身利益的志氣。「金融城」本身只有一平方里（工作人口四十多萬），現在包括有不少銀行總部的加納利碼頭及有眾多對沖基金的五月花區，每天處理的外匯交易達二萬七千多億美元，而其管理的資產達一萬六千五百餘億美元。「金融城」如此成功，借用「舊」（2012年）書（《金銀島——避稅天堂揭秘》）廣告的一句話：「外資蜂擁而來，因為倫敦能做的事，許多在本國都辦不到！」這句話反映了「金融城」藏污納垢，大鑽法律漏洞……。英國「脱歐」成功，歐盟諸國金融機構今後也許再不能（要看「脱歐」談判結果而定）在「金融城」開分支做不見容於本國法例的交易，那意味「金融城」的地位會受挑戰，希望取而代之的城市有巴黎法蘭克福和盧森堡，但她們無論在法例、人才和語言等方面，都遠遠不如「金融城」。

「有趣」的是，十九年前，香港「脱英入中」，回歸母體，當年「有關當局」擔心香港會出現走資潮且金融系統可能陷入亂局。事實顯示事前的揣測遠離事實。這可說是金融界對北京沒有令「一國兩制」變質投下信心一票。此次英國「脱歐」，表面上與中國無關，但看深一層，對北京應有負面影響。眾所周知，北京通過「利誘」，與倫敦「打成一片」，意味中國與歐盟的「交涉」，英國多半站在北京一邊。在歐盟事務上，現在北京只好另找「拍檔」了。不過，以中國當前的氣勢，中國經濟將一如李克強總理在天津的夏季達沃斯論壇所說，不會「硬着陸」而且能夠實現「全年經濟社會發展的主要預期目標」。

三、

公投翌日，主張「留英」的主要媒體《每日電訊》發表其政治評論員霍普（C. Hope）的特稿，指出「英國的資本家、政客、宗教領袖、體育巨星、銀行家、經濟學家和社交名流，告訴大眾應該投『留歐』一票，結果大眾對他們舉手作V字狀——他們成功『反留歐』，這是民主的勝利。」霍普認為是次公投，是1381年那次令農奴制度解體的「農民大起義」（Peasant's Revolt）後另一場意義深遠的「人民大起義」！

這次公投的經驗教訓深廣，筆者把之歸納為下列數點：

①傳統的精英分子，不論來自哪個行業及專業，對普羅老百姓來說，已不再是「權威」人物；對此港人應有同感——自從反國教運動以還，香港已沒有「權威」。

②二年前蘇格蘭為是否「脫英」公投，在普遍預期「脫不成」之下，股市及英鎊匯價有可觀的升勢；這次公投前英股及鎊匯皆升（一度見一點五美元），是掌經濟命脈的一群精英，信心滿滿，是以為「脫不成」的反映——當「脫歐」派勝出時，市場心理從一個極端擺向另一極端，這是全球股市匯市急挫的原因。

③在某種程度上，成功「脱歐」是反建制（二人黨均力主「留歐」）的勝利，這種情緒，對美國那名非常出位的總統候選人特朗普有利。

④緊縮開支的經濟政策過時（對富裕階級課重稅多稅令窮人受惠之說慢慢抬頭），當權政客會再想盡辦法——比如再花「未來沒有的錢」——以「取悅」低下階層，那意味「直升機撒銀紙」會再時興；在這種氣氛下，加息暫停是合理的推測。

⑤由於沒有「婚前協議」，英國「脱歐」的談判將很艱巨，因為為阻遏更多「脱歐」的出現，「歐盟」肯定會對英國提出不少苛刻條件，關稅要重新審議之外，英國護照恐怕會真如筆者的「預言」，在歐陸的「吃香」程度遠遜特區護照。

⑥反移民反開放邊防是「脱歐」的根本原因，這種「民族情緒」相信會在世界各地蔓延；搞公投和爭取分離的國家（地區）會愈來愈多。引伸下去，保護主義、民族情諸會抬頭發酵，而環球化時代似告一段落。世界經濟將來一次「大洗牌」！

2016年6月28日

南海爭議國際仲裁
打經濟牌運轉乾坤

一、

為了南海若干島礁主權的問題，菲律賓政府於2013年1月22日將「南海爭議」提交國際常設仲裁法庭解決，邀請中國參加；中國一向認為南海領土主權和海洋權益「自古以來」便為中國所有，縱有爭議，亦應由中國與相關國家雙邊協商，不可亦不必交由「國際仲裁」，對菲律賓「邀請」，置若罔聞，惟於2014年12月發佈《中華人民共和國政府關於菲律賓共和國所提南海仲裁案管轄權問題的立場文件》，仲裁庭將此分為六大部份近百個段落、詳細列舉中國掌握的歷史事實及解釋為甚麼中國堅持這些南海島礁是中國領土和領海的《立場書》，視為中方的「抗辯文件」。

海牙仲裁法庭於7月12日頒佈裁決，認為中國的「九段線」主張，既無「國際法基礎」，亦乏「歷史性權利」。中國聞此裁決，雖早在預期之內，仍不免大動肝火（不然如何向民族情緒高漲的內地人民交代），駐美大使崔天凱馬上重申中國對仲裁的「四不立場」（不接受、不參與、不承認、不執行）；官媒相繼發表題為〈休拿廢紙當令箭〉及〈南海誰輸誰贏，歷史在一旁捂嘴笑〉的社評，嚴詞駁斥海牙仲裁庭的裁判強詞奪理，裁決書等同「廢紙一張」（其實長達四百七十九頁）外，還展示「強國風範」：「相信中國的執法力量嚴陣以待，中國的軍事力量同樣不會在需要他們站出來時沉默……」，與前國務委員戴秉國月初在華盛頓的「中美智庫南海問題對話會」上指出「希望美國不要到中國的門前耀武揚威；就算美國十個航母戰鬥群都開進南海，也嚇不倒中國」的激昂陳詞，前後呼應；而由四名上將親臨督師的大規模海軍南海演練，擺出不惜與仲裁南海問題的幕後黑手美國在軍事上一較雄長的勢態！在北京文韜武略的表態中間，還上演中國海警艦艇驅趕菲律賓「犯境」漁船的一幕。內地民眾戰意高揚的情緒能否因而稍息？值得大家留意。

二、

關於南海主權，北京所提理據，以國人的傳統思維，不可謂不充份；但國際間以歷史法律為據的解讀，大都認為《開羅宣言》、《波茨坦公告》、《舊金山和約》以至《中日和平條約》有關南海誰屬的決定，都很模糊，起碼未見把南海諸島「歸還中國」的字眼……。無論如何，在這類牽涉歷史問題的國際事務上，「道理」是要有實（武）力為後盾才能令人信服，如今中國似乎並未具備此一條件，因此「有理說不清」，何況反對一方亦有法理、拿了證據，加上有「宇宙最強」的美國撐腰（雖然只有「二個航母戰鬥群」常駐〔或電召即到〕南海），遂「振振有詞」，令海事仲裁庭靠邊站，作出對中國大為不利的裁決……。

岔開一筆，M I T政治學者奧戴爾（R. E. Odell）6月30日發表題為〈海洋霸權和並無其事的自由航行〉（Maritime Hegemony and the Fiction of the free sea: Explaining State's claims to maritime Jurisdiction；MIT政治學系研究報告2016年第十六號），顧題思義，有強權便有自由！我國吃「喪權」的虧，非自今日始，從明末以來便有多起；這種令國人切齒、仇外的事故，在1949年中華人民共和國成立後才算遏止！然而，「弱國無外交」以至「國恥」這類詞彙，已深入民心，成為民族主義激情之本。

此次「南海仲裁」的結果，雖說北京口口聲聲說等同「廢紙」（昨天端傳媒一篇特稿指戴秉國專程赴華盛頓講「一張廢紙」，可見這張「廢紙」仍有份量。確是一針見血的評論），堅決置諸不理，還直斥仲裁庭法官拿「原告」菲律賓錢財才有替銀主消災的裁決。饒是如此的理直氣壯，為何中國在訴之以理而對方不為所動的情況下，不派兵把犯境的美國及其附庸軍艦戰機趕離我國領海和領土？這不是「新國恥」是甚麼?!

習近平主席不能只靠虛張聲勢而必須拿出抗衡的實力，才能在國人之前樹立權威，這正是筆者對南海局勢無法樂觀的主因。一如較早前這裏所說，目前是美國政權交替期，在任者不會輕易作出要下任收拾「殘局」的決定，在此「動武空檔」期，北京大可發動宣傳攻勢，一來可撫平國內的民族主義情緒，一來可望扭轉不利我國的世界輿論；不過，北京的行為應止於言文而不可動手，因為一旦炮聲隆隆，當權的美國總統即使明天下台，亦以不能示弱令國家蒙羞而作出強力反擊……。中國現在是否有與處心積慮已久、新型武備山積的美帝在戰場上較量的條件，北京心裏有數；以筆者之見，中國還是以「君子報仇」的態度處理此事，較符合國家利益。我國有很多在不同處境運行讓自己好過的成語可供選擇，那是中華文化精深博大的地方。

三、

在經濟利益面前，國與國的衝突可減至最低。土耳其與俄羅斯「化敵為友」便是近例。大約七八個月前，土耳其擊落一架犯境俄機，兩國關係跌至冰點，熱戰似有一觸即發之勢；但出多數人的意外，如今土俄已「和好如初」。所以如此，皆因俄在土有重大經濟利益——俄在土興建一座價值二百多億美元的核電站合約快到手，加上俄與土談判在土境敷設每年輸送六百七十億立方米煤氣供應南歐諸國的管道已呼之欲出……。面對油價暴挫國內經濟呆滯，一口氣鯨吞克里米亞的強人普京總統，只好放軟身段，與土耳其修好。

在經濟線上，「中美利加」已生質變。簡單而言，「一帶一路」的最終目的在另起爐灶，建立中國自己的經濟圈，美國難分杯羹；在南海問題上，一旦中國得其所哉，不僅沿海「諸小」不得不以中國為「老大」，南海海底蘊藏多種天然資源（只知甚豐，迄今並無真確數字）的利益，歸中國獨佔或與有關國家「共同開發」，而「有關國家」並不包括美國在內，……。換句話說，在美國企業對中國市場寄望之殷大不如前（近兩年不少美企已退歸本土）的前提下，意味少了經濟利益有損的考慮（那與俄國在土耳其問題上正好相反），美中「發生軍事衝突」的機率大增！在衡量與美國的關係上，北京應慎重考慮這種現實。

循此思路，中菲在《裁決書》陰影下啟動國與國之間的南海談判，可能性不低。據15日的新聞報道，新總統杜特爾特已公開表示會委任前總統拉莫斯為特使，「前赴中國協助開啟菲中的南海問題談判。」馬尼拉De La Salle大學政治學者赫達里安（R. J. Heydarian）認為杜特爾特肯定會利用此一機會，向中國榨取更多利益（to extract concessions from China），杜特爾特的競選政綱，內政賣點是大建基本設施，因此亟須中國的資金、技術及硬件支援；另一方面，與出口總趨勢「下行」有別，中國對菲出口近年大增，迄今年3月底，中國總出口額萎縮約10%，對菲出口則增近22%，雖然數額只有數十億美元，但勢頭相當不錯，加上菲國決定大搞的「基建」，是中國的「強項」，意味其與菲國的經貿前途極佳。由於形勢比人強，加上美國從中作梗，中菲經濟往還雖然前景璀璨，但後者佔盡便宜，不難理解。

2016年7月19日

言詞粗鄙卻富新意 特朗普當選無懸念

一、

美國共和黨在俄亥俄州克里夫蘭市舉行的全國代表大會尚未結束，各州點票，在第二天已有結果。當奴·特朗普（Donald Trump, 1946-）得一千七百二十五票（第二為得州參議員克魯茲（Ted Cruz）的四百八十四票），超逾入選門檻的一千二百三十七票；不過，投給其他入圍者共七百五十三票，為1976年以來錄得最多反對票的一次。雖然這現象沒有具體意義，對「少數高票」者的當選與施政並無影響（1976年列根與福特之爭便是如此，在黨內反對聲勢洶洶的情形下，列根輕鬆當選，其管治順遂政績甚佳），但加上現場反對之聲嘹亮，重量級黨友如前總統布殊父子以至曾代表共和黨角逐總統的羅姆尼均缺席，清楚地傳達了共和黨內部存在深層矛盾。

報道特朗普家人在大會上的「表演」，傳媒的注意似乎集中在特朗普夫人（第三任）的演說（其演詞有剽竊之嫌，若然屬實，罪在捉刀人而非講者），她大打「溫情牌」，內容得體而沒甚麼建設性；從電視現場報道所見，筆者認為與特朗普同名的長子發言，份量十足，不僅展現了公共演説的技巧，聲調與身體語言均「功架」甚佳外，還具煽動性（特朗普若入主白宮，必會為他度身設計一個有助推動國家政策或特朗普個人聲望的職位），現為物業發展商的小特朗普（1977-），其演詞當然亦是出自幕僚之手，惟諸如把他父親選進白宮是「令美國再起（再度偉大）的保障」等，出諸其口，盡顯特朗普家族語出驚人的家風……。

從現在到11月8日投票日，爭取為國家服務專利權的鬥爭（競選活動）將趨劇烈、逐日升溫，共和民主兩黨候選人短兵相接的言文激戰（以目前的情況看，「激戰」意味互相攻訐謾罵抹黑），在美國這樣典型的商業社會，等同一場互擲金錢的遊戲。競選團隊人頭湧湧，支出浩繁，搞宣傳賣廣告組織「啦啦隊」，在在「燒錢」、莫財莫辦……。民選活動（包括本港的鳥籠競選）向來是大灑金錢的「公共活動」，以幅員廣大競選活動花樣百出，美國競選的開支肯定是世界之最。從統計數字看（競選收支分毫都得記錄在案），70年代以還，競選經費一屆高過一屆；2008年，兩院議員選舉、地方公投以及總統競選經費，總開支達五十三億多（美元．下同），比2004年的數字增27%。奧巴馬個人的競選經費為七億三千多萬，幾乎倍增小布殊在2004年的支出——比林肯在1860年的競選經費更高出二十六倍！

2012年的各級競選開支達六十三億多，僅奧巴馬競逐連任便花掉二十六億。今屆的有關費用多少？以報道分析國會山莊活動為主的《（國會）山莊月刊》（The Hill），去年1月21日一篇特稿，估計起碼五十億，現在看來應該遠超此數；期內通貨膨脹雖然似有若無，但看特朗普和克林頓夫人互作人格攻擊的「狠勁」（特朗普誓要把她送進牢房!?），雙方必然「全力以赴」，「全力」等於花錢如倒水，總開支有人估計當在七十億水平。

老羅斯福總統（1901至1909年在位）任內，對「金錢左右政治」十分反感，這是國會於1907年通過《蒂爾明限制企業（政治）捐款法案》（The Tillman Act of 1907）的由來；法案明文規範企業捐款，同時指明「捐款企業不得干政」。雖然不滿企業介入政治，但老羅斯福1904年競逐連任時仍接受鐵路公司、保險公司及華爾街銀行的捐款，這些銀主對政治指指點點，老羅斯福知道長此下去，政府會為大財主操控，因此「策動」2007年的立法。此後美國根據實際情況多次修訂有關法例，對政治捐款諸多限制，但在律師多如牛毛之國，找出法律漏洞令捐款源源不絕已成常態。1971年修訂的競選法例，規定候選總統可接受政府資助（競逐政黨提名〔初選〕最高不超過三千七百萬、角逐總統可達七千四百萬），但候選人大都卻之，因為「不夠用」，寧願自己籌款——克林頓大人已輕易籌得二億八千餘萬，特朗普四千八百三十萬（當中三千六百萬來自他的「私人積蓄」）……。競選已步入「殊死戰」階段，關係兩黨政經利益，既得利益者大力捐輸，雙方的政治捐款都會直線上升。

為了替國家服務，競逐管理國家專利權的個人和政黨，不惜四出籌款，一擲億金（特朗普更自掏腰包）。天下沒有免費午餐，世上又豈有明知虧大本的無償政客？西方政治選舉制度「疑點」日多，民眾對政客的「大公無私」心存疑慮，在民智盡開的現在，是無法避免的。

二、

身家四十五億的地產及賭場大亨特朗普，金髮刻意蓬鬆、語不驚人不出口，其「敢言」且不避粗鄙的「招牌」，在他參選前已街知巷聞，參選後則全球皆知。其「政綱」諸如圍捕後遣返千二萬名非法入境者、在美墨邊境修建長城（圍牆）並由墨西哥政府付款、禁止穆斯林（回教徒）入境以至把酷刑逼供合法化等，這種被稱為「特朗普主義」（Trumpism）的主張，早已引起全球性抗議之聲，而此中以成立於5月中旬的美國「史學家反特朗普」（Historians Against Trump, HISTAT）反對最力，發起此組織的八百多名美國歷史學家（以大學教授為主），認為特朗普主義對美國民主政制是一大威脅，因此聯合克里夫蘭（共和黨代表大會所在地）的「站出來反特朗普」等反特朗普民間組織，發起「唱衰」（批判）特朗普主義的宣傳攻勢。世界社會主義者網站（www.wsws.org）20日貼出一篇特稿，不厭其煩地羅列特朗普參選前後的偏激（法西斯）言論，並逐一批駁……。

顯而易見，美國國內（和黨內）以及多個西方國家的官民，反對特朗普已蔚成時尚，然而，在一片罵聲中，特朗普仍高票成為總統候選人，可見特朗普口沒遮攔的「叫囂」，實在隱藏着不少民眾認同的觀點。特朗普若干針對性的反建制言論，足以扭轉數十年來行新自由主義政策的積弊，因此，看好目前民望仍低於克林頓夫人的特朗普，頗不乏人——筆者買他「獨贏」，讀者敢望和筆者打賭三元嗎？（看好特朗普的分析另文再說）

2016年7月21日

經濟受惠恐失自主
南韓忍痛引入「薩德」

一、

看美國在荷蘭海牙國際「常設仲裁法庭」（PAC）於7月12日就所謂「南海爭議」頒佈其「中國全輸」（對南海沒有「歷史性所有權」）的「裁決書」後所展開的外交活動，說這宗裁決案是美國佈局，用以收緊、強化對中國的圍堵，一點也不過份。亞洲地緣政治因此愈趨緊張，美國副總統拜登於16日起展開連串外交攻勢（先在夏威夷會見日韓高官，繼而訪問澳洲及紐西蘭並於20日在悉尼發表「戰意甚濃」的演說；此間媒體似乎未有報道，怪哉），說明美國處心積慮已久決心「重返亞洲」的政策，不論中國如何反對及展示眾多先進武備，絕不會變。美國和其「盟友」將以維護南海航行自由的藉口，打壓中國發展「自古以來」便為其所有海疆，進而遏制中國的崛起！

「裁決書」公佈後，南海局勢升溫，不過，正如去週四（21日）沈旭暉教授在《信報》的「平行時空」欄指出，與南海仲裁案「同步發生的另一國際大事或有更深遠影響。」此「大事」，為南韓同意在南部慶尚北道星州部署美國最先進的「薩德」反導彈系統（Terminal High-Altitude Area Defence〔THAAD〕，「終端高空區域防禦」）。美韓就此事的磋商，始於2013年年中（現任總統朴槿惠是年2月底上任），在北韓不斷以言文及實際行動如試射導彈以至核試的挑釁下，這種有「瞄準和攔截北韓導彈」功能的防禦系統，的確足以令南韓比較安全，南韓所以遲遲未拍板「引進」，皆因朴槿惠不希望因此而惹怒中國、斷了財路……。可是，一來由於北韓變本加厲地「耀彈揚核」，加深南韓可能受突襲的威脅；一來和亞洲「諸小」無異，在近年與中國的頻仍交往中，雖然南韓在經濟上大有得着，卻也同時了解，其與中國相處，若無強力「後台」，在政治會被中國牽着鼻子走。這種關係國家安全與自主的考慮，促使南韓在中俄最高領導人6月25日於北京發表「聯合聲明」中特別強調部署美國「終端高空區域防禦（系統）」會嚴重損害相關地區戰略安全，變相提醒南韓勿在此事上做出違背中俄意旨的決定，但南韓仍「一意孤行」。沈博士說此舉對北京如晴天霹靂，是寫實之言——南韓從與中國經貿中獲利非淺，加上中俄兩國巨頭白紙黑字的「警告」，南韓仍置若罔聞，習主席不給氣個半死才是怪事。

二、

將如何「處罰」賺中國的錢又做出對中國戰略安全不利舉措的南韓，北京自有妙策。不過，迄今為止，似乎只有《環球時報》提出五點建議，當中以制裁與「薩德」有關（Connected with THAAD）的官員和商人最令人矚目。把與國防決策完全無關的商人拉落水，目的也許為抵制南韓貨物的伏筆。北京決策者有損害企業利益可迫使企業主游說政府「讓步」的想法，不足為奇。雖然這種「建議」不易化為國家政策，但當市場傳出「採用南韓零件的廠商可能不能再獲政府津貼」的消息時，企業提高警惕，生怕傳聞一旦成為事實，不管是禁止南韓貨進口或政府取消採用南韓零件的津貼，均對企業大大不利（還可能蒙上「不愛國」之名），規模龐大的江淮汽車（JAC Motors），便把必須靠南韓三星電池發電、內地第一款「純電動汽車」（iEV6s SUV）的生產叫停。與其讓「政策有變時」造成混亂並產生更大損失，何如現在當機立斷，長痛不如短痛⋯⋯。江淮電動汽車可說是南韓部署「薩德」的第一個祭品。

政治變幻不但令相關國家經濟前景不明確，影響極為深遠、輻射範圍甚大，以經濟學術語，即所謂「非線性效應」（Non-Linear effect）。江淮汽車「暫停」生產內地首款電動車，只是「冰山一角」。在當局長期愛國教育調教下，內地民族激情仇外情緒因政治變化而隨時爆發，若當局未能及時制止，造成的經濟損失難以估量。因為插手南海事務、霸佔釣魚島、部署美國導彈系統及把南海爭端交由國際仲裁庭裁決，在在不符中國國策，有關國家美國、日本、南韓及菲律賓都要承擔後果。當局雖口出惡言但未採取經濟制裁，在「中國一點都不能少」（一塊礁石都不能喪失）、「南海一條魚我都不給你」*的口號下，愛國熱情澎湃的內地熱血人士已起而抵制菲律賓芒果乾、美國蘋果手機（且不為美國汽車加油）及拒食肯德基（家鄉雞）和麥當勞漢堡包⋯⋯ 除了盛傳會取消對進口南韓零件的補貼，據説禁看韓劇的運動正在醞釀。近年南韓經濟上和中國交往頻仍，2015年，約三分之一南韓出口貨輸往中國，而遊南韓旅客45%是內地客（平均而言，他們還是「大豪客」）！在「薩德事件」前，中韓商貿前景雖佳，但由於兩國同類商品（如家庭用品、半導體製品及造船業）在出口市場上競爭加劇，「友好」前景已漸蒙陰影。據南韓國際貿易協會（S.K. International Trade Association）的資料，兩國貨物在出口市場的「重疊（相似）指數」（Export Similarity Index）高達37.4%，那意味中韓經濟有「結構性矛盾」；南韓央行（BOK）3月底的報告指出生產同類產品的結果，將令中韓貨品在出口市場競爭趨劇之外，南韓對中國的輸出在未來五年還會逐年萎縮——平均每年少五十億美元，這不是甚麼大數目，惟貿易數字不增反縮，等於前景不樂觀。如果因為「薩德事件」導致中國購進南韓商品明顯下降，為了補救此一缺口，南韓極可能採取弱匯價的策略以提高出口競爭力；南韓圜的香港炒家相信不多，但「空圜揸圓」，是不錯的選擇。

三、

當經濟愈來愈依靠中國「購買力」的情況下，何以經過長時間（大約三年）考慮後，南韓仍作出「引彈入國」此一令北京震怒（震驚也許較貼切）的決定？答案很簡單。和大多數國家尤其是南亞「諸小」一樣，南韓亦擔心有朝一日會在政治上失去自主的遠慮；北京視經貿為加強政治聯繫的手段，動輒以經濟手段「教訓」政治取態不一致的國家——即使政府未出手，民間亦會自動發起抵制活動以示「愛國」——而「經濟取締」若失效，可能有更「厲害」的政治後着。這是眾多鄰國都不得不情不願地充當美國的馬前卒以獲得進入美國軍事保護傘下的根本原因！

在這種情形下，對中國的經濟依賴甚深的國家，在政治上若與北京不同調，便可能受中國「制裁」而造成經濟震盪。遠的不說，中國對不肯正面承認有「九二共識」這回事的蔡英文上台後，便大幅削減赴台旅遊簽證，由於來得突然，對台灣經濟造成一定程度衝擊（兩岸熱線不通，台北則漠然置之）。在香港問題上，北京更盡顯由上而下的強勢高高在上，「確認書」未經行會審議、不作任何諮詢便成「法」，突顯的只是特區政府對京意誠惶誠恐盲目執行的「忠貞」，雖然坊間反對之聲嘹亮，但「大石砸死蟹」、「石牆擋雞蛋」，「反對無效」早已寫在「石牆」上。中國有力有人有辦法把特區玩弄於股掌間，香港無法不隨京樂起舞，香港被馴服了，但看在世人眼裏，各國，特別是要與中國常打交道「諸小」（她們駐港使節對港情瞭如指掌），對中國便畏而遠之；與北京保持安全距離，次佳辦法是投靠心懷叵測有意和中國過不去的「宇宙最強」的美國！

北京對香港事務，可說隨心所欲、任意施為，強勢得不得了；表面看是北京「大獲全勝」，奏甚麼京樂香港便跳甚麼舞，如此這般，台北固然愈走愈遠，日本、南韓以至東盟「諸小」，亦「見港心驚」，紛紛「招美來亞」！這對北京是得是失，精明的北京決策者心中有數。

走筆至此，憶孟子《梁惠王．交鄰》：「齊宣王問曰：『交鄰國有道乎？』孟子對曰：『有，惟仁者為能以大事小……。』」即只有仁德為本愛好和平者的大國（國君），才能和小鄰國和睦相處。但願北京決策者細細咀嚼這段話。

2016年7月26日

* 剛在網上（1001fish.wordpress.com）看一組非常精彩題為《一千零一

魚》的漫畫，其〈愛國魚蛋〉的說明如下——幫辦：「你的『愛國魚蛋』唔夠愛國。」小販：「我的魚蛋喺『南海宣示主權』嘅『中國深海拖網』刮番嚟嘅『愛國赤鯮』上肉，再用『正宗少林羅漢棍法』打成……。」內地愛國情緒升級，「愛國魚蛋」快成絕唱？

拜登澳洲大發厥詞
中國毋庸動氣出手

一、

中國——東盟（10+1）在老撾首都萬象舉行外長會議，於25日結束，昨天《信報》有關新聞的題目，概括了會議的「成果」：「中國東盟聲明為南海降溫（中國）不再填海造島（爭議）由有關國磋商談判」。前一天（25日）的報道，以「東盟外長會南海立場分歧——中方斥日本非當事國勿說三道四」為題，正確「預測」大會「成果」！顯而易見，中國以承諾不在南海「現時無人居住」的島礁上「採取居住行動」，即同意停止在問題島礁進行填海，算是「讓步」，換取「聯合聲明」不提海牙法庭《仲裁書》及相關紛爭應由有關主權國「通過友好磋商和談判」來解決。

中國與東盟「諸小」（共十國，惟內陸國家老撾與柬埔寨已因眾所周知的理由在島礁爭紛上「堅定」站在中國一邊；「諸小」指的是其餘八個臨海國家）就南海島礁的主權爭議，應該不致惡化，看習近平主席25日在京接見美國國安顧問蘇珊．賴斯（S. Rice）時說「中國不會走國強必霸的道路，亦無意挑戰現行國際秩序和規則，促（希望）兩國着力增進互信」；加上行將卸任的奧巴馬總統將於9月出席杭州的二十國集團會談，為營造兩大巨頭再次「相見歡」的氣氛，王毅外長於萬象會後說「中方敦促停止南海仲裁案引發的無謂政治操作與炒作，盡快退燒降溫，還南海以安寧，還地區的穩定」。足顯北京希望「事件平息」有利習奧會談是北京當前的階段性策略。雖然中央軍委副主席范長龍在會見賴斯時重彈軍方一貫強硬的老調：「中方不承認南海裁決亦不會屈服於外來壓力……。」此話作用除了絕不示弱，也在呼應較早前「十個航母戰鬥群開進南海」中方亦視作等閒的豪情壯語並非一句空話。然而中國在南海「大興土木」後，由於美國這個「國際警察」強橫地介入，區內的安寧與穩定，已不易達致。

昨午《信報》網站報道，中國已在紐約時報廣場的「中國屏」（大熒幕）播放長達三分十二秒的宣傳紀錄片，在碧海藍天如仙境的背景下，清楚體現中國最早發現、命名和開發利用南海諸島及相關海域的歷史，並逐步確認無可爭議的權利和相關權利，「展示充份的歷史和法理依據……。」對此筆者有兩點想法，一是這些「史實」，海牙仲裁庭是否知道？如果不知道，是北京蔑視法庭故意不提供還是有其他原因；這些「史實」如今公開了，會否引起西方史家質疑？二是如此反建制

（美國全力支持海牙《裁決書》）的事，絕無可能在內地發生——中國充份利用美國的言論自由，為自己的權利辯護！希望北京有此胸襟，不久後讓內地人民知道「事實的全部」。

二、

昨天作者專欄提到海牙《裁決書》發表後，美國已就干預南海問題合法化，作出連串部署，而啟其端的是由副總統拜登展開的系列外交活動；當中以拜登20日在澳洲悉尼發表的演說，最為聳動矚目——以筆者之見，這簡直是向中國下戰書！

最令人驚訝的是，拜登除了重申總統奧巴馬2011年11月在澳洲國會演說時，宣稱美國不會離棄21世紀的亞洲，暗示亞洲諸國不必為中國的崛起而惶惶不安外，拜登這次的演說主題，竟然是大談美國的軍力無可匹敵（unparalleled）。在國際性場合公然宣稱美國「軍費世界最多」、「比以次八個國家的總軍事開支還多」*，除了在戰爭期間，如此囂張的話，出諸一個向來以和平博愛示人的民主國家領袖之口，肯定是第一次！大量軍費等於窮兵黷武，以拜登的看法，美國隨時有在世界各地同時使用海空力量的能力。拜登一再申明有如此強大龐大的軍事力量，其中有60%會「長駐」亞洲至2020年。

美國六成軍力用於亞洲，目的何在？拜登説是為了區內「安寧與穩定」的保證（linchpin），當然，主要是指維持南海海空的「自由航行」！拜登強調，美國軍力雖然「宇宙最強」，但受「保護國」如澳洲亦應盡綿力，在南海爭紛上，「近海」的澳洲更要積極參與。事實上，美國如此關注甚至做好隨時直接插手的軍事部署，目的當然不在「保護航道安全」而在隨時可以進行「海軍封鎖」（naval blockade）以「打殘」中國經濟。

澳洲軍力，事實上已和美軍「合成一體」，拜登特別強調一名澳洲將領（G. Bilton）已與美軍「三同」（embedded，同食同住同工作），且獲得可以指揮美軍的授權。他以此例說明美澳軍事合作無間；美軍不僅可利用澳軍的基地，「世界聞名」的諜報中心、位於澳洲中部、「早已和五角大樓合體」的松谷（Pine Gap，表面是地面衛星觀測站），在與中國的抗衡或對抗，將扮演重要角色。為了讓顧慮與中國對抗經濟受損的澳洲人「寬心」，拜登大「言」炎炎，口氣不讓特朗普專美，聲言美國經濟會保持「世界第一」，「美國是21世紀的世界經濟領袖」；他還強調，那些為了和中國貿易（經濟往來）而損害美國利益的國家，將受美國「報復」（reprisals）。

貴為美國副總統，拜登的政治「氣場」見限，加以演說地點為「市政廳」（Paddington Town Hall），很快便隨奧巴馬下台，因此演說可視為白宮利用他「放狠話」恫嚇；如北京對應有方，拜登的話便會「自動失效」——他不過是個有位無權的老副，不必太認真。

不過，這畢竟仍是美國政壇的第二號人物，赤裸裸軍事介入亞洲和反中國的演說，此間傳媒置若罔聞，不亦怪哉！

澳洲（和紐西蘭，美艦近月首次「訪問」該國）成為美國在亞洲的「死忠」，已無疑義；在拜登演說後的23日，保守的《澳洲人金融展望》（Australian Financial Review, AFR）發表系列文章，基調雖是中美開戰會為世界帶來大災難，但又指出中美一戰不可避免，似為作者們的共識；題為〈如果中美大打出手，誰是贏家？〉（If US, China go to war, who wins?）的文題，雖然「中立」，行文卻令讀者嗅到火藥味；以撰寫軍、情內幕名於時、三年前認為中美大戰美國可能吃大虧的杜欣（B. Toohey），審度形勢，現在竟在AFR撰文，指出「美國及其盟友會輕易在沿岸及海戰中打敗中國！」而中美大戰，互擲核彈已不可免！

中國崛起，令政經利益可能因此而被分薄的國家、特別是美國和日本「暗藏殺機」；中國在南海流露的國力與霸氣，撩起美國及在政經上須仰其鼻息的國家的「戰意」，除了誓言「重返亞洲」的美國，以修憲在即且盛傳會委派反華政客為防相（國防部長）**的日本最為危險……。「中國功夫」未必有對付大規模熱戰的能耐，這不是長他人志氣的話，而是坦率，不過以中國標準卻是政治不正確的老實話！為避免爆發熱戰，北京低調處理南海問題，該是上策。

三、

西方經濟學家和投機人士，近期有不少「中國經濟陷入危機」的評論和報道。撇除「水份」後的中國數據，容或令人對中國經濟現況與前景不大樂觀，但筆者一再指出不會「出事」，以中國憑國家而非靠個別行業或企業之力，是有辦法「化險為夷」的。不過，事到如今，因為必然與市場脱節進而產生重大浪費指令（計劃）經濟，累積的虧損已大至損害元氣，高盛根據「預算以外數據」的推算，得出內地的「真實（擴大）財赤」（augmented fiscal deficit）已近國民毛產值（GDP）15%，在這種背景下經濟增長仍「下行」，是非常不妙的信號——經濟如何從山積債務中「突圍」而出，是個不容樂觀的老大難題……。

經濟窘迫、高層人事鬥爭傳聞不絕，當局更應避免走上為引開內部注意力而對外戰爭的老路！

2016年7月27日

* 此説與事實不符，除非美國近日大增軍費（在高度透明的國家，這是不可能的），拜登的數據與事實頗有出入。據今年四月號法國《世界外交月報》（Le Monde diplomatique）的〈軍事競賽〉（The arms boom），2014年世界軍事開支達一萬七千多億元（美元，下同），當中美國佔六千一百多億元。在2011至2015年期間，美國的軍費佔環球總額32.8%，依次俄羅斯25.3%、中國5.9%、法國5.6%、德國4.7%……。

** 日本首相安倍晉三昨天改組內閣，十九名閣僚中，八名主要閣僚留任，最引起關注的是立場極右的稻田朋美出任防衛大臣。稻田曾否認日本在二戰的責任，她的任命勢必惹來中國及南韓警惕。

57歲的稻田跟安倍一樣，支持修改和平憲法，並且定期參拜靖國神社。昨日被問及會否繼續在8月15日的日本戰敗週年參拜靖國神社時，稻田拒絕回答，她僅表示這是內心想法的問題，因此不宜評論。

出身律師的稻田，是繼剛當選東京都知事的小池百合子後，第二位女性防衛大臣，立場極保守，否認日本的二戰責任，主張重新檢視東京審判的裁決。

另外，官房長官菅義偉、財相麻生太郎、外相岸田文雄及總務大臣高市早苗等八人留任，而原地方創生擔當大臣石破茂拒絕挽留，以備戰下屆自民黨總裁選舉。

安倍的黨總裁任期到2018年9月屆滿，昨日有自民黨高層稱，贊成研究延長安倍的黨總裁任期。

強國人買起溫樓市
針對性徵稅平民怨

一、

讓「初到貴境」的人印象良深的溫哥華「街景」，是滿眼華人（華語粵音盈耳）和高樓蔽日。華人絕大部份是內地人、台灣人和香港人，而高樓大廈，不論商住，不必晚間看是否有燈光人影，日間瞭望，便知空置率不低。週前赴加掃墓，在溫哥華作短暫勾留，和當地親友閒談，很難不及移民和樓市……。

三四十年前，港人移居溫哥華，月以千計，民以住為先，人人買樓，「炒」高了當地樓價，「土著」賣出祖居，赴郊外置業買田，做其「鄉間紳士」，可是老移民沒有（其實是不思）退路，那些後輩未置業的，對新移民炒高樓價，十分反感。幾十年下來，新舊移民已相安無事、相處無間，近年樓價作三級跳，皆因內地買家置業者豪氣沖天所致，他們出手闊綽勝似當年的香港新移民，只是他們幾乎都為官二代富二代，令人知道強國之富，並非虛言；月前一位港人久仰其名的北京金融大員，他的孫兒斥資三千多萬加元買下溫哥華豪宅而轟動加國，向來被傳媒「洗腦」的人，才知道內地無官不貪的說法，是報道文學而非小說！

經濟學家告訴大家，物業有價，產生「財富效應」（Wealth Effect），以物業價格上升，業主身價水漲船高，花起錢來便遠為豪爽，如此才能顯示身份。業主消費多了，樓市帶旺大市，由是百業生氣勃勃，經濟欣欣向榮……。這種港人知之甚詳琅琅上口的「理論」，其實並非沒有「破綻」，比如「供樓」負擔佔去大部份人的收入，準業主哪有財力消費遑論做大豪客；更甚的是，許多置業者（據說以強國人居多）買物業目的在於狡兔三窟，不在定居，只為自己及在內地家人準備「不時之需的居所」，人都不在當地，「財富」因而沒大「效應」，而讓樓宇空置還有損城市景觀……。為彌補這種缺陷，大溫哥華（人口約二百五十萬）政府遂有意徵收「物業空置稅」——一種本港早該徵收的「富貴稅」——這種針對富裕階級的稅，按常理可紓緩樓價、抑制租金升勢，以它會迫使業主把空置物業租出或放售，如此這般，可租可買的物業增加了，供求趨於「平衡」，租、價便會「下行」。不過，這只是想當然耳，以「空置稅」稅率不能太高，「太高」會強力扼殺買家意欲，打擊物業市道，發展商哪有不游說政府出手不可太重之理；結果「空置稅」對業主尤其是內地豪客，毫無阻嚇作用而又令城市得出「萬稅」惡名，當局因而遲遲未為之立法。不過，據溫哥華環保組織Ecotagious 6月初發表的報告〈穩定溫哥華的物業佔有情況〉（Stability in Vancouver's Housing Unit Occupancy）的統計，2014年年底，該市有一萬零八百多個物業單位空置，佔全市物業約5%，佔分層大廈12%強……，現在有關數字肯定更高，如這種「不公平」現象（有錢人買樓丟空令窮人買不起樓）進一步惡化，市政府徵收「物業空置稅」，看來是遲早的事。

二、

「物業空置稅」懸而未決，為壓制樓價升勢及撫平民怨，有「本土優先」味道的「外國人（未具加公民身份及非永久居民身份）置業稅（物業轉讓稅）」搶先出籠！英屬哥倫比亞省（卑詩省，人口四百六十多萬）政府兩天前宣佈，外國人在該省（主要當然是指大溫哥華地區）置業，須額外繳納樓價三成的稅，據大溫哥華市「物業管理局」（Real Estate Board of G. Vancouver）的資料，今年6月的平均樓價，比去年同月升32%；而卑詩省財政廳（B.C. Finance Ministry）的統計，大溫哥華市的列治文區（Richmond）在6月10日至19日的物業成交中，14%強的買家為「非加人」、本那比區（Burnaby）的數字為11%；大溫哥華市的平均數為5.5%、溫哥華市則為4%強……。對一個移民城市來說，這種數字不算太過份，但「本土派」欲分杯羹（他們希望多徵外國富人的稅以增「免費午餐」的份量），加以「強國」豪客過於闊綽，為買「心頭好」不惜一擲億金且隨時「提價」，「扭曲了物業市場」，對「非加人」多抽點稅，固可增庫房收入，復可提高民望（有助來屆爭取選票），何樂不為!?

不過，以筆者未作深入分析的浮面市情看，兩百萬成交的「非加人」物業買家須加付額外三十萬稅款，對受薪階級來說，當然是「買不起」，但對外國尤其是「強國」買家，則屬等閒；那並非說「強國人」視金錢如糞土，而是「已富起來」的官、商，處於上層鬥爭沒完沒了的現在，身在內地，泰半有殖民時期香港人居於「借來的時間借來的地方」的感覺，當年港人有機會便移居外地，如今內地人則有在海外儲錢置業以待局勢有變不得不出走時有安居之所養老之資……。這想法極為普遍，且有愈來愈盛之勢，區區三成懲罰性稅收，筆者以為難收成效。如果情況真的如此（此稅落實後一年見真章），以「狄連圈套」（The Dillian Loop；為網絡財經分析員Jared Dillian所鑄的新詞），當局會加重稅率。「狄連圈套」是針對「量化寬鬆」的「定律」——如成功他們會做更多，如不成功他們會加碼（If it works, It is declared a success and they do more; If it doesn't work, it means they need to do more）。顯而易見，如30%額外稅有效（樓價升勢放緩甚至下降），政府會積極推行；若無效則會提高稅率！

對「非加人」物業買家課額外税，受打擊的可能是因為「脱歐」及「狂人特朗普上台」而移民的英人和美人。這種移民現象已甚顯然，不然英美傳媒不會發表諸如「移民加拿大特別是多倫多及溫哥華須知」之類的特稿。英美豪富不會亦不必因政局有變而移民（律師早為他們做好安全部署），有必要移民的大都是受薪階級，三成額外置業税，對他們來説是沉重的負擔！

三、

大溫哥華是個「可以居」的城市，新移民絡繹而至，物業樓價因此升完可以再升。與溫哥華只有大約一小時航程的卡加里（Calgary），情況便有天壤之別，據7月24日網誌《商業內幕客》（Business insider）報道，該市是油價急挫風暴的「風眼」，與石油有關的各類企業，紛紛倒閉；迄6月底，該市商廈空置達22%（業主用不着擔心政府會徵「空置税」！），市中心有三幢樓面面積達二百三十萬平方呎的商樓正在「趕工」於2018年入伙（預測空置率將增至26%），除非油價突然沖天，否則商廈租售前景真的不能樂觀。在短短三年間，該市一級（Class A）商廈每呎租金從四十加元挫至十七點五元，跌幅是56%……。

商廈租、價俱疲，住宅物業的情況，雖然筆者未見統計，相信亦跌個不亦樂乎，因為企業工作人員外遷（他們大多於油業旺盛時流入），需求下降，現存物業

（遑論未落成的）租、價齊跌，是自然的市場反應。卡加里（人口約一百一十萬）是加國另一個主要港人聚居地。物業市道不景產生的「負財富效應」，將令該市經濟陰霾密佈。

不知是否受惠於物業有價及油價牛市，溫哥華和卡加里的華人，大都不再操「賤業」，所有「厭惡性」的工作，包括的士司機和建築工人，幾乎清一色由其他移民如印度人去做。看情形溫哥華的情況不會變，但卡城經濟如斯慘淡，唐人的就業機會會否趨下，不妨拭目以待。

2016年7月28日

根留海外狂置業
現鈔買樓威鎮遠

一、

歐美物業所以引起內地買家的興趣，以「總體」（宏觀）層次看，主要是各國政府對私有產權的保障，辦妥當地法律手續購進的物業，不必過份擔心政經變化，業權永屬買家所有，買家因此信心滿滿，放心置業；至於與置業者本身利益有關的「個體」（微觀）層次看，其對置業者的吸引力更大，除了物業是和平時期的穩健投資外，筆者月前在溫哥華聽「老華僑」說，近年買家，不乏內地高官巨賈的後代，看他們年紀輕輕，有的尚在求學，更多還未成家，但買大屋出手闊綽，這些已富起來的內地豪客，置業目的不在「自住」，而在作為遲早或因退休或因「後台」失勢或因本身貪腐行賄隱情曝光而被迫出走時，有個「可以居」的退路或套現以濟燃眉之急。據說（還未見統計數據）不少中國高幹和大款，深明目前內地政情人事隨時有變，當然可以變好亦可能變壞，怎麼變是難在預期之中，那意味前景不明朗（他們自嘲地說在內地有如過往英治港人，是生活在「借來的時間借來的地方」，沒有安全感），許多「老人家」因種種原因無法不滯留內地，但「不准」子孫「學成歸國」，寧可要他們棲留海外，或工作或繼續深造當然更多遊手好閒享受生活。這樣做雖然失去團聚之歡，卻是留根海外——萬一出事不致連根拔——的不二法門。「有趣」的是，內地「尖子」（才、財皆有）奉先輩之命「留」落海外，老華僑的後代，則因當地經濟疲不能興、「好工」難覓，回內地工作已成趨勢。如此的「人才（財）交流」，是想像以外的事。人的處境，永遠在變。

二、

西方論者認為喜歡在紐約、三藩市、邁阿密、倫敦、多倫多特別是溫哥華置業的這類內地「投資者」，視物業如「瑞士銀行戶口」，雖然瑞士的銀行保密制度如今已不難「破解」，但一般人仍視在瑞士銀行開「數碼戶口」是保密的正道。這種形容，意味內地買家的真正身份不欲人知，買家神神秘秘，正好說明資金來源不便曝光……。上述那幾個強國買家鍾情的城市，因此有強國人「保險箱」（Lockbox）的別稱——神秘買家購進物業目的不在「居住」而是視之為隨時可以套現的「現鈔」；物業是沒有報價（不如股票、證券）的商品，不保證可遂業主之意而套現，不過，只要天下太平，即使市道頹疲，「打個折扣」便有人「接貨」，無人「接貨」，則可按揭給銀行。持有物業的確具有「富人保險箱」之效。

強國人在當今利率似有若無、分期付款置業非常有利的環境下，棄而不用，大都以現金一次付款，即使數以百萬計，亦視作等閒，這種奇景，難免令西方傳媒眼界大開之餘，還不斷「扒糞」、追尋「資金來源」，可是，在只准每年個人合法匯出五萬美元之國，調走巨額財富，手法和門路精密複雜和「高級」，豈是老記所能了解；因此，他們莫不認為資金大都是走私漏稅貪腐所得，見不得光才會「來源不便透露」。如此這般的揣測，未必與事實吻合，但內地政府有關部門對這種「新常態」固然保持緘默，有關人士更三緘其口，而那些從有關交易中大有斬獲的銀行和經紀，看錢份上，自然好奇而不敢多問。

強國人為何有那麼多現鈔？相信只有北京有答案。國人付全數現鈔買樓「成行成市」，早為有關部門注意，相關統計出籠，2008年美國便有所謂「現金交易物業」（Cash Sales Homes）的數據。美國物業經紀協會的資料顯示，今年4月現鈔買樓只佔總物業成交額的32%（前四個月的平均數則為34%），為開始統計的2008年以來的新低。不過，上述數據為全美平均數，以個別地區而言，邁阿密（佛羅里達）的有關數字為46%、紐約44%，均錄得不錯的增幅，而增長的「動力」來自強美元和「環球性不安定」，這兩點理由是可以接受和理解的。雖然海外人士（經協指主要是「外國豪客」〔foreign affluent buyers〕）置業興趣未減，可是物業卻因當地經濟缺乏起色而供應增加，作為重要客源，中國買家「突然少見」（過去12個月，強國人在美置業數額比去年少約15%），令邁阿密和曼哈頓豪宅平均價格過去三個月依次下挫約10%及14%……。報告詳列美國各主要城市的交投數據，而我們只要知道物業經紀都以「亞洲豪客」為推銷對象便心裏有譜。

三、

以現鈔買物業，引起聯邦政府的注意，7月27日美國財政部的「防止金融犯罪網」（FinCEN）宣佈加強執行今年1月起實施調查「神秘物業買家」（track secret homebuyers）的工作，提高力度抓出這類買家——個人和法人（大都為「離岸公司」）——的真面目；而第一步是要物業保險商交出買家名單。調查物業「真買家」，是美國環球「打貪」的一着棋子，需要隱蔽身份不能見光的買家，其資金來源是否不正，政府有責任查清楚；此舉公開的目的在於協助北京肅貪！

和美國「同鼻孔出氣」的英國，繼卡梅倫政府有意立法追查置業資金的來源後，「英國皇家特許測量師學會」（RICS）前天（8月1日）發通告，響應「國際透明組織」（TI；這個通行的譯名「怪怪地」）的呼籲，決定協力杜絕洗黑錢，將盡快立法規定物業經紀必須把「物業買家」（個人或法人）的真正身份記錄在案（現在是問亦不問），以便有關當局需要時查察。非常明顯，此舉目的在阻遏貪腐分子（Corrupt individuals）用不法之財在英國購買豪宅「嘆世界」（enjoy life in the UK）。當局若不採取行動，「有損政府聲譽」。

西方國家在打貪上盡點力，矛頭早已指向豪宅買家（特別是以現鈔一次過付款的買家），要非近年「現金置業」如火如荼，美國和英國的行動怎會升級……。配合內地打貪活動沒完沒了，看來幾個名城的「高價樓」升勢會受阻滯甚至逆轉，直到內地打貪告一段落，換了一批貪官上台後，西方高級物業市道才有機會再被「炒到飛起」！

規範不明來歷資金買樓，此項少人提及的因素，令一般受薪者因樓價被抬高而無財力置業，加深了社會不平等的鴻溝。美國的「人口普查局」從1965年開始「追蹤」美人自置物業的數字，去週公佈的數據顯示「擁有自置物業」（Homeownership）比率，從1965年第一季的62.9%，一路反覆爬升至2008年第二季的69.2%，其後直線下挫，至今年第二季，又見62.9%，回復約半世紀前的舊觀。這現象當然是與受薪者實質入息不升反跌有關，但和樓價被炒高、租金相應上升，令「無殼蝸牛」納貴租因而無法儲足「交首期」付「上車盤」的資金，關係亦大……；在這種情形下，當局向資金來歷不明置業者「開刀」，是順應人心之舉。

特區政府在這方面早着先鞭，對外地人在港置業徵收懲罰性稅項，加上物業供應源源而至，在在針對樓價升勢；但一般樓價企得甚穩而「真豪宅」成交價更迭創新高。香港物業市道早為數大公司操控，加上內地買家源源而至，因此更不容易轉入政府願見的軌跡。

2016年8月3日

經濟低迷政治發熱
里約奧運有驚有險

一、

第三十一屆夏季奧運會將於明天（8月5日）開幕，21日結束；巴西與香港有十小時時差，在這大約半個月內，為先睹鍾意的比賽項目，不少港人又會日夜顛倒，神不守舍；社會學家認為這會令生產力下降，理論上確有此可能，由於不易作「科學計算」，實際如何，無人聞問。在今屆又稱里約（熱內盧）奧運揭幕前八九天，社會學家、著名體育運動評論員戈不列特及時推出長凡五百餘頁的《奧林匹克大歷史》（D. Goldblatt:The Games-A Global History of the Olympics），據《經濟學人》簡評，它從始於公元前776年的奧林匹克競技大會，到1892年法國教育家兼史學家古柏坦男爵（Baron Pierre de Coubertin, 1863-1937）主催恢復此中斷多年的競賽並改名奧林匹克（第一屆雅典奧運於1894年6月23日舉行）的「歷史過程」，說之甚詳且有很高可讀性；當然，對此後稱為現代奧運的三十屆（四年一屆）賽事穿插着「有趣」小事的大歷史，更有翔實生動的描述，可惜筆者未之讀，不能「侃侃而談」，更不知他對2008年京奧有何評價。

古柏坦把奧運「現代化」，功不可沒，然而，他鼓吹的業餘競賽和通過運動場上「互相切磋」進而有助達致「天下大同」（各國各族友愛共存的「世界主義」）的目的，卻可說是完全落空。

業餘變成職業，看似有失藉運動鍛煉體魄陶冶身心的意義，卻於不知不覺間收窄了不平等的社會鴻溝，因為惟有有閒階級才有時間和金錢做運動，受薪者為口奔馳（尤其在未全面機械化的年頭），哪有時間投身無償（還可能影響工作）的體育活動？那意味「業餘」褫奪了低入息階層的運動興趣。不難想像，在「業餘」才有資格（合法）參與國際性賽事的時代，「職業」其實「業餘」其表的不誠實事例，層出不窮，不僅影響了賽績，亦令本來非常健康和光明正大的運動，變得不大光彩。雖然共產國家如蘇聯集團的運動員從來「非業餘」，而奧委會明知「業餘」早已變質，卻仍堅持奧運是業餘運動員的競賽，直至1988年才宣佈職業運動員可名正言順地參賽。不知大家是否知道，在1968年之前，大會不准女性參加二百公尺以上的競跑，理由非常簡單，二百米以上的賽事，女性的體能吃不消，會令女運動員「看起來太疲倦」（經濟學家也許會說「渾身臭汗、面色難看，有損男性的『界外利益』」！）。以今人的「視角」，真是咄咄怪事。

古柏坦的另一設想，是由這一全球各國運動員參與的體育競賽，建立公平友好競爭的環境，進而可促進「世界和平」，那即是說，通過流汗、快樂且公平的競技達致的效果，遠勝各國一言不合便動武。當時各國動輒因小故大打出手，古柏坦的說法大有市場，可惜事與願違，第一次世界大戰於1914年爆發，1916年的柏林奧運「被取消」……。

二、

2009年里約熱內盧奪得奧運主辦權時，巴西的經濟增長雖然不太耀眼，但緩慢增長仍可以欣欣向榮視之，這七八年下來，巴西經濟可說是一塌糊塗，近年在正負增長之間掙扎，乏善足陳。今年第二季官方的失業率為11.3%（民間數字更大），平均工資比去年同期跌4.2%，加上6月的通脹達8.84%（以巴西的情況這已算是低通脹），在這種經濟條件下，巴西人對據說可以揚國威的奧運，又怎會興致高昂？民調顯示，2009年六百五十多萬里約市民中有92%支持辦奧運，今年6月的數字已跌至40%，這是奧運門票滯銷不少賽事將現無數空凳的底因。

里約人不僅興趣大減，他們還走上街頭「反對」；7月27日，「暴民」企圖弄熄「聖火」（「暴民」稱之為「恥辱之火」〔Torch of Shame〕），有勞警方施放催淚彈及橡膠子彈鎮壓，散去人群……。由於奧運耗資甚巨，當局不得不撙節其他社福開支甚至剋扣「紀律部隊」的糧餉，導致百餘「激進差人」在里約國際機場集結，對着來參加及參觀奧運的運動員和遊客，高舉「歡迎你們來地獄」（Welcome vistors to Hell）的橫匾，是騰「笑」四方的新事。

經濟「陰霾」密佈，政治更加滿是危機，此間傳媒特別是《信報》，已有詳細報道和評論，現在可以一寫的是，明天世界頭面人物「冠蓋雲集」開幕儀式，巴西政府的「包廂」，竟然聲明不准剛於5月被「暫停職務」的女總統羅塞夫（D. Rousseff）及其前任總統、執政工人黨（PT）創黨人、爭取到奧運主辦權的盧拉（da Silva）進入，那即是說，兩位「前總統」有觀賽的自由，卻無進入政府包廂的邀請；堂堂「政壇元老」，情何以堪。巴西政治內鬥白熱化，僅此一端，已充份暴露。

在如此混亂（賬）躁動的社會環境及殺氣騰騰的政治氣氛下，里約熱內盧在奧運期內的治安，真的令人捏一把汗。當局已調派八萬八千多名「武裝部隊」，包括憲兵及警察「維持治安」，但數日前才有紐西蘭柔道選手被當地「一隊」憲兵綁架勒索約一千美元的醜聞，里約的「治安和社會秩序」不大亂，才是新聞。當然，巴西目前還有讓人聞之喪膽的「蚊傳寨卡病毒」……。

三、

一般人特別是腦部發熱的政客，以為有選手在奧運得獎牌的升國（區）旗、奏國歌，代表國家有實力（構成「全方位」崛起的軟實力部份），因此十分重視獎牌（1960年台灣鐵人楊傳廣〔後來改行當「廟祝」〕在羅馬奧運中表現出色〔得十項運動銀牌〕，據說蔣介石因時差無法聽廣播，惟有吩咐侍從人員一有楊的賽績馬上叫醒他）。不過，這只是政客們的幻覺，肯雅（尼亞）長跑稱雄世界多年，得金牌無數，惟其「國力」有退無進；冷戰時期蘇聯集團在奧運亦有出色表現，但她們的經濟只能用一窮二白去形容。京奧令世人對中國的國力和組織力另眼相看（奧國學派的米賽斯、海耶克等大師在三四十年代已「實證」共產主義國家因為可以動員全國力量而有這種特異功能），讚口不絕，然而，中國經濟不久後便「上行」乏力。奧運是世人較量體育運動的場合，能者得獎牌（這是無形收入，當然還有國家獎賞及廣告收入的「有形利益」），相關國家亦因而名揚天下；非能者空手而回（當然有吸取經驗教訓的得着）。如此而已，豈有他哉。

四、

在奧運史上，前蘇聯可說「意外頻生」。1980年因其入侵阿富汗，被美國牽頭包括中國在內的六十餘國

「抵制」其參加奧運；四年後，怒火未熄的前蘇聯，夥同其東歐衛星國，「抵制」洛杉磯奧運（有史以來主辦城市第一次有利可圖）；今年俄國運動員被揭發服食禁藥，被禁參與部份比賽項目……。如果目前日本政府針對中國的情勢繼續「發酵」，難保中國不會「制裁」2020年東京奧運！

雖然主辦奧運對主辦國是一盤虧本「生意」（洛杉磯奧運後，並沒有其他主辦國錄得盈利），但它既被視為政治角鬥場，又有移情為愛國激情進而強化民族主義情緒的作用，因此，爭取主辦2024年奧運的城市（非國家）仍有洛杉磯（波士頓三思後退出）、巴黎、羅馬和布達佩斯。2012年倫奧之後，國際奧運委員會（IOC）認為英國量入為出、不充「大頭」的做法可取，決定以「持續性及節約」（Sustainable, Less Costly）為甄審主辦資格的標準。至於如何貫徹這主張，大家很快知道。

數千年來，奧運都是由人類參與的競技大會，如今是快進入機械人的世界，來屆東京奧運東京已提供無人駕駛的士（新加坡似拔頭籌），「智能人」大國的日本，肯定會在奧運加進機械人元素；再發展下去，也許不久之後，奧運會將增加機械人賽事！

2016年8月4日

人大釋法次佳選擇 動輒制裁反效果大

甲、

律政司司長袁國強昨天赴澳洲訪問前向記者表示，即使此間有人就立法會議員參選人，因曾表態主張「港獨」而被行政長官說「不受政治干預」的「選舉主任」褫奪其參選資格，提出「司法覆核」及日後可能提出「選舉呈請」，特區政府亦不會要求「人大釋法」。沒有一錘定音的「人大釋法」，因「確認書」而令香港「法治」陷入困局以至手握大權者有濫權越權之嫌的風風雨雨，在理還亂、法不清之下，袁司長作此決定，似有不必為此「小事」勞師動眾麻煩位高權重的人大常委之意；但「不必釋法」必然會進一步撕裂香港社會！

筆者向來認為，香港選民身份必須「政治正確化」，那即是說，持外國護照的港人，除《基本法》規定不能在非功能組別的普選中有「被選舉權」*，還不應被賦予選舉權；以目前的情況，筆者建議當局呈請人大，就「被選舉權」和「選舉權」釋法，以正視聽，以確定港人的政治權利。

「人大釋法」，等於「兩制」蕩然，以選舉事務看，這是香港內政，亦即港人自己的事，理應內部調協，有疑難則由行政立法兩會研究立法（必要時可召開緊急會議緊急立法），讓港人知所遵行，但「確認書」突如其來、橫手殺出，當政者強悍執行，把香港法統推至深淵的邊緣。這種亂作一團的情況，這樣繞過立法會且把司法程序擱在一旁的做法，以免呈請人大釋法，是向「兩制」已死的政治現實讓步，亦可說是香港無「法」可行的權宜之策。

《基本法》第二十五條：「香港居民在法律面前一律平等」；第二十六條則指「香港特別行政區永久居民依法享有選舉權和被選舉權。」希旨承風、別有懷抱者，漠視、曲解條文，既令「選情」複雜化，亦進一步激化支持「港獨」的情緒。就「二十六條」進行釋法，因此大有必要。

針對「港獨」，「香港永久居民有被選舉權」被扭曲的議論已多，不贅；「有選舉權」的規定則應一談。此規定實在過於籠統，因為不論從甚麼角度看，持有外國護照者均不應享有「選舉權」。道理很簡單，入籍（遑論因出生地點而有效取得）外國，最起碼的條件是申請歸化者手按「憲法」或《聖經》宣誓、對入籍國効忠（有些國家，還必須「唱國歌」以彰顯入籍者的忠誠），此舉雖早已形式化，並不莊重，但在「倫理」

上，宣誓効忠某國便須遵奉其「國策」，而這些「國策」，即使很少明文反華反共，惟因應時局的策略，很多與中國國策對着幹，雖然在現實上，不少持外國護照的香港永久性居民「心在漢」，寧冒「叛國」之「罪」亦不會做出違背中國的事，但難保此中沒有為了對入籍國盡公民責任而成為反華的「外來勢力」一分子⁉

要「純化」香港特區的選舉，呈請人大常委對《基本法》第二十六條釋法，雖然是香港一制棄械投降，然而，事事由北京在港代理人、人大、政協及其抬舉的「國士」指點江山、亂說一通，則由人大釋法顯然是次佳的選擇！

乙、

紙媒《獨眼看天下》（Monocle）月刊的「即時新聞」網站，昨天（週一）的頭條新聞是〈不和諧〉（「不調協」，Lacking harmony），說的是本來不少人以為因經濟互惠而與中國打得火熱的南韓，出其不意地同意引進美國的「獨門武器」薩德反導彈系統，中國「反彈」。一如此間傳媒所見，北京聞訊暴怒，「懲韓」措施將陸續出籠，而南韓娛樂業可能首當其衝。這本少談政治的月刊關注此事，也許是中國「怒韓」已成世界各地熱議話題之故！

不過，與內地網媒的報道稍為不同，自從傳出「限韓令」之後，南韓四大娛樂公司的股價，並未大幅下挫，雖然JYP、CJ、SM及YG「四大」的股價盈利率，除了後者企於十七倍的「低位」，其餘均在三四十倍高水平，它們的股價俱因北京「怒韓」而稍跌但迅即回揚，並未錄得重大跌幅。當然，這或許是內地「限韓令」止於「盛傳」而未正式「確認」，一旦政府明令「限韓」，「主打」內地市場的南韓娛樂公司股票（以及韓星的身價），便會跌個四腳朝天亦説不定。非常明顯，除非有意想不到的「轉機」，不然，韓星在內地市場的前景，最樂觀的預期是「呆滯」（Stagnation是當前最流行的字眼，亦是不少「經濟體」的寫照）。

傳出強推「限韓令」的是中國廣電總局，有關的官方信息以「盛傳」出之，相信是已制定的相關政策未經決策者拍板而已。看北京對不肯承認有「九二共識」的台灣民進黨政府，以及膽敢唱反調、在內地「搵食」的香港人（當中以娛樂界人士最矚目）的「制裁」手段，封殺韓星在內地的工作及南韓公司的內地業務，不足為奇。北京從經濟上打擊「要賺我們的錢又反對我們」的海外人士，筆者未見有關統計數據，但從傳媒的零星報道，威力有限，因為只有少數人在經濟利益（不想失去大陸龐大市場）面前「跪倒」，大多數人仍吾行吾素，作風如舊。説經濟杯葛成效不彰，應為接近現實的推斷。

拜金世界的人以至以搞好經濟為主軸策略的政府，所以不會見經濟制裁便「投降」，實與各地民情有直接關係。以最明顯的台灣為例，蔡英文政府上台短短兩個多月，民望雖已「下行」，但支持其大陸政策的仍佔大多數；香港娛樂界的情況亦然，若干不隨京樂起舞的藝人，不都是不愁工作、獲粉絲支持而有財力自辦演唱會嗎？

足以令北京猛省的是新加坡李氏父子的「玩法」。李光耀在60年代預期中國崛起，但他不忘同時向美國條陳利害，力說美國不可放棄亞洲（特別在越戰後），他在回憶錄直率地指出，美軍不駐亞洲，區內多國將淪為中國附庸（作者專欄數年前便有評介）；在此前提下，新加坡一方面「大賺人民幣」，一方面為策國家安全，變相作為美海軍的基地。如今中國如李光耀所說，真的崛興壯大了，雖然一再宣示強而不稱霸，但亞洲「諸小」（除了內陸國家老撾和柬埔寨）還是怕得要死，即使「遠離」（現代化戰爭，「遠離」不等於安全）中國大陸的新加坡，其總理小李（李顯龍）數天前訪美，還不是重彈乃父半世紀前的老調!?在美國決定、決心「重返亞洲」後再作此一「呼籲」，無異是為美國的亞洲政策背書——如此「反華」，卻仍是北京上賓！在與北京交手上，李氏家族是真高手。

為甚麼世人尤其是鄰國人民這麼怕中國？北京當局應三思。作為大國、強國，現在是北京調整外交（對香港是甚麼交？）策略的時候了。也許，以具體行動即以世界公認標準貫徹《基本法》、落實「真一國真兩制」，可稍減各國「見大國則怕之」的恐懼感！

2016年8月9日

* 《基本法》六十七條規定，「香港特別行政區立法會由在外國無居留權的香港特別行政區永久性居民中的中國公民組成。但非中國籍的香港特別行政區永久性居民和在外國有居留權的香港特別行政區永久性居民也可以當選為香港特別行政區立法會議員，其所佔比例不得超過立法會全體議員的20%。」

美國忙大選　金正恩癲廢　北京難安寢

一、

南海紛爭不因海牙國際仲裁庭的裁決而緩和，從近日的新聞看，局勢反有升溫之勢。消息顯示，中國為展示實力，派出足以構成海上制空、突防、突襲及支援保障力量的多種戰機赴「南海戰巡」；不但如此，美國智庫戰略與國際研究中心（CSIS）還據衛星收集情報，指中國疑似在有主權爭議的南海島嶼上，興建可以容納任何戰機的「強化飛機庫」。非常明顯，中國拒絕接受「海牙裁決」，言文反擊之外，坐言起行，以實際行動展示保衛國土的決心！

南海波瀾橫生，東海又聞火藥味。去週末開始，在多艘中國武裝海警船護送下，數百艘中國漁船駛進釣魚島（尖閣群島）十二海里海域捕魚，引起日方抗議，「緊急召見中國駐日大使」；翌日日本「首次發現」中國在東海油氣田的鑽油台上「安裝可探測水上船舶的雷達」。日方循例抗議、召見中國駐日大使，從電視所見，雙方面容穆肅，頗有隨時大打出手之概。不過，所有種種，做戲給國內民眾「欣賞」而已。日本即使「戰意高揚」，由好戰分子（鷹派）女政客出任防衛（國防）大臣，但「大老闆」美國選戰方殷，各既得利益團體和個人「命懸一線」，海外事務，當然是多一事不如少一事，日本因此只能「跳腳」而不能動手。

北京早已看出此一「門道」，才會言行一致，為捍衛我國固有領土而不惜派出戰機和艦艇⋯⋯。中國不怕日本鬼子，且一來熱愛和平是國人天性，二來目前清除貪腐敗類、整頓官僚體系綱紀以至設法不讓經濟「下行」重於一切，因此「耀武揚威」的主要目的，肯定是擺姿態以撫順日益高漲的民眾情緒。換句話說，由於美國無人「拍板」，東海南海局勢升溫卻不見硝煙。

事實上，目前南海東海應無戰事，中國最擔心的也許是北韓的導彈，平壤最近「試射」的一枚導彈跌落離岸千里的日本海（2006年成功試射的大浦洞二號飛彈射程四千五百公里），北韓離北京只有九百九十七公里，金正恩「癲癲廢廢」，經常不按牌理出牌，北京不提心吊膽才怪。

二、

史丹福大學數學教授、歷任美國國防部要職（主管包括核武的武器發展）、克林頓任內的國防部長佩利（W. J. Perry, 1927-），去年底出版題為《我在核戰邊緣遊走》（*My Journey at the Nuclear brink*）的回憶錄，述說冷戰時期及冷戰後美國多次險陷核戰危局的情況，尤其是對美國和蘇聯核子力量的描述，讀之觸目驚心，此書筆者尚未全讀，稍後當作一評介。今天要談的是，美俄核彈山積，已上「膛」（配上導彈，隨時可發射）的便各有千餘枚，但當權者極力避免核戰，以免生靈塗炭，成為歷史千古罪人。在這種「局限」下，軍事強國美國和俄羅斯在武器發明上已有重大突破，未來一旦爆發戰爭，不互擲核彈亦可毀滅敵人進而全世界！

根據瑞典斯德哥爾摩國際和平研究學社（SIPRI）「軍事開支」欄的數據，去年世界各國的軍事經費達一萬六千七百六十多億元（美元．下同），大幅增長原因有二。一是向受美國保護的國家，眼見在對付「邪惡國家」和「恐怖分子」上美國未竟全功，且又決心把大部份兵力調往亞洲，不得不武裝自己以自衛，這意味不少國家尤其是英國和歐盟諸國，只有增加軍費；而亞洲「南海諸小」莫不如此，因對中國軍事崛生戒懼，除了拉攏與美國的關係，本身亦大購軍備以防萬一。二是美國自詡「宇宙最強」，那等於說軍事開支最巨（還記得副總統拜登在澳洲誇下的海口？），由於對回教國家戰事沒完沒了，銳意在軍事科技上超越中俄，研發經費急升是意料中事。

中國和俄羅斯不多久便會公開一些新研發的武備，是否真如文宣所說的深具威懾力，姑且勿論（其實是無資格評論），然而，美國五角大樓和軍火商一律當真，那即是說，國防部為此可以理直氣壯爭取更巨額的軍費，軍火商則順理成章埋首研發更大殺傷力的犀利武器。比方說，美方認為中國的所謂「航母殺手」——「東風21中程彈道導彈」，射程一千七百五十里，美國最新型、不能空中加油的F35航程七百三十里，那意味運載這類戰機的航母均在「東風21」射程內；而一艘航母的建造費，據「新美國安全研究中心」（Center for a New American Security）的研究，可生產一千二百七十枚「東風21」！

美國航母看情形很快便不敢在中國近海巡弋！

三、

在「重返亞洲」國策不會改變及常規航母可能無法發揮正常功能之下，為了應付中國的軍事挑戰，美國遂致力研發「隱形航空母艦」、深海武器及無人操控的武器系統，這些均為人工智能及自動化科技的結晶。值得一提的是，美國的「隱形」科技有重大突破，F35數天前試飛時，地面雷達無所見，不知F35已臨上空，足為明證。至於無人操控的「自動武器」（及無人飛機），美國亦有大成，這包括轟炸機B3（前身為B21）及近岸艦艇。美國的目的在「深入敵方而我方無人命傷亡」。沒有人命傷亡，國內反戰之聲便歸沉寂；軍費開支大幅上揚，是不爭的事實，然而，由於軍費都是印出來的

（筆者前曾為文評説凱恩斯先使未來錢的財政政策令美國軍費可以無限大，和美國「鬥燒錢」的國家，若不能印刷世界通行的貨幣，肯定會吃大虧），軍費開支增加之餘，福利「免費午餐」照派，人民因此不會反對。

美國發展新科技武器將令「戰爭經濟學」起革命。美國海軍已成功研發一種可發射無限次的一百五十千瓦激光器，它可用艦上電力充電，每射一次的成本只數美仙。美海軍另一新型武器為磁軌炮（Railgun, EMRG），是一種以電磁發射每秒可達三千公尺的非炸藥「小炮」，將於2020年交付艦艇使用，其製造成本每具約二萬五千元，和普通大炮造價動輒百萬元比較，磁軌炮「經濟實用」……。

大體而言，美國一方面計劃撥款千餘億元，以在未來十年翻新庫存核彈和核裝置；一方面則大力研究非常規的大殺傷力、經濟效益超高的科技武器，而且已有一定成就，而此中以海軍的成績最驕人。

不是「長敵人威風」，而是基於現實考慮，現在和美軍作軍事競賽，即使不會吃大虧，亦肯定無法佔便宜。大家不可不注意的是，美國不但有一流的科技人才從事武備研發（要知美國軍火商研發武器的概略情況，可讀國防工業公司的年報如Raytheon、BAE Systems、Northrop Grumman和General Dynamics的年報），軍火商獲五角大樓撥款研發認可項目的武器，意味資源充沛，因此足以「利誘」世界各地的最佳人才；更重要的是，她的軍費可從印鈔機印出來。

走回「中美利加」之路，是最有益有建設性。

2016年8月10日

明仁倦勤鷹躍動
中日情仇恨未消

一、

日本明仁天皇8月8日罕有地播出較早前錄影的「告同胞書」（「視頻講話」〔Video Message〕），由於內容一早傳出，明仁「倦勤」的消息才滿天飛；8日的談話，明仁強烈暗示因為年老體弱，不勝公務繁劇，因此不知道應怎樣做才能「滿足國民的期待」，他擔心萬一「衰弱至無法履行職務」被迫突然「退位」（或突然死亡）時，可能對國家社會帶來衝擊，因此，為防患於未然，他正思考以最適當的方式「安置自身」。明仁沒有明言「生前退位」，因為規範皇室人員「權利與義務」的《皇室典範》，沒有這項規定（只規定皇嗣在天皇駕崩後即位）。日相安倍晉三對明仁的意圖早已了然，但聞訊後仍表「驚震」；而日本百姓，從民調數據看，大多數人「理解」日皇的處境……。一方面為俯順民情、一方面政治上確有這種需要，日本國會應該很快在《皇室典範》上加進可以「生前退位」的條文，如此明仁便能在群眾的同情聲中退隱，那意味昨天他在日本戰敗（投降）71週年紀念大會上的發言（呼籲世界和平、祈求日本不會重蹈戰爭覆轍），是明仁「退位」前最後一次公開講話。順筆一提，日本天皇絕少「公開談話」（親民的明仁偶有「出巡」並與歡迎他的百姓「噓寒問暖」但從無「發表演說」），近代史上此前只有兩次。第一次是裕仁的「戰敗演說」（「停戰詔書」、「終戰敕詔」或「天皇玉音」）；第二次是2011年福島核電災難後明仁的電視談話。

國家元首或宗教領袖「生前退位」，非無前例，新世紀以來的2013年，便有梵蒂岡教宗本篤十六世以86高齡「禪讓」、同年78歲的荷蘭比亞克絲女王則讓位太子。這些退位，媒體均大事報道，然而並無引致政治或宗教爭議，何以明仁欲言還休隱言退隱，卻引起滿城風雨，那意味這件事真的值得一談。

二、

裕仁（年號昭和）1989年1月7日「駕崩」，據《皇室典範》：「皇嗣在天皇死後即位」，56歲的明仁（年號平成〔Heisei〕）果於同年1月7日「登基」；戰後社會安定、經濟起飛和政治回歸民間，造就明仁有機會貫徹其「主催和平、化解戰時仇恨」的理念，他身體力行，無論在國內或國外，這位虛君由於「作風親民、形象仁厚」，「口碑」甚佳，為他贏得「和平之君」的美譽；加上他與平民女子（是巨富〔父為大麵粉廠東主〕之後；他們1957年8月於避暑勝地長野縣輕井澤網球俱樂部邂逅「一見鍾情」）結婚，令明仁更「平民化」而廣受愛戴。假使明仁如願在年內「退位」，56歲的皇儲德仁親王即位，如果現年62歲的日相安倍晉三仍「在朝」（或為比他年輕者取代），那是這個人口嚴重老化（到2060年65歲以上人口佔總人口四成強）的國家將由戰後（與二戰完全無關）嬰兒一代所領導。年輕的領導年老的，日本也許會闖出一番新氣象！

日本的「新氣象」，主要是指經濟和政治都會向前突破。筆者曾數度為文，解釋何以「安倍經濟學」最終會讓日本經濟走出二十多年的呆滯困境，現在更無意修改「成見」；在政治上，安倍力催的「修憲」，雖然前路多艱（見去週六盧峯訪問日本政府內閣官房參與谷口智彥的「修憲路漫漫　誰也説不清」部份），但形勢的發展特別是《人民日報》旗下的《環球時報》12日發表中國社科院政治學研究所信息資料室主任馮的文章，強調「琉球群島主權未定」這種説法獲民調全面支持（97%網站民調反對日本稱琉球為「日本沖繩」）。內地「仇日民族情緒高漲」，日本必然對中國可能遲早對琉球群島提出主權要求有所警惕，這環境有助「修憲」的通過，不難理解。事實上，安倍政府已為「修憲擴軍」作好前期準備，今年3月日本政府批准五萬億日圓（現價約值五百億美元）國防費用，為安倍上台後的「四連升」，亦是日本史上最巨額的國防經費，看情況還有再增的空間——五萬億日圓只佔日本國民毛產值1%弱，比美國的3.3%和中國的2%，日本軍費續增可能性甚高，那不僅可「刺激經濟」，更重要的是配合安倍「修憲」加速「軍事常態化」（Military normalization）。

三、

知名仇華（舉其犖犖大者如否認「南京大屠殺」及經常參拜靖國神社）好戰分子（鷹派）、被安倍晉三稱為日本聖女貞德的防衛相稻田朋美，選擇不於昨天「終戰紀念日」赴她過往常到的靖國神社參拜（阿Q上身，內地也許有人會說稻田怕開罪中國），而作就任後首次外訪吉布提（非洲亞丁灣西岸國家，戰略地位重要，美、法均有大規模軍事基地，日本和中國計劃建軍事基地），昨天《金融時報》說她「突然轉向」（swerves），是最恰可的用詞，因為稍後她亦可能「突然轉向」，走進靖國神社。稻田與靖國神社「有緣」。十年前的「終戰紀念日」，安倍與稻田相逢於靖國神社，安倍「建議」時任律師的她從政；她從善如流，同年9月以自民黨候選人身份參選並當選為國會議員，從此「仕途一帆風順」……。

稻田的鷹派言行，受知於安倍晉三，在對抗中國上，更視她為最佳助手；安倍不僅於去年公開「讚揚」

她為帶領法國軍隊抵抗入侵法境英軍的聖女貞德，日媒還一再強調她有很大機會成為安倍的接班人（如無法修改黨章，極可能於2018年退休的安倍，有計劃地培養今年57歲的稻田出任首相）。中日兩國互不信任，釣魚島之外，現在琉球主權爭議隱然浮出水面，在此關鍵時刻，稻田出任防相，厲兵秣馬，勢不可免。上引盧峯「信訪報」，說「日本首相親信谷口智彥」指外界對稻田上任「可能影響日本與鄰國如中國、南韓的關係」是過慮，因為「不管防衛相自己有甚麼政治理念或看法」，其工作都不能偏離「令中國知道遵守國際法的重要性」。這確是事實，但殺氣騰騰的防相，相信必然會以擴軍黷武作為令中國「守法」的手段！

眼見安倍的佈局，「如無意外」，中、日很難不走上軍事衝突之路，作為「和平之君」，明仁不想趟此渾水，趁「年老體衰」退隱，把日本交由後輩「全權處理」，不失為保持清譽全身而退的消極好辦法。

2016年8月16日

「獨」走偏鋒蕭牆禍
兩制飄零一葦撐

一、

議論港事這麼多年，筆者在香港回歸甚至是「中英談判」前，曾好幾次提及「自治」的問題，順手翻出便有兩文。第一次為1975年7月29日的〈對香港前途的揣測〉、第二次是1980年9月3日的〈擴大特區分解租約困擾〉（兩文皆收《前程未卜》）；當中重複提到「部份港人會起而要求自治」，皆因對政治現實不滿⋯⋯。

透過中英談判，經過草擬《基本法》的大量工作，香港終於得到「高度自治」的承諾。特區成立，雖然是一個好的開始，卻沒有成為成功的一半，以言之鑿鑿的「五十年不變」，不到二十年便出狀況⋯⋯。立法會的功能組別及分組點票設計，令泛民除了擲蕉拉布，已無表達不滿建制的「渠道」；近年「港人治港」、「高度自治」這些北京對香港特區的承諾已起質變，所以很多人特別是受過不錯教育的年輕人，起而爭取「獨立」；他們的激情、筆者可以理解、其訴求筆者賦予同情，但由於看不到出路何在——即使在付出重大機會成本之後——筆者因此不認為那是冷靜理性的想法和應走的取向。

二、

行政長官梁振英一年多前便在《施政報告》中抨擊港大學生會會刊《學苑》刊登有關「港獨」的文章，當時不少港人對他的「先知先覺」，莫名其妙，覺得他小題大做，是無中生有的無聊鬧事。然而，提事得事，京港議論與斥責「港獨」之聲，愈演愈烈。受那麼多「權威人士」的「抬舉」，「港獨」變得煞有介事。

半年前，二十四五歲的港大學生梁天琦，代表本土民主前線，響起「光復香港、時代革命」的口號，參選立法會新界東補選；當時選舉管理委員會曾以其「政綱」用上「自治」、「自決前途」和「自給自足」等字眼，與《基本法》存在抵觸，拒絕發送其選舉宣傳郵件給選民，結果梁氏敗選，不過是「高票落選」，他為此公開表態，認為港人雖然避忌不提「港獨」，但港獨意識已滲進香港政壇和港人腦海，「港獨」已是一支不容忽視的主流。

從年初地區補選到即將於9月初舉行的立法會選舉，事隔半年多，當初對涉嫌宣傳「港獨」而抵制發送郵件的選管會，何以要在這次選舉提名期開始之後，才額外要求參選人填寫「無獨」聲明？而在港人不知不覺間，選管會還被授予褫奪那些被他們定性為「屈從填表、包藏獨意」人士參選資格的權力，這即是說，選管會具有決定參選人是否符合資格的酌情權！

也許是「無間道」電影看得太多，網民尤其是較為保守的泛民圈子，大家對梁振英的眾醉獨醒，一早便對一篇議論「港獨」的學生文章，青眼有加，着意提點，到後來社會出現了一呼本土應、一喊便有民族黨興的事件，除了議論紛紛，還串連出不少匪夷所思的「傳奇」，像個早有伏筆的故事佈局。到了昨天，中聯辦法律部部長王振民公開指陳「談論港獨涉嫌觸犯香港本地法律，亦違反《基本法》」：他更對如何處置「港獨」定下兩條底線——第一、禁止主張「港獨」者進入行政、立法、司法機構（他未提及的區議會當然亦不能進入）；第二、不能讓「港獨」（的議論）進入中小學，以免「毒害青少年」。筆者不認同「港獨」主張，但香港哪有這麼多「法律」限這限那。看來王部長真是一言而為香港法了。

三、

劉健威8月8日的〈「港獨」降臨〉，有非常精警的兩句話：「港獨議題，你能跨過它，不能繞過它！」梁振英政府卻一早盯緊「港獨」，生怕京港有人看漏了眼，可是，防其蔓延的種種做法，比如為參選人添加「清獨」聲明的繞來繞去，縱是無心之失，亦已犯了罔顧程序、衝擊法治的大錯；當然，政府的「胡來」，正好顯示特區政府時有手忙腳亂士急馬行田的顢頇。

把主張「港獨」者排除於立法會外（或不能觸犯王部長所設的兩條底線），不讓他們參選，有理可依，可是處理不當便屬不法；選管會的破格行事，越權定調等，是特區政府日後必須「補弊」的缺失。回歸以來，特區政府的施政，一旦遇上阻滯，無法在立法會通過便很易放棄，不思糾正、不會從善如流。像二十三條立法，因以萬計的港人上街反對便長期擱置，沒有把藏在細節裏、阻礙通過的「魔鬼」找出來修正，便一股腦兒收起，忘記那是「兩制」之下，港人對「一國」的憲制責任！又像一人一票選行政長官，談不攏、通不過，便決絕拉倒，那是特區領導比立法會議員長期拉布更畏縮更不負責任的表現。

高度自治、言論自由的香港，人們議論甚至鼓吹獨立思想，只要停留在言文而沒有觸及武力爭取的層次，便沒有觸犯《基本法》標示的「香港是國家不可分離部份」的界限。民族黨日前（8月5日）打正「香港獨立」的旗號，在添馬公園舉辦公眾集會，與會者達二三千人，是「港獨派」一大盛事。以選管會不惜濫用酌情權阻止「獨派」青年參與議會選舉，卻又批准一些曾經在年初旺角「騷亂」中發聲露臉的年輕人號召議論獨立的集會，特區政府在建制內的「局限」，與建制外的思想言論，倒還算有個比較清晰分野。

四、

不過，前往旁觀集會的人都看到一個原來已屬見怪不怪的現象，就是獨立主張的發言，主要是圍攻泛民黨派，是要革泛民黨派的命，而不是以特區政府及其背後的中華人民共和國為狙擊對象，《信報》前總編輯、前特約評論員練乙錚教授，在與梁天琦的公開對話中，說到民調顯示「港獨」只有17%的群眾支持，而一班號稱「主獨」人士卻山頭林立，時有摩擦、「內鬥」，與一向比較敢於對抗特區政府不公不義的泛民黨派，像有更大的不共戴天之仇。那是怎樣的一個反建制的「獨立運動」!?

如果主張香港獨立的人是反「一國」，是要令香港獨立於中國之外，那是非常非常危險的非份之想，在爭持過程中，牽涉其中的各方各面的個人和團體，都得付出沉重的代價。視「所有不再相信中國虛假謊言、不想被中國政府豢養（生活）的人為盟友」（梁天琦語）的年輕人，必須考慮近年港人連捍衛「兩制」都未能切實着力保持香港「一制」，奢言「獨立」若只是一些人爭取個別群體的政治力量的彩衣，實則是想在眾多泛民黨派中突圍而出，那「彩衣」是刺眼、甚至是有毒性的。

角逐立法會議席的候選人，正展開一連串公開辯論，當中大部份水平低劣、層次不高，庸俗難耐，不忍卒睹卒聞，投票給誰？筆者不會支持不計後果、不惜代價的盲目激進派，不會投票給盲從建制的凡是派，因為他們是斷送香港高度自治的罪魁之一、幫兇之尤。所以，明知無可為而為，還是把選票投予溫和泛民一員，希望他們本着獨立人格而非港獨主張，守護《基本法》，挽高度自治的狂瀾之將倒！

2016年8月17日

當權通殺是常態
特朗普後不西裝

■英國《經濟學人》母公司「經濟學人集團」6月出版新雜誌《1843》雙月刊；編者鄧肯女士（E. Duncan）在發刊詞中說，《經濟學人》集中報道評論「森林」，《1843》則以深入觀察分析「樹木」為主。言簡意賅，讀者應知這本雙月刊的編輯旨趣。

刊名《1843》，編者並無說明，一般讀者也許摸不着邊；熟知《經人》史的人一看了然，以《經濟學人》創刊於1843年（9月2日），新雜誌以「祖刊」創刊年份為名，向先賢敬禮之意，彰彰明甚。

《1843》已出兩期（六七月及八九月），內容「包羅萬有」，當然所寫比較詳盡深刻，甚合筆者尋根問柢的閒讀興味。第一期的〈權力真的會令人腐敗？〉（Does Power Really Corrupt?），端是佳構，不能不提。作者引經據典、穿插着無數有普通常識的人均曾聽聞的事例，「實證」了艾頓勳爵（Lord John Dalberg-Acton, 1834-1902）1887年4月5日寫給友人（聖公會大主教）信函中的「名句」：「權力使人腐敗，絕對權力導致絕對腐敗」（Power tends to corrupt and absolute power corrupts absolutely）；這是經常被援用的話，但接着的「大人物幾乎毫無例外是壞蛋」（great men are almost always bad men），筆者以為知之者亦眾，只是執筆者不想得罪當道而「不說也罷」，因此傳媒上少見甚至未見，未讀原文者因此可能不知艾頓如此憤世嫉俗。《1843》的文章沒有引用上述這段話（不然英國讀者會嫌其膚淺「亂拋陳腔濫調」），筆者不厭其「長」，皆因以為甚合當前世情——尤其是國情！

作者「實證」後，得出肯定性結論，即當今之世，社會雖然遠較艾頓勳爵時代民主、自由、開放和透明，但他這段話真是顛撲不破放諸東西皆準。西諺云，贏者通吃（Winner takes all），古今中外在政治鬥爭中脱穎而出（不論民選或非民選）的贏家，很難不「通吃」（因為他們「吃」的是OPM！）。這正是問題所在，是心繫人民福祉的當權者要引為警惕之處。

■第二期的《1843》，內容亦「琳琅滿目」，筆者偏愛短短一頁的〈西裝的最後王牌？〉（Last Trump for the suit?）；非常明顯，Trump為雙關詞，既指共和黨總統候選人特朗普，亦泛指凌駕對手、擊倒敵人的手段；作者用此字是神來之筆，妙到毫顛。

特朗普是個「風頭躉」，生平的大事小事婚事性事，早已散見英美傳媒（整整四分之一世紀前，筆者便在《信月》撰萬餘字長文記他的家事兼及「風流」〔當然有人會説「下流」〕）史；去年決定從政後，「特朗普現象」更天天見報。不過，有一事傳媒不曾着一字，此為特朗普的衣着品味。這篇短文，寫的正是此一從未有人提及的「瑣」事，可見該刊編者確有見人所未見的功力。

大家天天在電視見到這位口若懸河「隨便噏」（口沒遮攔、信口雌黃）的財主政客，無論在甚麼場合、吹甚麼水，都是「西裝」一度。這裏的「西裝」，是指傳統「上班工作服」（Business Suit）——那是穿上衣、結領帶、着皮鞋，即所謂「西裝革履」；如今網絡世代已不時興的裝扮，即使必須着「西裝」，亦只是便衣便褲（Casual）且不加領帶，而「革履」已改為款式不拘花樣百出原料多元不限皮革的便鞋（行路鞋）。從衣着看，特朗普很保守，與他的「理想」南轅北轍，如果他的日常衣着為他的選民仿效，那些有閒階級熟知的大名牌如Brioni便不必解僱「以千計員工」；而Canali（奧巴馬和普京都着這個牌子的「西裝」）和Zegna，更不必把它們的首席設計師辭退……。非常明顯，特朗普天天穿着的服飾已漸不受大眾歡迎，但不喜歡他衣着的人是否喜歡他這個人而投他一票，正是「問題」的核心。

順便一提，如今帶領男裝潮流的，肯定不是有炫耀性傾向的「名人」而是有江湖地位的「大行」；今年6月，華爾街最具規模的投資銀行JP摩根（JP Morgan Chase）給全球二十三萬七千多名員工發電郵，「訓示」他（她）們除非見客，不然可「輕裝」回辦公室，所謂「輕裝」，當然不是T恤短褲拖鞋加背包，而是指穿着隨便隨意得體的便服——男的不必「西裝革履」、女的不必穿裙子着高跟鞋挽手袋。JP摩根財多勢眾，華爾街中人遂爭相仿效，這正是特朗普式「西裝」開始式微的深層原因。

■民望有起有伏，雖然和筆者「賭三元」的讀者不過百餘，即使輸了筆者亦賠得起，但現在因為其民望因連環「說錯話」插水（17日的數據，特朗普的民望比克林頓夫人低6%）而認輸，為時尚早。筆者仍以為特朗普勝算甚高。老實說，克林頓夫人假得令人發抖，特朗普則真得令人以為他是假的，現在把他批得「屍骨不全」的精英多的是，更有共和黨要角要「大義滅親」，公開說將「含淚投希拉莉一票」，但筆者相信大多數人最終還是會投他一票，因為「大多數人」生活在「政治正確」的虛偽世界太久了，是時候換一換環境透透氣！

特朗普40歲時出了一本書：《特朗普——買賣的藝術》（*Trump: The Art of the Deal*；合作者東尼．史華茲〔Tony Schwartz〕是打正旗號〔開公司〕為財主、體壇明星及演藝界人士捉刀寫成功史的職業稿匠），在第一章，他開宗明義說他「寫」這本書目的不在賺版稅

（其大言炎炎勝似今天：「我已有用不完的錢」）而在把他做買賣賺大錢的手法傳授給讀者；他成功的秘訣是「不可太貪婪」……。上亞馬遜，這本書去年再版，料與配合他的「政治宣傳攻勢」有關。多年前瀏覽過這本書，值得一寫的內容大概都寫進前文之中，現在不必再囉唆；事實上，此書出版後不久，特朗普便因大西洋城數家賭場（他同時「擁有」數賭場）周轉不靈而面臨財務危機，幾乎破產，尚幸財技高超、臨危不亂、工作勤奮（他的第二任妻子便因他醉心工作沒時間相陪而求去），加上老父助他一臂之力，終能化險為夷，再造財富！

特朗普是大多數中環人的偶像。1987年41歲的時候，他已獨資擁有媲美世界知名「洛克菲勒大廈」的「特朗普大廈」（Trump Tower），傲視紐約；他過的物質生活更令人不勝羨慕，當年已有一架直升機（Super Puma Jet helicopter）、一架波音727、一艘豪華遊艇「特朗普公主號」（船身二百八十一呎，1991年特朗普陷財政困難時賣給沙地貴冑大財主Al-waleed bin Talal），他的一隊私家車由Bronx一家車廠為他「度身訂造」——當然以他的姓氏為車名。40歲便過如此窮侈極奢的炫耀性生活，除了皇帝老子，可說前無古人吧。

〔閒讀偶拾〕

2016年8月18日

東海南海顧盼未自如
港台沒戲諸小競稱臣

一、

英國一項民調（YouGov.co.UK）顯示，只有約5%英國人認為「世界在進步中」，比較樂觀（天真？）的美國人，有此看法的亦只有6%。世界是否如此灰色，姑且勿論，以當前的亂象（社會固已撕裂，控制港事權力來源亦似乎很亂），如果本港有類似的民調，結果也許比英美百姓還要悲觀。

令英美人民不安的，恐襲和戰火是主因。前者隨時隨處發生，尤其在文明悠久文化優雅的歐洲名城，令人不寒而慄；後者為美俄兩大軍事強國已直接介入的敍利亞「內戰」……。不必諱言，這類信息的確令居安的人身不由己地思危。不過，大家想想80年代以來爆發的哥倫比亞、斯里蘭卡、安哥拉、乍德（Chad）、阿富汗以至伊拉克等連串奪去二百多萬性命和以百億美元計經濟損耗的戰事，「穆斯林聖戰」導致的死亡與經濟損耗，簡直「微不足道」！

敍利亞「內戰」雖然慘烈，古文明被摧毀更令人特別曾經「到此一遊」的人神傷，但畢竟距離遠東甚遠，且與華人無涉（中國固未捲入其內戰，當地華僑亦相對地少），因此很少港人會掛在心上；但看東海以及南中國海的情勢，則不免令港人心情忐忑。

中國武裝海警艦艇和漁船在釣魚島海域的去來，日本海上自衛隊艦艇飛機尾隨其後、虎視眈眈，雙方看似「和平相處」，只作「咪高峰交鋒」；然而當美國政爭塵埃落定、日本成功修憲，這種動口不動手怒目相向而又相安無事的場景，恐怕便會急轉直下，不易和氣（平）收場。雙方盡快找尋一切機會紓解矛盾，是「當務之急」。中國外長赴日（昨午傳出因釣魚島問題日本態度強硬王外長可能不赴日!?）以至中日領袖在中方不情願的「劇情」下趁二十國集團杭州峰會握手言「歡」，才可令人暫時舒一口氣——「暫時」，是因為不知道美國政府換屆後會出現甚麼新局面！

二、

釣魚島之外，台灣「島」情亦不樂觀，台灣大師級作家李敖去週寫了篇「台灣祭文」，題為〈蔡英文的百日〉，細說不承認「九二共識」對台灣經濟民生造成的窘困；李大師未提及的是，北京以經濟手段「教訓」台灣外，也許還會「血刃台灣」（尚記數年前盛傳的「斬首行動」？），以若不好好懲戒痛打一頓，在美日護航下，民進黨政府有恃無恐，必會愈走愈遠，以至遠得無法追回。不過，雖然日本修憲有待，日軍（自衛隊）無法聞訊而名正言順地「馳援」台海，但在東來（「重返亞洲」）國策不變的條件下，不管誰掌大權，在失信亞洲「諸小」事小、失去其在亞洲政經利益事大的前提下，美軍必會負起保衛台海安全使其風平浪靜的「防務」。事態的發展若接近此種描述，東海（台海）必然波濤洶湧，內地沿海大城小鎮包括香港便危若纍卵……。大家還記得陳水扁當政台海一度風雲驟變時，他恫嚇會射導彈摧毀大亞灣核電站（同時癱瘓香港這個金融中心）的舊事乎？人人知道阿扁在「拋浪頭」，但台海有意外，香港「鼻哥窿擔遮」（避無〔鼻毛〕可避）。

一方面「美帝」躍躍欲動而「日寇」摩拳擦掌，遠東硝煙隱現；就軍事角度看，美日俱非紙老虎，不可輕侮。一方面恐防心狠手辣的外敵眼紅中國經濟成就而趁機「飛彈亂射」以挫傷中國經濟元氣。在情勢如此凶險之下，一切以和為貴對兩岸數地最有利。如何達此標的，製造國際輿論令受人民監督的美日政府不敢亂來，也許是次佳選項。事實上，台海波平如鏡，中台港尤其是經濟已陷發展瓶頸的中國均可受惠，而北京走這步棋機會極高，這是筆者向來認為台灣有驚無險的底因。近日流傳習主席有意短期內「收伏」台灣，立下統一全國的功業、提高個人威望，以駕馭、壓服內部反對力量及撫平「不知美帝厲害殘酷」的內地激進愛國分子的仇外情緒。此說不無道理，以內部問題可通過對外用兵解決，是眾所周知的「計謀」；但筆者以為當前中國在亞洲到處樹敵，不應再在台海掀起波瀾，以當前的情勢，台灣問題按下不表（經濟「制裁」亦應逐步放寬以免強化台灣本土派的仇華心理），是為上策……。北京對台灣的策略是否有變——變得溫和點——也許可從今（23日）起在台北舉行的「上海——台北城市論壇」的會場氣氛見端倪；昨天英文《台北時報》指已知台北市議會有六十一名（佔全數約80%）議員拒絕出席歡迎上海代表團酒會，如何化解主人家的「冷對待」，上海代表團的「演出」值得注意，因為多少可窺見北京台灣策略的新動向。

三、

東海暗流湍急，南海湧浪又起。昨天《信報》「兩岸消息」的頭條為〈中國不容忍自衛隊赴南海〉，指出駐日大使程永華「警告日方，不要在南海邁出與美軍作出共同軍事行動的一步！」如此「外交辭令」，雖嫌過於「命令式」，但看來嚇不倒小日本，難收成效。那不是程大使斤両不足、稍欠威儀，而是中國曾口口聲聲說她「開發」南海島礁的目的，在保障南海的自由航行；加上海牙法庭的裁決，相信沒有人相信日艦會因此退縮不敢駛進（飛越）南海！

南海爭紛再度引人關注，主要是去週六（20日）印尼宣佈要把納端拿（納土納）群島（共有二百七十二小島嶼，人口不足九萬，華裔本佔絕大多數，惟近年政府有計劃地移民，華裔被「沖淡」成為少數）所處的南海部份改名「納端拿海」（Natuna Sea），由於那是在「九段線」內（自古便屬中國領海），北京將（或已）作強烈反應，意料中事。

據新加坡英文媒體《今日》（Todayonline.com）21日消息，印尼向來與中國沒有主權爭紛，雙方關係不錯，近來突趨緊張，皆因不少中國漁船進入被印尼視為其領海的南海海域捕魚；印尼雖非軍事大國，但在中國海警海軍艦隻未出現的情形下，於其海域扣押「非法入境」的非武裝中國漁船和船員，遊刃有餘；印尼當局且於去週三獨立日，在八個海港炸毀六十多艘漁船，同時加建扣留中心，以容納囚禁三百至五百個「非法入境」的外國船員。被毀被囚的船和船員以越南為主、中國為次，越南有否抗議，不得而知，中國的反應則至今未見。

領海被侵，令印尼政府無法不「痛下殺手」，因為若不如此，民選政府如何向人民交代。《經濟學人》7月2日特稿，指出印尼總統佐科．維多多（Joko Widodo，暱稱「佐科維」）率內閣成員坐軍艦繞「納端拿主島」一周，在船上開內閣會議的同時，宣示主權，對此中國視若無睹，漁船陸續開進印尼海域，令印尼當局下不了台，不得不出重手「拉人封艇」及改海名。北京如何反應，拭目以待。從一般人的角度，在印尼門前的納端拿島遠離中國二千餘公里，印尼的種種做法因而不難獲得世人同情與認受。中國不要因此遙遠的一角海域做出令世人千夫所指且與向來關係不差的印尼鬧翻的事！

香港當不成雍齒，意味北京早已放棄把香港扮成台灣可以接受的「模特兒」，如今台灣連「九二共識」也置諸腦後，而北京「武力攻台」又因掣肘太多還下不了手，台灣問題因此「懸而未決」；近來亞洲「諸小」經濟靠攏北京軍事投靠「美帝」的策略已極明顯，所以如此，此中部份原因是見北京在港代理人把香港玩弄於股掌間而心中發毛，惟有想方設法與中國疏離……。善待香港，北京在外交上肯定會有所得着的。

2016年8月23日

財來有彩票　奧運有運行

一、

具「指標意義」的里約奧運，已於21日晚上（巴西時間）在狂風驟雨中閉幕，告別演出，《信報》認為「森巴風情歡愉不減」，相信許多在電視機前的觀眾均有同感。

本屆奧運，可以一談的物事不少，惟筆者認為較具娛樂性的，是在中、英分別獲取十五及十六面金牌時，新華社對「金（獎）牌榜上中國已落於英國之後」的反應。新華社帶點晦氣地報以「你尋老子開心？」（「你講嘢呀？」亦不錯；You kidding me?），意味此事絕不可能，以去屆中國得金牌三十八面，有主辦國之利的英國只有二十九面，「點追呀?!」新華社的反應，可以理解。不過，新華社的反應若微調為「you are kidding me!」，也許比較符合「官方喉舌」的身份，這句「你呃（騙）我！」以漫不經心開玩笑態度道出不相信（簡直不可能）的心聲，即使後來證實判斷有錯，亦「無傷大雅」。無論如何，最後公佈的賽果與新華社之願相違，英國得金牌二十七面，比上屆少兩面；中國只有二十六面，比上屆……，不說也罷。英國果然「爬（扒）頭」，在賽績上略勝中國，如果此際有人當新華社幹部之面說「小英國真的在金牌上壓倒貴國啊」，最適當的反應也許是「You are kicking me（our asses）亦妙！」

二、

英帝之能在奧運成績上奮起直追，可說功在政府領導有方，而她的「暗器」就是「金錢掛帥」。這功夫顯然是向中國偷師的。由於政治體制有天壤之別，一個散漫得言不及義、毫無效率，一個專制得沒有反對聲音、「老大」說做便做。事實上，中國有許多事外國鬼子不想學但有的要學卻學不來，惟在「體力投資」上，英國見獵心喜，看穿中國體運崛起的竅妙在於注入金錢，於是度出一計，一試竟竟全功——誰說金錢是無用的阿堵物!?

1994年，英相馬卓安（1990至1997年5月2日在位）眼見英國在奧運會上成績慘淡，決心仿效中國（時體育運動「更厲害」的俄羅斯及東歐集團已瓦解、經濟破產，沒財力沒心情搶奪奧運獎牌），在競技性體育項目上作龐大投資，而繞過國會籌措資金（若交由國會討論，「救貧（教育、醫療）優先論」必然令撥款搞體育運動之議拖延時日甚至因「拉布」而「胎死腹中」）的最佳辦法，莫如開辦彩票（抽獎）；他於是成立「國家彩票局」（National Lottery Board），「全國開賭」，大莊家（政府）抽成，而馬卓安主要把錢用作提倡體育運動、培養有潛質在國際運動賽事中奪標「為國爭光」的運動員身上。此前英國當然也有不少「天才運動員」，但他們沒有足夠資金聘請一流教練（不少來自世界各地，教練跨國訓練運動員是常態；大家熟悉的中國排球女神郎平便曾受聘於意大利和美國當教練）、興建合國際標準的運動場所、添置先進的訓練器械，而最重要的是用種種名目（如獎學金之類）給予資助，令有潛質的運動員可以全職受訓、全神追獎牌。天下沒有免費午餐，世界亦沒有不是金錢培養出來的運動員！

在這一屆奧運會創下百公尺蛙泳世界紀錄（57.13秒）的英國選手阿當．比堤（Adam Peaty, 1994-），其走上成功之路便是「金錢培養出來」的顯例。據BBC說，比堤14歲在泳池上初露頭角，但家境無法負擔他聘請響噹噹的教練、赴外地觀摩和參賽等等的費用，只能靠親友及鄰居「籌款」，才有赴外埠比賽的交通及食宿費，換句話說，這些機會和歷練來之不易；由於在數地方賽事奪標，18歲那年比堤獲英國體育局獎金一萬五千鎊，於是能夠心無旁騖專注於泳事，20歲時在英聯邦運動大會上打敗當年的奧運金牌得主而奪冠！他的年度「獎金」馬上增至二萬八千鎊……。

三、

彩票局誕生三年後，英國體育局於1997年成立，經費來自彩票局的「盈餘」，任務是資助其顧問委員會遴選出來的「有潛質運動員」和「有豐富經驗的教練」，該局對提升英國運動員的成績的效果顯著，英國在短短二十年間便從奧運獎牌排名第三十六位飛升至如今為第二體育大國上可見。1996年，彩票局成立兩年、運作未上軌道，英國撥給準備參加亞特蘭大奧運的經費只有五百萬鎊；2000年悉尼奧運，有關經費已達五千四百萬鎊，英國得獎牌二十八面，排名榜升至第十；至2012年的倫奧，英國獲六十五面獎牌，是次由體育局撥出（其資金悉數由彩票局支持），經費是二億六千四百萬鎊。有效管理、運用，金錢的「正能量」不可小覷。

國家資助雖然是在運動會奪標的一種「動力」，但稱霸現代奧運會的美國，其奧委會是非政府資助的非牟利機構；表現不差的德國，其奧運體育聯盟屬「只獲聯邦政府小額撥款的非政府組織」，法國的與德國相近，瑞典體聯的經費「部份」來自政府，意大利則「主要來自政府」，其餘的國家，大都由政府直接資助。美國體運與政府切割，卻是得獎牌最多共達二千三百九十九面的國家，以次的蘇聯累得一千二百零四塊獎牌；東歐國家的表現，在90年代以前非常耀眼，她們所以從80年代以還在奧運會上「大落後」，與蘇聯集團於1991年解體經濟陷入困局有關，但與當年「制度性吸、服禁藥」的關係似乎更大；80年代後期國奧委開始厲行「禁毒」，蘇聯集團運動員再亦不能「飄飄然」，便如跌落「凡塵」，得獎機會相應下降。

蘇聯集團在奧運上無復當年光芒，然而，「國運」並未因此中落（俄羅斯在非經濟領域已有與美國比肩的架勢）、人民的體質亦未因此變成「病夫」，換句話說，在運動場上稱雄對有關個人可能帶來名利雙收的好處，其所屬的國家受惠無多。但何以仍有那麼多國家（地區）政府要在這方面投下巨資（曾說「香港體育界沒有經濟貢獻」的行政長官梁振英，昨天亦說要「借鏡英國」搞好香港體育事業；不過，他的方法有點「離地」），這確是個謎團。

搞好全民體育，發揚運動強身，可收人民健康、精神奕奕投入工作提高生產力，同時又有節省公共醫療開支的益處；但辦奧運又是為了甚麼？最流行的說法是辦好一場世界體壇盛會，足以彰顯國力，「宇宙最強」的美國的確得奧運獎牌最多，但當年蘇聯集團獲獎無數，東歐「諸小」又有甚麼國力可示世人？

四、

巴西這次主辦奧運，雖然「圓滿結束」，但用於奧運的資金，不知何年何月才能歸本？據牛津大學賽伊商學院（Said Business School）學院7月份的工作報告

《牛津2016年奧運研究——奧運成本及超支》（下稱牛津研究），巴西計劃這次「豪擲」三十億元（美元．下同）的盛事，可能要四十六億元才能「埋單」；超支五成，從主辦奧運的往例看，小事一樁。《牛津報告》爬梳1960年以來的十九次奧運開銷，顯示除了洛杉磯那一屆以外，幾乎全部「超支」，舉其犖犖大者，2014俄羅斯冬奧超支289%，仍比1980年美國普萊西德湖（Lake Placid ）冬奧的超支324%「遜色」……；1976年蒙特利爾夏奧超支720%，相信創下超支紀錄，至世紀末，該市才撇清欠款……。主辦奧運不論冬、夏，成本所以循例超支，主因是當中包括興建眾多基礎設施如築橋、修路（公路及鐵道）、建水壩以至現在的IT中心；這些工程成本本來便不易控制，加上計劃不斷修正修改，還有搬遷民居騰出空間又得興建樓宇安置這些「災民」的開支，遂令成本日日上升……。《牛津報告》還列舉不同基建的超支「慣性」，這裏不錄了。

北京奧運肯定超支，當局有否公佈，不得而知，但美國經濟學會的《經濟前景學報》（Journal of Economic Perspectives）今年春季號發表兩名經濟學者合撰的〈奧運經濟學——一切為了奪金〉（Going for the Gold - The Economics of the Olympics），指京奧超支近倍，官方公佈二十三億一千五百萬元，這兩位學者的估計是四十五億元（見該季刊頁二〇五）。除有上述種種加重成本的支出，當時還是「貪腐盛世」（不然王岐山便不會忙得不可開交！），大比率超支自不可免。

未知北京有何話說?!

2016年8月24日

美國霸權西山日
韜光養肥為上策

一、

「當資訊數據有變時， 我只好改變主意。」這句筆者數度援用的「名言」，向來以為出自凱恩斯之口，但近來經濟學界眾說紛紜，有指此為其他名家之言……。不過，不管何人所說，話的意思清楚不過，當現實改變時，評論人便不得不「與時並進」，修訂早前按舊資訊所作的論斷。

研究美國外交政策享盛名、1977至1981年卡達總統在位任其國家安全顧問、現任約翰．霍金斯講座教授的地緣政治學家布熱津斯基（Z. Brzezinski, 1928-），他在70年代至新世紀初葉，一再強調美國「宇宙最強」，這不僅指軍事，而是政治與經濟皆然。這種看法，顯而易見，在1991年「蘇東波事件」發生後更為強烈，1997年出版的《大棋盤（大博弈）——美國在地緣戰略上的支配地位》（*The Grand Chessboard: American Primacy and Its Geostrategic Imperatives*），他以具體事實指出蘇聯解體、東西冷戰告終後，美國已成為有史以來世上唯一真正的超級強國！

觀察90年代以還至21世紀初的國際形勢，布熱津斯基的看法不會錯到哪裏，在那期間，美國真是以「世界警察」自居，縱橫四海，世上不論哪個角落，一旦出現與美國的「普世價值」相違背或不利美國財閥利益的政治勢力，美國便二話不說，派兵圍剿、狂炸，且是所向披靡，尤其推翻伊拉克侯賽因之戰，美國大事殲敵而本身損失微不足道。美國前防長佩里在新著《我在核戰邊緣遊走》（原名見8月10日作者專欄）中（第六章）指出：「在第一次海灣戰爭（『沙漠風暴』，1990年8月2日至1991年2月28日），F117戰機（按：這種『多用途、中距離戰鬥/攻擊機』已於1998年退役，為F15E取代）出動約千次，向伊拉克拋下二千多枚『精確制導炸彈』，當中八成左右擊中標的，準確度在想像之外……。重要的是，在蘇製防空炮火漫天飛舞之下，沒有一架飛機被擊落……！」布熱津斯基對這種戰績當然瞭若指掌，那使他信心滿滿地認為美國世上最強！無論如何，這一役，美國不僅以行動證實其「宇宙第一」並非浪得虛名，還當戰場為新武器實驗場，這種「實戰經驗」，於今為俄羅斯所仿效，在敍利亞戰場牛刀小試……。

二、

認為美國天下無敵的布熱津斯基，不久前（4月17日）在《美國權益》（The American Interest, AI）月刊上發表千餘字的短論：〈環球勢力正在重整〉（Towards Global Realignment；大概與民意相悖，少見美國媒體引述此文內容），根據最新世界形勢，修改他過去鼓吹美國世界第一的主張，他認為美國支配世界的年代快成過去（that era is now ending）。導致這種翻天之變的原因有三。第一是俄羅斯和中國的崛興；第二是歐洲頹態畢呈無力再起；第三是伊斯蘭「醒覺」。他對回教激進組織的「恐怖活動」，有相當新銳的看法——激進回教徒不因西方的先進物質文明和高度自由（特別是宗教自由）這些優越條件與伊斯蘭教義牴觸而仇恨以美國為首的西方（基督）世界，而是千百年來被欺侮被掠奪被鄙視的「歷史委屈」（historical grievances），令具世界視野的新世代，有意識地爭取在世界舞台上的公義平等，形成了一股難以抗力的反西方浪潮！在這種情勢下，美國及其死忠盟友將面對日益嚴峻的威脅。布熱津斯基強調來自俄羅斯、中國、伊朗和土耳其及其他中亞國家（「一帶一路」所經的國家？）的經濟、政治和軍事聯繫，將是令美國霸權中落一項不可忽視的要素。

與此同時，奧巴馬政府「不問青紅皂白」推翻卡達菲的利比亞政府和「幕後發功」使親俄的烏克蘭政府倒台，看在與這些政權友善的國家眼裏，大增反美國家進一步合作甚且結為反美聯盟的誘因。換句話說，美國四處「伸張正義」的結果是四處樹敵。美國的「敵人」（加上引號，是他們在未翻枱前仍願與美國坐以「論道」），以俄羅斯和中國為例，前者藉敍利亞戰場展示實力，後者則在南海爭紛上耀武揚威。不但如此，在經濟線上，與美國操控（有「話語權」）的財經體系抗衡的新力量已漸漸成形。俄羅斯主催的「（金磚五國）新開發銀行」（NDB，主要股東為俄羅斯、印度、中國、南非和巴西）於2014年在上海創辦（初期資本五百億美元）；中國一手「包辦」的「亞洲基礎設施投資銀行」（AIIB，亞投行）同年在北京成立（初期資本五百至一千億美元）。假以時日，這兩家銀行不僅會搶去不少向屬世銀及英美商業銀行的生意，更重要的是，無可避免地會挑戰美元獨大的地位。「如無意外」，在可見的將來，發展中國家會出現非美元的金融體系，美元漸被取代，美國再無控制世界經濟的「獨門工具」，那等於「隨印隨有」的美元將失去在世界各地通行無阻的地位。這種情況一旦浮現，意味美國經濟霸權地位的式微！

三、

布熱津斯基的推論能否成為事實，他雖然「充滿自信」，卻設下一個前提，就是沒有爆發核戰。不必諱言，一旦互擲核彈，核武先進和「過剩」（倉存的和已裝上導彈的均以千數）國取得最後勝利，當屬必然。

以當前的情勢，俄羅斯已有與美國「瓜分」敍利亞利益的意願，而俄羅斯看在經濟份上（請參考7月19日作者專欄）與土耳其「言歡」之局已成，那意味中東戰亂惡化的可能性降溫。現在情勢危急的反而是遠東，東海和南海甚至台灣海峽，隨時都有「大打出手」的隱患！

中國以「自古以來」的「歷史事實」，對區內若干島礁主權的訴求，不但為國際法庭否決，更與區內「諸小」鬧翻；在這種不和諧氣氛下，加上本已到口的台灣愈走愈遠、日本處心積慮挑戰中國崛起之意甚決，而美國則把失去亞洲的主導權與國力中落畫上等號，因此調兵遣將，令區內隱聞戰鼓之聲。

據布熱津斯基的剖析，美國國力已近黃昏，沒落剛剛開始，其霸主地位的餘威仍在，且當政者都全力維護、保持，以報財閥的支持和俯順大美國主義上腦的民情，那意味不斷增強兵力之外，一遇挑戰必會奮力反擊（當然更會尋釁滋事）。如果視美國為「強敵」，中國行「君子報仇」之策，較合「時宜」。

筆者引以為憂的是，國內若干電視和網站的「軍事評論員」，在論及內地先進武器的「突破性成就」和軍隊的作戰能力上，其誇誇的言詞，令筆者以為他們是許（陳）仲琳（傳為《封神演義》作者）或還珠樓主（代表作《蜀山劍俠傳》）這些怪力亂神小說作者的化身（書中的角色都能放飛劍殺人於N里外），因為金庸和梁羽生筆下的蓋世武功（只能隔山打牛），均不及他們「厲害」！在這類論者口中，美國加日本都不難「打發」。如此論說，雖然充滿民族自豪感，且會撩撥起擊退打敗侵佔領土者的愛國情緒，對當政者構成無形壓力。這是非常不理性和危險的。

別讓東海南海台灣海峽成為美國新式武器的試驗場，更別讓F35C有實戰經驗！以筆者的保守看法，現在是中國韜光養晦（養肥也許更貼切）的時候，凝聚實力、與同聲同氣國家鞏固友誼、加強聯繫，坐待布熱津斯基的論斷成真！

2016年8月31日

拒選賊港者　辯論解港獨

一、

立法會議員選舉將於本週日（9月4日）投票，由於選舉主任以有人公開宣稱不承認香港是中國不可分離的一部份即主張「香港獨立」的理由，已剝奪及會繼續剝奪若干參選人的候選資格。這類決然斷然甚至可說悍然的措施，催生8月5日本港出現「自古以來」第一個為爭取「香港獨立」的集會，由於引起國際媒體的關注，外交界亦被「波及」，已定期離任的駐港英國領事吳若蘭（C. Wilson）上月中接受傳媒訪問，已斷言不論主張「香港獨立」還是要求「英國回收香港」的訴求，均為「不切實際」的想法；《獨眼觀天下》（Monocle）因此假設接替吳若蘭的前英國駐緬甸大使賀恩德（Andrew Heyn）亦會面對類似的問題，那意味這份觸覺非常銳敏的紙媒，認為當局（北京及特區香港）全力撲殺的「港獨運動」，會持續發酵！

有關當局對此一「偽命題」煞有介事，以對某些權力欲熏心的人來說，「形勢愈亂愈好」，而現在有甚麼能比「挑起港獨」更能令社會迷惑和混亂？警方為此已部署四千警力，並在粉嶺機動部隊基地進行針對選舉日「可能出現衝突」的「模擬訓練」……。由於二十國集團領袖峰會將於本港投票日在杭州召開，為免香港「大選」發生失控甚且流血的警民衝突、釀成足令國家領導人尷尬的場景，港警全力以赴、防患未然，雖有點小題大做，卻是不得已的造作。

二、

筆者對此次選舉，興趣缺缺，那是因為新一屆立法會，命定難有作為。本屆議會候選人之一的何秀蘭議員，其競選傳單以「水滴石穿」為口號，原意是指她代表的工黨，會鍥而不捨地堅持為民請命，但亦說出了現行機制令立法會難成一事的現實——滴水充其量只能「擊碎」其薄如紙的石片，稍厚一點的石頭，是滴水不穿的，因為經年累月之後，石頭形成凹陷，儲水成窪成池，又怎能穿石!?如今的京委特區政府有如大石，任你非建制議員在立法會如何努力，政府都不會寸讓！就政事看，「滴水穿石」不是好兆頭。

事實是，來屆立法會，建制若佔多數，泛民（非建制？）只有一招已惹市民反感的「拉布」作為回應，結果政事荒廢；如果非建制派控制議會，看近來北京及其在港代理人的言行，本地的「強力部門」可能全力介入，拋出個莫須有如「港獨分子」的罪名，便能「清理門戶」，讓當權者為所欲為。在這種局限下，雖然近來選情趨於激烈，但筆者較早前的想法不必修改，那是選民應該認真考慮把選票投給那些還知道維護香港「一制」、不嘩眾取寵的被視為建制派而非盲從「今上」如自由黨的候選人；那些漠視香港「一制」，只知向內地「一制」靠攏的所謂建制派，他們進入議事堂，只會令香港全面倒退，投其一票等於「自作孽」，是保守選民應迴避的。

大多數港人是現實理性的，因此支持根本行不通的港獨者，寥寥可數（年輕一輩的支持率較高，但總體而言，只屬極少數）；然而，言論偏頗、行動粗暴的「激進」候選人，所以仍能進入議會，皆因特區政府表現拙劣、撩人反感，令極端分子有可以穩取少數席位的可乘之機。

由於「高度自治」已起質變，鼓吹港獨者的訴求，獲得一些港人的同情，但基於現實政治環境的考慮，大多數港人都知道為此「鋌而革命」，後果是累己累人；追求港獨，不管用甚麼方法，到頭來肯定只會對香港帶來負面的消極影響，換句話說，這種「鼎革」而不「咸亨」（革新卻不能使多數人受惠）的事，會令保守的港人不禁要問：「付出重大代價爭取獨立，為的是甚麼？」沒有人能提供入情入理的具體答案，支持一方不成氣候，是必然的。

二、

特區政府以「洪荒之力」反港獨，甚至不顧法律程序，在無法可依之下的蠻幹作風，令人不寒而慄；其不准學校討論港獨，等於剝奪港人在現行法律及憲制框架下無事不能討論的自由，真的很難看；部份北京領導人也許欣賞當權者的耿耿忠心，那正是政府人才荒令人謀不臧的典型事例。非常顯淺，教育局可以在合情合理合法的情況下，舉辦一場全港校際或公開的辯論比賽，就香港是否有獨立的條件和應否獨立，讓正反雙方「各抒己見」。以當前的形勢民情，反獨派必然壓倒獨立派；而唇槍舌劍的過程，不僅彰顯了香港的言論自由，還可令廣大市民，尤其是學生了解港獨之不可能、不合法及對香港百害無一利的事實！看到此處，你還以為用得着禁校園言論和發表意見的自由嗎？

雖然現在離「五十年不變」的期限仍有三十一年，但形勢比人強，香港「一制」即使不被刻意砍掉，「去英添中」是很自然的發展趨勢，而這種可說是遠英近中的演進，如果政府用心擘劃，是可以有效進行，不致顯現被人看得搖頭不已的陋相；現實的香港人為了「前途」，對此亦會於無痛苦狀態下接受（少數有「遺民」心態的人可以享有堅決反對的自由），那意味特區政府可以有序地推動這種「意識轉化」。這樣做是可以雙方受惠的——到了2047年，香港便能夠符合大家期望，讓

「兩制」在一體之中融和共通不生排斥！可是，梁振英政府不作此圖，其一邊倒的作風，凡事上綱上線、敵我分明，令香港遍吹的社會風氣充滿敵意和仇恨。這種現象，滿足了為北京看中的代理人的權力慾，但作為中國面向世界的櫥窗，香港正在沉淪中。

留點個人可以自由選擇的空間給港人，這雖是英國人遺下的無形財富，卻非北京認同無法持續——北京認可自由民主，不但可以提高國家的國際形象，還可令香港更勝一籌。特區政府何「苦」而不為！

2016年9月1日

民意不失當把握
自決底線別含糊

一、

「九．四」立法會議員的選舉結果，非親北京亦是港人口中的非建制派，新人輩出，贏得漂亮。雖然今年5月中央政治局常委兼全國人大委員長張德江訪港時，要求聽訓者要在這次選舉中「力保三分之二議席」，而中聯辦主任張曉明不久前與親北京（俗稱建制派）議員在深圳會面時，曾指出泛民議員的選票，大部份來自「中間選民」，若果這類選民感到「普選」行政長官的權利因某些泛民議員的反對而被剝奪時，一定會用選票表達不滿，那等於說行政長官於「雨傘運動」後發出「票債票償」的言論，絕非危言聳聽！

這回選舉，投票熱烈，投票率達58%，比上屆多5%、增幅約10%，是「最高紀錄」，而泛民加「自決派」得十九席，可說是「票債票償」的體現。從票站的情況看，選民反應成熟，水平比部份角逐議席的候選人高得多。泛民和建制派都有新血登場，是政壇新氣象，是值得珍惜的好事。

兩年前的「佔領運動」遭梁振英政府扭曲處理，加上他那種種與民為敵的施政，以「ABC」（Anyone But CY）為「政綱」的人，又豈止那些角逐議席的政客及準政客。事實上，香港要達致北京賦予的「高度自治」，必須建基於雙普選的基礎，讓港人的自由意志透過民選程序彰顯，那即是說，由港人「自由選擇」出來的行政長官，必須呈請中央政府批核，獲批准的可馬上上任，被拒絕的惟有「自動落選」，這是《基本法》「命定」，港人絕無置喙餘地，所以要知道，「民主自決」並不等於香港民意可作最後定奪！

可是，中聯辦與特區政府的同流「協作」過火過態且過猶不及。京派來港名為聯絡員實為坐鎮的官員，未必有破壞「兩制」的「初衷」，可惜他們不懂港人的思維方式和價值觀，加上受利慾熏心的本地惟恐天下不亂以便亂中取利心態的親京政客所左右，遂令港事一發難以收拾，而在港京官正好應了莊子〈逍遙遊〉中「越俎代庖」這句話。莊子以「庖廚」的分工（如今日的行政總廚、執行總廚以至其下一系列的工作崗位），說明人各有「分內工作」，不能「越職司事」，不然必會壞了大事，燒出來的菜必然難以下嚥。如今中聯辦在香港或大搖大擺或藏頭露尾，或動員勸進或勸退配票，儼然成為香港民選議員的選舉指揮部，中央承諾香港的「高度自治」固然因此蕩然，香港人向有的自由意志和獨立思想的空間都被侵犯了。為甚麼近三兩年愈來愈多港人不承認中國人身份？答案可從中聯辦在香港事務上「越俎代庖」中尋覓！

「佔中運動」可說是對中聯辦「越俎代庖」的反彈；堅信香港問題唯港人才能解決的一批有獨立思想、只求有「選擇自由」不思推翻建制的年輕人，抱不惜付出機會成本的決心，為達致真普選而發起的全民運動。可惜當權者不設法解決問題，一方面以低級「蛇齋餅粽遊」的小便宜誘惑，一方面以強橫的手法抹黑，把青年人自發追求真普選的活動，與「外國勢力」進而影響國家安全掛鈎，事情愈搞愈混賬，卻亦令有志搞好香港，令香港可以對國家作出有形和無形貢獻的香港人，只好走上參政之途，而今次選舉，證明廣大市民支持他們的想法。

事實上，「本土」沒有問題，主張「前途自決」亦沒問題，問題是與「港獨」混為一談，筆者希望從政的年輕人，爭取的是港人自由意志的獨立思考空間，而非任性縱橫的政治放任。香港獨立於中國與香港的獨立意識不受抹殺和詆毀，是兩碼子事。那是大家必須認清的事實，亦是何以有那麼多理性的選民投票給在「佔中運動」中脫穎而出的年輕人的底因。不過，面對選舉結果（非建制派已奪二十九席，超過三分之一的二十四席；泛民二十二席、本土／自決七席。）而雀躍的港人，要明白他們爭取的議題要成事的決定權，合法的話，有待北京的祝福。大家因而要在這個問題上仔細推敲，不要藉民意而忘形。

二、

經此一役，此後四年香港立法會的運作以至未來的選舉工程會有甚麼變化？筆者並無答案，但以下這些趨勢值得關注。

①要香港選民放棄外國護照（沒持外國護照的人才有投票權），在執行上存有重大困難（來自所謂建制派的反對力量亦不容小覷），但「選舉行政長官委員會」的委員們，不能有外國人身份，應該是合理的要求吧?!由宣誓効忠外國——當中不乏有「亡華之心不死」的國家——的香港人投票選出要呈交中央批核的地方官，是很諷刺性和有辱國體的。明年3月便要「小圈子選舉行政長官」，現在尚有大半年時間作準備，有關當局應定出當機立斷的「新規矩」、正正「選委們」的身份！

②這次投票安排顯然有不少可以改善之處，看有的票站深夜仍大排長龍令投票時間不得不延長造成的混亂，當局除了應參考比如台灣等地的電腦投票，更要及時研究做好網上支援和通報的機制。從港大民意研究計劃於8月2日至25日滾動民調的數據看，網絡互動，不論是候選人或「民意」（指對候選人的支持與否），都十分活躍；另方面，由於18至29歲的年輕選民大增，而這一「年齡層」是網絡世代。積極拓展網絡投票，因而顯

得大有必要。

③雖然有關人士/部門一定不會承認，但為保親北京政客取得競選優勢，「有關部門」做了不少見不得光的「小動作」，而且有一屆比一屆變本加厲之勢，比如此次選舉中選民「被改地址」以至選民的內地親友「被説服」並指示其在港親友投票取向，便多有所聞……。為免下屆選舉建制派成績更差，當局極有可能推出內地（工作及生活）港人投票的「新猷」，這種仿效西方民主國家海外居民於當地使館特設投票站投票的舉措，沒人能予反對；由於中共「不可信」，屆時「內地港人投票」必須防範受操控！為防患於未然，選舉事務處起碼要爭取派員至內地票站監票的授權，雖然許多左右選情的「小動作」是於幕後進行，但「票站監票」仍然可起聊勝於無即令「內地投票」不致完全作假的作用！

④如果新當選的非親北京議員與傳統泛民議員磨合一段時間後成為泛民一員，親京派議員在立法會的「功能」必被貶至冰點，令特區政府無法推動不得民心的政事，當中自然有不少北京欲通過的法案；在這種情形下，橫蠻的當權者會否濫用酌情權，把一些「眼中釘」議員定性為「港獨分子」，進而褫奪其議員身份？這種悍然措施，本來絕不可能在法治社會發生，但自從銅鑼灣書店事件以至梁天琦被擯出局後，不可能的事已變得可能。假如這種事真的發生，香港恐怕會陷入比「佔中運動」更激烈的抗爭漩渦——政府以想當然甚至莫須有

理由而行使酌情權，作出與以萬計選民意願相違背的決定，不引起民變才不正常！不過，以梁振英（如果梁氏連任或類CY甚至勝CY的人上任）絕不手軟的手段，「敉平」民變不難，問題是北京要承受所有的負面後果！作為在世界政經舞台崛興及積極睦鄰的泱泱大國，這犯得着嗎？

2016年9月6日

粗口總統逐客令
美菲關係急轉彎

一、

有點出乎意料，向來予人以是美國附庸、對美國唯唯諾諾的菲律賓，其新任總統杜特地（內地譯杜特爾特；Rodrigo Duterte, 1945-），竟然成為美國政府的「燙手山芋」。繼9月5日在赴老撾參加東盟峰會前，於記者面前大罵美國總統為「婊子養的」（son of a bitch），令他與奧巴馬的會面告吹後，昨天更公開下「逐客令」，「希望」美軍撤出南部棉蘭老（Mindanao）地區！杜特地口不擇言、粗言穢語，聞名全菲，菲人亦聽慣不怪，其以他加祿語（Wikang Tagalo，菲律賓國語）Putang ina罵奧巴馬的「粗口」，不過是他「戲」上心頭的慣用語，衝口而出的口頭禪，並無「深層意義」；事後見國際媒體群情嘩然，他便嘻皮笑臉地輕輕鬆鬆道歉了事。美國取消「奧杜會」後，還一再強調美菲盟友關係不變，看來除了私底下「鄙視其為人」外，短期內不會有甚麼「後續（懲罰性）行動」。但杜特地要求美國撤去軍事顧問*，可能是菲律賓政治結構大變的先兆，而政治大洗牌將令美菲「牢不可破」的友好關係鬆懈，必會對美國「重返亞洲」的國策帶來衝擊。如此大事，恐怕正在等鐘聲放學的奧巴馬處理不了！

和他所有的前任不同，杜特地徹頭徹尾反帝國主義，對美英歐洲諸國俱無好感；不但如此，他還多次公開表示對「毛派」菲共領袖的敬意，對該黨與政府軍「武鬥」五十多年的「新人民軍」（New People's Army）亦無惡感。

杜特地如此特立獨行，也許與他於60年代末曾師事菲共創黨主席施宋（Jose M. Sison, 1939-；崇拜馬、列、毛，著作甚豐，曾任文學教授）並欽佩其人有關。施宋於1987年阿基諾夫人任內被放逐，自此在荷蘭「隱居」（施宋於馬可斯任內被判監，阿基諾夫人上台後，為與菲共「和平共處」，予以「假釋」；施宋藉赴泰國領文學獎之便，在海外旅遊：在軍方壓力下，阿基諾政府吊銷其護照，令施宋有國歸不得，只好自我放逐，在荷蘭定居，遠距離指揮菲共活動），但杜特地與他保持密切關係。今年6月底，杜特地宣誓就職後不久，菲律賓政府與菲共重啟談判之門，8月26日在挪威奧斯陸會談並達成「無限期停火」（Indefinite ceasefire）協議；數日後杜特地公開招攬菲共高幹入閣，他建議的職位為農業改革、環境、天然資源、勞工及社福部……。菲政府與菲共達成的協議，有待國會批准；菲共會否派員加入杜特地政府，則有待施宋能否安全回國而定。以目前特別是昨天的情況看，菲共「歸順」已不是問題，現在的問題是，向來視菲共為「恐怖組織」的美國，如何「評價」這種發展。

二、

杜特地雖不「親共」，但他認為中國遠比美國「有利於吾國」（按杜特地的外公是中國移民，他因此有四分之一中國人血統），那從他對海牙國際仲裁庭有關南海問題裁決的反應上，清楚可見。杜特地對美國態度冷淡，與美國在1898年大敗西班牙後佔據菲律賓為殖民地有關，在這一年至1901年間，美軍屠殺了「十分之一的菲律賓土著」，自此全面控制菲律賓，直至二戰後該國於1946年獨立。菲共視獨立後的政府為美國傀儡，其領導的「抗日部隊」（Hukbalahap）遂被美國圍剿，至1965年被「肅清」——這一年，「民選總統」馬可斯上台（1965年至1966年），他於1972年頒佈戒嚴令，全面取締菲共的活動。自此菲共退守南部奉行回教的棉蘭老地區，該區遂成為「穆斯林反政府的溫床」；菲共被指與阿爾基達（阿富汗「基地」）有聯繫，美國在「反恐」前提下全球打擊穆斯林武裝分子，棉蘭老當然成為美國攻擊目標，在2002年至2015年的掃蕩恐怖分子期間，不少菲律賓農民死於美軍槍下，這正是與菲共有千絲萬縷關係的杜特地，昨天公開要求美國把去年2月重組後留駐該地的軍事顧問撤走的原因。杜特地說沒有美軍，棉蘭老「天下太平」，並非毫無道理。

菲律賓獨立後，美國在反共的藉口下，在該國仍保留一個海軍和一個空軍基地，至1992年，菲國會投票反對再和美國續約，美軍漸次撤出蘇碧灣和克拉克基地；2001年的「九一一悲劇」發生後，美國全球「反恐」，便想盡辦法重返這兩個基地（特別是蘇碧灣），經過多年談判及以十億美元計的軍事援助，美國現在在菲雖沒有正式軍事基地，但美機美艦獲准自由進出若干港口和基地；至2014年，美菲簽署《加強軍事合作同意書》（EDCA），令美軍可以輪流使用該國的軍事基地；更重要的是，在美國「重返亞洲」國策推動下，菲律賓自此於美國主導、以圍堵中國為目的東南亞海上安全活動上，扮演一定角色！

美國與老共不共戴天，於戰後領教過蘇聯的「厲害」便如此；1947年杜魯門總統「命令」（ordered）歐洲盟友法國和意大利，必須把共產黨成員從政府部門及議會中掃地出門（即管他們在反納粹中立下汗馬功勞），此後麥卡錫在美國本土「清共」，更是街知巷聞的大事……。如今美國「重返亞洲」，調動全球六成軍力，聚集亞洲，其圍堵甚且不惜與中共一決雌雄的姿態，已是眾所周知，此時卻突然殺出杜特地，一個在本國有廣泛支持的政治人物，他未必會投入中國懷抱，但排拒美國「干預菲國內政」的決心則甚顯然。美國管治以至扶植菲律賓反共政府百餘年，在該國勢力根深柢固，美國大選塵埃落定後，其菲律賓政策將對東南亞政局有重大影響。

杜特地是魅力領袖，雖然不斷有桃色新聞（家中和友儕的菲傭，都投杜特地一票；她們知道他這個自稱虔誠天主教徒亂搞男女關係，卻說這是男人通病，難得杜特地夠坦白），他與前妻關係融洽，且廣受人民愛戴（三度獲選，當達沃市市長共二十二年；任滿下台時由女兒莎拉任代市長），如今他有意和中國搞好關係，又有意延攬菲共入閣，引起美國和國內親美派反對，不在話下。不過，他這種看似荒腔走板的做法，大有道理，以菲律賓經濟亟須引入資金和技術，那分明是當前中國的長處，而且中國亦有意藉此使美國的圍堵有個新缺口，兩國一拍即合的可能性甚大。而與菲共修好，有助杜特地把菲律賓改為聯邦制的政治理想——賦予各地方政府「高度自治」的權力，菲共和穆斯林叛亂便自然平息……。杜特地的政治藍圖能否落實，很大程度取決於在該國有深度影響力美國的取態！

2016年9月14日

* 菲律賓總統杜特爾特昨天又再發表針對美國的言論，表示不再參加與美軍的南海定期聯合巡航活動，又揚言考慮向中國或俄羅斯購買武器。
  杜特爾特週一曾說，要求美軍撤出菲律賓南部地區，惟菲律賓外交部及軍方昨日澄清他的說法不是政府既定政策。

鳥籠民主魂歸離恨
本土民主落地生根

一、

立法會換屆選舉9月4日所產生的候任議員，大約還有二十天才宣誓就職，高票當選的朱凱迪雖然未「騎單車」到議事堂當其尊貴的議員，可是由他揭露的元朗橫洲公屋發展規模「大縮水」，由此而起的「官商鄉黑」四字，振聾發聵，不僅香港無人不知，而且還嗅出那四個階級的人可能假公濟私「團結」魚肉港人利益的氣味！雖然認為港事港人自理的本土自決派無意北上陳情，但是當局對指責閃縮吞吐的回應，許有受害人不忿之餘，把心一橫，為此事冒險赴京「上訪」！

同為候任議員的姚松炎，接受無綫電視節目「講清講楚」的訪問，不消半小時，便把「橫洲公屋縮水」的眾多疑點和灰色地帶，條分理析，清楚交代。這兩位候任議員無畏陳詞，使港人對行政長官梁振英和他兩位「得力助手」張炳良及陳茂波的行事所帶出的「摸底乾坤」（Secret Agenda），長了見識。

未上任便因提出港人關心議題而廣受朝野注意的，還有鄭松泰。因《基本法．第七條》申明「香港特區的土地與天然資源歸國家所有」，引出港人對2047年香港生活方式「五十年不變」的承諾不再有效之後，此間樓宇業權誰屬的疑慮——屆時香港物業及土地會否變成中國政府的資產，的確令部份香港業主忐忑不安，心存疑慮。

候任鄭議員的「大限說」，是翻查新界西的地契資料後「心所謂危」才提醒香港業主；根據資料，在二百一十多個私人屋苑中，三分之二屋契在2047年6月30日到期，那是否等於說這些物業業權於此日自動轉為中國政府所有？雖然發展局局長陳茂波直斥鄭說「危言聳聽」，因為特區政府已有一套政策，亦絕對有經驗、有能力，「在適當時候處理相關的續期工作」，他因此認為「市民毋須過慮當中的不穩定性」。根據《基本法．第一百二十三條》：「香港特區成立以後，滿期而沒有續期權的土地契約，由香港特別行政區自行制定法律和政策處理。」陳局長說得「實牙實齒」，可是，從無公告續約方針，一個人們並不信任的政府，究竟如何公正地「制定法律和政策」？惟有寄望立法會的監督，然而，現行的議會結構，令它有如大海浮沉的一根樹枝，聊勝於無而已。鄭候任議員憑此因「不熟書」而提出的「競選政綱」，可能造就他的勝選，卻被「熟書」的官員視為「偽議題」。無論如何，他善於「鑽空子」

的腦筋，必然會令新一屆立法會更為充實和熱鬧。

2008年立法會議員競選結束後，作者專欄以〈英雌好漢入立會　黯然失色影藝界〉（收《正視政事》）為題，指出人未必多但「入局」者有不少辯才無礙好勇善鬥之士，因此不僅聲雜且會因為肢體語言發揮至極致而好戲連場，其娛樂性刺激性會把影藝界比下去。事實果與此「預測」相去不遠。這一屆又如何？筆者的推想是「本土精英顯朝氣　戀英媚共日西沉」。

二、

雨傘運動黯然落幕後，北京人大竟然拋出「八三一決定」，如金鐘罩、如「熔斷機制」般對香港的民主進程「落閘」。建制派（對當權者唯唯諾諾者）和泛民（建制內的反對派）議員長期「鬥法」，後者在無法可施下，以拉布蹉跎，結果是成困局無了局，政府管治頹唐，且不惜違反《基本法》的循序漸進，悍然叫停政改諮詢，令香港政經前景命懸一線。這種令關心香港前途者神傷不已的氣氛下，筆者對香港人特別是大好青年們以從政為志業，已難看好，對今屆立法會議員選舉，亦就興趣缺缺。在筆者的原來想像中，新一屆立法會亦難有作為，因而消極地建議青年人應該專精於所學，甚至離港（包括內地——當時有此想法，真的「太天真太簡單」了）深造……。

可是，這次選舉結果公佈後，出了這麼多朝氣勃勃、敢於挑戰困難且有富正氣和理想的新臉孔，重燃筆者對「高度自治」的小小希望；而若干向來由建制派壟斷的功能組別，亦有民主人士成功突圍當選，令筆者對民主在香港管治以至建政開花仍有新期待。與此同時，筆者在思考評論政情的立論基礎。從英殖後期到特區歲月，筆者一向奉《基本法》的「鳥籠民主」為圭臬、作標準、論得失。可是，回歸畢竟快滿二十年，黃傘風雨的下場，毀了人們對「鳥籠民主」的情愫，使這次在立會選舉中亮麗登場的本土力量，令人分外精神抖擻，是港人治港新希望！

從「技術層面」看，不少敗選的泛民老將，大都在「賽後評述」中為自己鋪了下台階，同時抹上一層無可奈何被迫退出政場的消極色彩，然而，通過選票的薪火相傳，不是值得高興的事嗎？事實上，政壇的長江後浪推前浪，正是向前進步的最大推力，舊人退場新人上場，是大家應該擊節鼓掌的大事。

現在的問題是，「少年英雄」空有熱誠和幹勁（從另一角度看，是衝動蠻幹），卻往往病於經驗不足，可能誤事；向已退居幕後的前輩請益，別輕忽他們的艱辛努力和經驗心得，是補不足之正道。雖然當局設下重門深鎖、關卡處處，香港政治所以仍能蹣跚向前且有一定認受性，已退下火線的先輩功不可沒。這是「少年英雄」應該銘記心頭的。從這次立法會的選舉結果看，一些辯才了得、自視能力出眾的候選人入不了局，那是選民已經體會目中無人者，豈是「民主」起來的選擇。希望新的年輕議員，即使以抗爭路線入局工作並獲得廣大群眾支持，也千萬別目空一切，尤其不可輕視走在他們之前的民主同路人！

2016年9月20日

爭遊客引投資菲親中
風雲變南海亂菲靠美

一、

由於向被視為美國附庸（菲外長口中的「棕（啡）色小兄弟」〔little brown brother〕），加上該國傭工充斥香港人家，令一般人對菲律賓的政經情況，視而不見，並不特別關注；但是，自從杜特地於6月30日宣誓就任總統後，其連串言論（尚未達立法階段），不論內政外交，均予人以該國政經前景將有翻天覆地變化的預期。本來，這個與強盛相去甚遠、人口不足一億一千萬的「小」國（勞工輸出「大」國）的興衰，她與香港商貿不算頻仍、經貿關係不大，故其政經蛻變，港人大可置諸不理，近日筆者所以談及（數十年來首評菲政局的拙文見9月14日），皆因其外交轉向可能令南海局勢愈趨複雜和危險，香港很難不受影響，因此有再談之必要。

香港人對阿基諾三世治下（2010年至2016年）的菲律賓，印象不佳，因不齒菲政府處理香港旅客在該國遇害的手法及官員推卸責任特別是阿基諾三世語出輕浮的態度（不必諱言，滿街菲國家傭亦令不少港人抱有以為高人一等的優越感），但實際是在那段時間，菲律賓的政局尚算清明「粗」安，而經濟發展，直到去年底，可說勢頭甚佳，那從外資湧入（雖然僅從一年約三億增至近十億〔美元．下同〕）、失業率（年初數字）拾級下至5.8%及國民毛產值年增幅企於7%水平可見。

聲言不懂經濟的杜特地上台後，馬上委任菲國著名經濟學家組成經濟顧問團，該團迅速提出系列在筆者看來十分空泛亦可說放諸四海皆準但不一定可行的建議，強調安定繁榮、削減官僚繁文縟節、大興土木投資基建以至發展鄉郊及拓展旅遊業等，世界通行、國國合用，問題是如何落實而已。杜特地說建議「可行」，惟迄今未見「後着」；與此同時，杜特地「喜歡問候知名人物（不論國內外）娘親」的習慣，不因當上國家最高領袖而收斂，加上藉掃毒之名，警察持槍橫行，與警方有「聯繫」的毒梟「適時」地對競爭對手大開殺戒，令菲國風聲鶴唳，百姓惶惶，而正當商人聞風喪膽，擔心在混亂局面中有所失，人們因而對「法治」會否質變存疑，外資停止流入且撤出之聲清晰可聞。菲國的經濟前景已呈陰霾。

二、

和日本的人口萎縮趨向背馳，菲律賓如今是東南亞出生率最高的國家（每名女性2.8名子女，香港為1.2），成因不是宗教禁止避孕（許多天主教國家的出生率很低，多年前筆者在毛里裘斯問何以天主教徒不能避孕的該國出生率奇低，新聞局官員的答案是「人民聰明不大在受孕期行房！」），而在天下太平經濟增長甚佳的情形下，是無憂無慮樂觀天真的人生觀！統計顯示，從1990至2015年的二十五年間，菲國人口從六千二百多萬增至一億零二百餘萬，增幅達65%，從現況看來，這趨勢沒理由會逆轉；菲律賓統計局「順藤摸瓜」的預測是，到2040年人口將增達一億四千多萬。人口高速增加，意味菲律賓有重大的「人口紅利」——工作年齡（外國規定不同，菲律賓的非體力工齡15歲開始、粗工始於18歲至64歲）的人口不斷上升，等於有一支年輕力壯的工作大軍，在大部份國家人口萎縮及老化十分嚴重的現在，若有合適的經濟政策，人口年輕化對菲律賓經濟的貢獻，不可小覷。

可是，要充份利用「人口紅利」使之不會變成負累，當局必須拿出一套可行的政策。今年5月，菲律賓出口量跌3.8%——這是十四個月的持續下行，而適齡工作人口的就業率63.4%（年輕人失業者眾），是令經濟分析者擔憂的數字。如何紓困，杜特地政府不得不走出前任窠臼，別出蹊徑，向中國擺出友好姿態，可算是最大的突破點。雖與中國親善，但是距離貫徹其為政策之途尚遠，大方向卻是正確的。菲律賓目前最想見到的是內地旅客蜂擁而至，她有意在中國人外遊熱中分一杯羹，是「合理期盼」。迄去年底為止，內地旅客只佔遊菲旅客9%，擴展潛質極大。依照當前的情況，赴台驟減的內地旅客轉遊菲律賓，可能性不容抹殺。去年遊東南亞的內地旅客超逾千萬人次，當中約八成去了泰國（比2009年增約十倍！），在2009至2015年間，赴菲的內地旅客只增不及兩倍的190%——從十七萬增至四十九萬，大力宣傳，同時優化入境手續，必有可觀增長。杜特地甫上台便有連串令菲美關係惡化的舉措，真正目的應該是「看在錢份上」向中國示好。

面對年輕人口快速增長，普遍說英語的菲人赴外工作的勢頭不會緩和。據菲國統計局去年的數據，當時在外工作的菲人略超千萬（佔總人口9%，包括五六項工種以家傭最多），其中以沙地阿拉伯最多、達24.7%……，香港假日滿街菲傭，可是香港女傭份額只佔該國海外工作女傭5.9%。過去一兩年，眼見菲國GDP增幅超中，不少香港主婦擔心菲律賓經濟興旺所提供的工作機會較多較好，會令「菲傭不來」，現在看來，該國旅遊業即使大旺，吸納更多年輕一代投入服務性行業，但由於人口大幅增加，赴外工作的人數不會減少。家傭源源而來之勢難改，香港主婦毋須過慮！

三、

杜特地上任後日思夜想（Active desire）的是和中

國搞好關係，表現在行動上的，有在東盟老撾會議時避見奧巴馬而與李克強總理親切會面、熱情牽手，且不提「海牙仲裁」，匆匆之會當然未入「正題」，但菲方透露李總理已答應「協助」菲國興建「吸毒者復康中心」，杜特地對此非常「感恩」，說甚麼「中國人非常慷慨，但美國人只給我們定下行為準則和法律（Principles and Law），其餘甚麼都沒有！」這未必是實情，卻可看出他向中國投懷送抱而對美國嘖有煩言。

至於杜特地指示菲防長日後轉購中、俄武器，若成事，該國軍力必須「重整」。據斯德哥爾摩國際和平研究所的數字，自從1950年（該國於1946年脫離美國獨立），該國近八成軍火由美國供應，一旦棄美，不數年國防力量便會因為零件不足而癱瘓。改變武器供應來源地，不易成事。

無論如何，杜特地希望擺弄「中美矛盾」，從中上下其手取利，這種着眼於經濟現實的外交策略，就「搵（賺）快錢」的角度，無可厚非。事實上，和菲國打好關係，亦符合中國國策；菲國有意引進中國投資基建（機場、海港及鐵路），以菲國為「一帶一路」的一站，杜特地籠絡親近，正中北京下懷，其基建向中國招手，看來會收宏效。菲方暫時放下「島礁爭議」（當然對「海牙裁決」視而不見），以至為避免與中國海軍正面衝突而不加入美艦的「南海巡邏」，重視「禮尚往來」的北京，肯定不會「非禮也」，如果中國「回大禮」，南亞「諸小」尤其是印尼和越南，極可能在中國政策上向菲律賓看齊……。顯而易見，這種態度上的轉變，對美國的「重返亞洲」效應消極！

因杜特地「仇美」可能引起的地緣政治變化，對中國非常有利，然而，在菲勢力根深柢固的美國又怎會坐視不理？更何況。南海和東海一旦爆發「熱戰」，菲律賓以次的「諸小」必會馬上重拜老美門下。說到底，這些在外交上投機套利的國家莫不一清二楚，以當前的軍力，惟美國能保她們平安！在這種情勢下，中國對菲律賓的投資，必須計算經濟效益，惟有如此，當菲國獲得經濟甜頭後在局勢有變時政治仍傾向美國時，才不致賠了夫人又折兵！

2016年9月21日

未曾「真」箇民主銷魂
慎「毒」港獨動魄驚心

一、

香港政壇愈來愈像荒謬劇場，盛傳兩位目前同在官場的下屆特首熱門人選梁振英和曾俊華，他們在21日當天，以主、配角身份在記者會上一起向市民「交代」橫洲發展公屋數字為何劇減的因由，二人「表演」各有千秋，精湛演出，同屬一流。配角把他與主角劃清界線的表現，妙至毫巔；主角的傾情申述，留下不少市民茶餘飯後的「談助」。主導橫洲公屋計劃的行政長官，說他與「政府同事」所做的決定，可謂「粒粒皆辛苦！」妙哉斯言，趣在「誰知盤中飧，粒粒皆辛苦」，意思淺白，童稚能解，可是，人們對行政長官在土地問題上衝口「吟」出這句唐詩，莫名其「炒」，有口皆「睥」。不恰當的引喻，惹來風言風語，「官商鄉黑」的聯想，「溢熒思非」（「逸興湍飛」），令不少人浮一大白！

在這次立法會換屆選舉中脫穎而出的朱凱迪，兩年多前已有質疑城規會權力的文章（《明報》2014年8月9

日）。當中提到「殖民地管治模式，透過中英政權移交延續到九七後，其實是得到社會的默認。到了今天，雖然大家口裏説爭取民主，殖民地的管治意識仍然深入民心，亦是傳媒和政黨（就算是泛民主派）的思想前提，評論界甚至不時唱好殖民地制度，將反民主的管治模式説成是寶貝遺產！」那是「佔領運動」前夕，朱氏對香港政情的觀察和感觸。由於《基本法》的基調是維持英殖的管治模式，朱氏當年的「本土」意識，難入港人「法」眼，直至爭取「真普選」的「佔領運動」（2014年9月28日至12月15日）受到空前打壓而受挫，港人才如夢初醒，意識生活如舊貫、民主建政的想法是虛幻，那才開始有一定程度的政治覺悟，令朱凱迪從「八鄉」和「本土」出發而能高票突圍、成為立法會議員。

在現行制度下，當上立法會議員不易有所作為，朱氏所以「暴」得大名，應是他本人和妻孥遭人身安全威脅而起，更重要的是，橫洲事件因而成為外國媒體也提及的本地大新聞；情況離奇曲折得難以細説，市民的注意力從民主制度的循序漸進，調校到早已存在的管治失效上。拓展新界土地所以藏污納垢，皆因程序上有太多灰色甚至黑色地帶，那不僅引起朱凱迪和姚松炎等人對制度化和資訊公開的訴求，就是出身於新界五大氏族，如今身兼上水鄉事委員會主席、北區區議會當然議員、新界鄉議局當然執行委員及惠州政協委員的「Choking my air」侯志強，他公開表示，希望政府可以檢討全港土地規劃，訂立土地回收的程序及賠償機制。

無論是着眼全民權益還是既得利益階層的立場，香港的土地規劃失策是不爭之實，亦是指責梁振英政府借建公屋之名「搶地」而又用不得其所的源頭。從近日鬧得沸沸揚揚的事態看，特區政府當務之急是持正而行（公開透明度是大前提），在土地規劃及徵地程序上來一次大手術！

二、

一個奉行自由貿易的國際城市、一個世界有數的金融中心，本土觀念（Localization）會被放眼全球商機的胸襟視野遮蓋。

英治時期，本地與海外（主要來自英倫）公務員待遇不同，爭取同工同酬和中文成為官方（法定）語文，已是本土意識最濃的「社會運動」。香港前途談判，包括港人在內的「三腳凳」被中方拒諸談判門外，那是關乎香港的大事，不必港人（本土）勞心，由兩個主權大國舉箸代籌，那份對本身前途毫無置喙餘地的委屈，「命運自決」無疑是個奢侈得非常非常遙遠的命題。那時候的香港，像個受嚇哭鬧的嬰孩，需要安撫、呵護以穩定情緒，於是有人把主權更替以企業董事局換個非執行董事長、又或旗杆換上一面旗子那麼簡單設喻，要港人相信日後的變動十分輕微；那時還有「河水不（會）犯井水」之類的「承諾」，好讓港人繼續「安居樂業」。當時「本土」只有局部香港的鄉事派響起保家護港（保村護鄉）的呼籲，新界原居民的權益因之寫進了《基本法》，一般城市住民蝸居窩囊，本於土地的「本」，不出惡聲；官賈巨商，尤其是深明有土斯有財的地產發展商，個個曉得財可通「官」的大道理，哪有不早早搭好通往北京和倫敦的天地線？財閥到處「摸底」，讓他們在香港主權易手前後的政治影響力，高度膨脹。

《基本法》是半封建半民主的產物，長期受惠於英殖法治而成為典型經濟動物的香港人，最期待的便是能有法治和分期落實「雙普選」，《基本法》令他們如願以償，雖然明知是受制於《基本法》規條的「鳥籠民主」，政制改革有「循序漸進」四字裝點，令人覺得只要緊跟《基本法》，安定繁榮，不是奢望。

可惜特區政府成立不久便實行所謂高官問責（半部長）制，把英殖建構、政治中立的公務員（文官）系統，一記重錘，打得不倫不類。行政長官主導的變化，是首長與權力核心官員共事關係的移位，對制度規模起了客觀性的重大變化，人們對港府向來制度化的辦事作風，如公平和公開等，再不是那麼信心滿滿。從董建華連任第二屆行政長官開始，香港已淪為「示威之都」；由於出身是稱職的公務員，中途上馬出替董先生的曾蔭權，大體表現穩住公務員傳統，可惜他刻意媚共，公然說出用人治事「親疏有別」，把香港劃分成親（共）疏有別的兩大陣營，施政行事並非着眼港人之間的大方公正，於是被人稱為「撕裂香港之父」。

三、

曾蔭權任內，香港出現了一個「獨立媒體」，是2005年註冊為社團的「獨立媒體（香港）」所籌備，然後再以註冊公司形式面世，該社團以會員制度為基礎。由於當時是二十三條立法不果後不久，港人高度關注包括出版和言論方面的港式生活自由受威脅，大家對這媒體以「獨立」為名，不以為意，起碼不像梁振英多年後着意警惕人們有關「港獨」的敏感度。據維基百科的資料，如今炙手可熱的朱凱迪，在2010年前的好幾年，便一直是該媒體的主要成員和編輯。

這個標明以「推動民主和社會運動以捍衛香港言論自由，為香港形塑不受政權、財團、政黨支配的『公眾空間』，充實公民社會的組織……」是網上媒體，其所以引起筆者關注，是因為當初從「獨立媒體（香港）」衍生的「獨立媒體」，如今在維基百科項下是「香港獨立媒體」，同樣那幾個字，只因排列不同而引發不少疑問和聯想。從「本土」出發捍衛香港高度自治，自2014年後，便愈來愈多人接受；可是，一旦觸及「自決」（透過民主程序的「自決」則另當別論，當另文說之）和推翻中共政權的「香港獨立」，便會嚇怕絕大部份香港人，因為大家深明當中有擔當不起、禍己及人的沉重代價！

快將宣誓就任議員的立法會新面孔，誰不期望他們是一批移風易俗、足以敦促香港重拾高度自治的好人才？同屬「本土」，奢言打倒中共之類的一脈，不知是糊塗大膽還是過度「高瞻遠矚」，那樣的「獨」，無疑是多數人心目中的劇「毒」，見血封喉，無論是熱血、冷血，理性、務實的港人，都會避之則吉！

2016年9月27日

港獨非想非非想
國慶種種今日生

一、

沒想到《信報》月刊（十月號）會訪問長期從事中文文學研究的香港學者盧瑋鑾教授，更沒想到這位人稱「小思老師」、與政治扯不上邊的教育家散文家，談「愛國」、「愛港」、「統戰」與「本土」時，有敘事有感想，說得那麼清脆、簡潔，看似閒話家常而極具說服力，與台前的「愛國」矯情與「愛港」囂張，就不一樣。題為〈安土不遷　小思：香港命大不會死〉的訪問，因真情道來，清涼人心，值得向大家推薦。

今年是「十三五開局之年」，又有二十國集團在杭州舉行峰會、令世人看到中國的進步神速，「神女應無恙，當驚世界殊」的感嘆後不數日，便是「特別振奮人心」的六七華誕國慶日。

10月1日凌晨5時前後，香港雷電交加，天文台一度發出紅色暴雨警號，尚幸天公作美，7時左右天色好轉，雖然仍有小雨，卻無礙升旗儀式的進行，電視台直播金紫荊廣場8時正升旗，台上嘉賓，進場時均撐起同一顏色的雨傘，非黃非藍，而是在驕陽隱沒下並不刺眼的棗紅色。

開始升旗，行政長官梁振英瞥見中聯辦張曉明主任肅立收遮（據post.852報道，最先收起雨傘的是駐港解放軍代表），熒幕所見，趕忙擱下雨傘的行政長官，有點手忙腳亂、頗有收遮不及的狼狽；同樣在前排並列的首席法官馬道立，本已隨主禮人收遮，可惜雨勢轉大，於是重新張雨傘且輕輕遞近梁夫人，讓她不致被雨「照頭淋」。

北京小官、駐港大員、軍方代表，在升旗禮中「落雨收傘」的小動作，絕對是克盡禮數，符合《中國國旗法．第十三條》的指示：「出席升旗儀式的人在國旗升起時應該面向國旗肅立致敬。」可是，正如引述相關內容的post.852所說：「條文並無進一步解說何謂『肅立致敬』，也沒有說要在下雨時不撐傘……。」於是當天出現了只有寥寥可數的幾個人開合傘子，雨中肅立；而以土著港人佔絕大多數的觀禮者，則繼續「擔傘」看升旗，兩者之間，儼然立見區分。嚴守指示的「收遮客」頗有成為表率的架勢，收起不破不損的傘子淋雨，就是對國旗的尊重？

難道一國之民便要像和尚撞鐘，當一天、敲一天，做一事、抓一事，都是戒律規條？聽國歌看升旗，保持肅穆是禮貌，雨傘開合，只要不失其誠，避免狼狽，何來詆毀鄙夷？其實當天禮台賓客撐起一色一樣的雨傘陣容，已是周到的安排，臨場雨傘開合，雖不一致，並無失禮。若要照足《國旗法》指示站立才算知法識禮，那對坐輪椅者而言，國大莊嚴是否便有體現不足的缺漏？依法而治與法治之不同，中港人文風景差異的矛盾和衝突，竟然在這場小插曲中，一閃而過，需要時間讓大家咀嚼思量。

二、

升旗儀式結束後，特區政府一如舊貫在會展中心舉行酒會，出席的激進泛民代表，也照例「贈興」，舉標語及高喊梁振英下台之餘，還以「肢體語言」如作滾地葫蘆的姿勢，要保安人員拉扯抬走，年年「抗議」餘興，愚己不娛人！

與此同時，人們從電視新聞報道中「發現」好幾家大專院校分別掛起寫着「香港獨立」的巨幅直幡。以一般人的認知，幡並不是甚麼吉祥物，在儒家文化圈的喪禮，例有孝子賢孫「擔幡買水」的傳統，嫡系至親所擔的幡叫「引魂幡」，用意是引領與世長辭的先人亡靈升天。如今巨幅直幡寫上「香港獨立」，雖不是見於殯儀的素白色而是赭紅色加白字，仍會帶來一絲「喪氣」的聯想，當中意涵究竟是招「港獨」的魂兮歸來抑或是該讓「港獨」的亡靈升天？那是港人心中的疙瘩！

佛教禪宗惠能祖師對「幡」的悟力（解讀），是一個可能會令港人有點興趣日富啟發性的故事。話說兩名僧人就「暮夜風颺刹幡」對論，一個說是幡動，一個說是風動；各自表述、爭辯不休。最後惠能祖師說，不是風動，亦非幡動，是仁者心動！四座懾服。「香港獨立」要是指獨立於中共政權以外，那是天方夜譚，不用談；「香港獨立」要是革那特區政府的命，尋求附庸於中共的高度自治，比較迎合港人心事，但是「怎樣革」？在《基本法》裏寫得清清楚楚的雙普選？究竟是真的假不了還是假的真不了？「港獨」之說是風動、幡動還是人心動？該是一個不是問題的問題？還是一個當作不是問題的問題！

筆者年紀一大把，對於抗爭、起義、熱血、革命等諸如此類的詞彙，未必不無敬意，卻甚有戒懼；因為評論時政數十年，向以「光說不練」為本位（過去是不群不黨，退休後是群而不黨），旨在尋源探本明理路，而不是理在胸臆的講立場、揚意氣，當評論文字觸及一時一地的人民抗爭（遑論起義和革命），往往便有行動起來的推力；文字若涉阻撓或慫恿成份，都是有違本意、有失本份，下筆千鈞的「光說不練」，是念及他人介入行動的後果。1917年俄國十月革命爆發時，以兩位諾獎得主羅曼羅蘭（Romain Rolland）和法朗士（A. France）為首的數位法國著名作家，一起反對歐洲諸國的干涉行動，公告天下說：「我們不是布爾什維克（共產黨），然而我們認為布爾什維克的領袖是偉大馬克思主義的先行者（Jacobin，『雅各賓』，激進之意），他們正在從事一項宏偉的社會實驗！」筆者認為，作為一個有責任感的文字工作者，在重大變革之前極其量亦只能作這種壁上觀的表態。筆者不認同偏激的「港獨」主張，卻不能說它是無聊之事。

三、

國慶當晚，老幼三代家中飯後看煙花。

從報道知煙花匯演分八幕進行，以黃河、獅子山下、功夫電影及大海等為主題，內容豐富。不過，二十三分鐘的煙花，筆者一家只欣賞到開始三幾分鐘的繽紛顏色，其後便因濃煙蓋頂，久聚不散，從高處下望，便只見一團烏煙閃耀着時紅時綠的光影，歲半孫兒興味不減，大呼小喊頻頻拍掌，仍是一家和樂的良夜。後來從電視上看當晚的匯演，從「千男萬女仰頭看」的岸邊取景，果然如天花亂墜，是更為明艷的五彩繽紛真姿色。想到派駐此間的京官，對香港事務不但洞若觀火，且能任意操控擺佈以遂己意，位處北京的官員，有如於高處賞煙花，但見滿眼烏煙濃霧、銀花閃耀是在矇矓中，為了解此間真相，非要南下「摸底」，才能辨明這裏的形勢。若是晴空萬里之下的環翠河山，遠處登臨俯瞰，是有利位置，因為視野清明，遼瀾壯麗，自然令人心曠神怡，可是，香港這晚是「硝煙」不散的煙花夜，世態繽紛，京官便該走到維多利亞岸邊，走進群眾，不要「摸底」，而是入微的觀察。

官方賀國慶的活動，自有不可或缺的儀節和規矩，而大多數享受一天國慶假期的港人，仍可無拘無束地保有各自一方的視角和感觸，不錯了。

2016年10月4日

身無外籍才夠格 國富官貪民三窟

一、

行政長官提名委員會遴選委員的工作快將開始，有意在這場北京一手策劃、導演的「造偽王」戲碼中顯示實力的各路人馬，早已明槍暗箭齊發、做好熱身，準備隨時上場使出渾身解數（對北京表忠或表不忠）。在現行制度下，北京有如一塊磁石，肯定會把大多數票（即使只有六八九）吸至其屬意者身上，這令少數不會聞京樂起舞的委員們，他們手上的一票便流於「有姿勢冇實際」。不過，只要遊戲規則仍未改，在這場提名行政長官角力中有「作為」的個人、社團和政黨，便有「統戰」價值，那意味那會提升日後在非真普選論題上，有與北京討價還價的本錢，進而有良好感覺——當然這只是良好的自我感覺。

在選舉事務上，筆者向來認為參與者不能持有外國護照，即是他們必須是香港特區護照的持有者，別無其他國家或地方的護照，但別說「有關當局」，就是落場競選陪跑的個人和團體（如功能組別），對此絕對政治正確的提議，均視若無睹、聽若罔聞，換句話説，選舉活動在英國人收拾書包放學回家後，雖然搞得熱熱鬧鬧，但選民是哪一國國民，無人樂於理會。這在競選各級議會議員，倒還罷了，以這類議會功能有限，負責的工作，主要涉及民生小事（大事若非北京已有決定，便是特區有權有勢的人在人不知鬼不覺的「摸底」中拍板敲定），與政治扯不上邊，選舉人與被選舉者持甚麼護照，因而並不太重要。可是肩負國家重託的行政長官，是封疆大吏，代表中央管治港，不管是否稱職，其一舉一動都牽動着國家體面和利益，在這種情形下，如果「選民」（「提委」）有雙重「國」籍，既持有特區護照又具有外國人身份即持有外國護照，便難保這些曾經宣誓對護照國効忠的人，不起異心，引進「外來勢力」，從而做出有違國家及香港利益的事（莫非正因有此隱憂，北京才要欽點候選人!?）；退一步看，即使「有關當局」信任這些兼持外國護照者對國家絕對忠誠，在「觀瞻」上亦難免有失，因為由華裔外籍人士「一人一票」選香港特區首長，不難被外媒調侃當作笑談。不過，對此北京亦視作等閒，昨天全國政協香港委員被召往中聯辦「商討這屆特首選舉的選委產生方法」，便沒有規定「選委」必須是真香港人！

二、

由真香港人選出香港行政長官的「合理訴求」，所以久久不能成為「合法訴求」，答案只有一個，此為不具外籍身份的真香港人，中產以上已是「稀有品種」，換句話說，經過「驗明正身」的手續，香港恐會陷入「選民不足」的窘境（兼具外國人身份的建制派在比例上肯定多過泛民！），必然成為國際傳媒爭相報道的「世界奇景」。很久以前，港人想盡辦法爭取入籍番邦，不是出於不愛國，只因「外國護照有旅遊方便」，這是很難駁回的藉口，亦是香港「妾身未明」時可以接受的理由，如今香港特區護照獲一百五十六個國家（和地區）的免簽證待遇（略遜於台灣省的一百六十四國而稍勝於中國的一百零八國〔據說其中絕大部份是持有公務及外交護照者才有的權利〕），比起眾多港人熱中移民國的旅遊自由度還要高（那些如今仍說持有外國護照目的在方便旅遊的，不是白癡便是「大話精」）。在這情況下，港人何以仍不肯在身份上回歸本土，此中答案，也許可以與愈來愈多港人不肯承認其中國人身份的現象「混為一談」。

內地《華人生活網》9月18日有題為〈又跑國外了，崛起的中國，為甚麼留不住這些人……〉一文，剖析「中國中產圈，移民，赴美生子，海外投資置業，砸鍋賣鐵送孩子出國留學」的問題，入木三分、發人猛省，當中引述中國加入世貿的首席談判代表龍永圖的觀察，他說有三點現象可檢視中國是否真正崛起。其一是「甚麼時候全球的精英把孩子送來（到）中國留學，而不是像今天都把孩子送到美國和歐洲就學？」（其二其三分別為外國人欣賞中國的文化產物及中國的消費品牌成為外國人的首選）。換句話說，全球精英送子女來我國讀書，是檢驗中國是否真正崛興的其中一個重要標準！非常明顯，就此角度，中國的崛興是既得利益階層自我感覺良好自我抬舉、自讚，一般百姓和外國人根本持相反看法！

事實上，內地「中產圈」出盡辦法送子女赴番邦留學的深層原因，與香港人不認中國人身份及不肯放棄外國護照的理由，如出一轍，此為對中國的政經前景信心不足，為策安全和子女的前途着想，「中產圈」不得不學內地的官二代、土豪和巨賈，把後代和財富都往外送！高天佑9月30日在《信報》的〈深改組大赦民企〉，指出「中共中央全面深化改革領導小組」不久前議決通過《關於完善產權保護制度依法保護產權的意見》，當中有「以發展眼光看待改革開放以來民營企業的不規範問題」的說法（開放期初發跡的民企東主肯定做了不少令內地無官不貪的事），如果相關部委稍後把此說立例立法，等於免卻民企被秋後算賬的恐懼，如此也許可稍煞民企東主「辦外國護照及把財產和家人往外國送之風」。如果事情的發展一如高氏的良好願望，中國外流的人才錢財應會降溫。

三、

「二十國集團杭州峰會」辦得有聲有色（雖然花了不少政府完全花得起的人民幣），令中國領導人自我感覺極之良好，可是，除了龍永圖點出的事實之外，內地網站《欣然書齋》（mp.weixin.qq.com）9月28日有長文〈中國正在崛起！你有甚麼資格不認可自己的祖國？〉，細數中國崛興的具體事實和數字，成就之高、成績之好，令人動容；可是，面對種種令世人驚嘆的成功例子，中國人仍拚命往外跑！究竟為了甚麼，該文作者亦沒有答案。其實，答案很簡單，那是人們不知政壇會有甚麼變化，看不清前景，為策安全，遂學高官巨賈，一走了之！幾天前，浸大傳理系講師呂秉權在港台電視節目中扼要地談到這種現象，可知這個問題的普遍性。北京不應只談偉大成就而不看國人的取捨。

據聯合國經濟及社會事務部轄下人口科（Population Division）今年6月發表《2015年世界五十人口大國的移民情況》統計，湧入移民最多的國家是沙地阿拉伯（移民佔全國人口32.3%，石油有價的年代該國盲目基建、國人不僅不必交稅且有「年賞金」，因而不事生產不必工作，遂多請外勞，如今油價瀉財赤增，高油價時定下的盈餘預算已變成赤字預算，移民湧入的「盛況」恐難再），依次為澳洲、加拿大、德國、美國

（中國人移民美國的數字增長甚速，1990年佔美國人口0.31%，去年倍增至0.65%）、英國、西班牙、法國（這些國家移民均佔本國人口10%以上）……，中國與緬甸、印尼及越南，分享「第五十名」，同為冠、亞、季、殿等，只有0.1%的移民，中國由於人口最多，因此淪為最少外國移民流入的國家，而在零星的移民中，28%來自香港！為甚麼少人（基本上是沒人）樂於移民中國，其理由與香港人（當中不少天天高呼愛國聽國歌會流淚）不願放棄（有的還在積極爭取）外國護照的理由，如出一轍！

2016年10月5日

過橋抽板重燃保護
國大自負前路多艱

一、

2007年9月上旬在這裏評述湯瑪斯・弗里曼那本被世貿組織以至數不清學者、論者一致叫好的《世界是平的——21世紀簡史》時，筆者的結論是：「從目前的發展看，21世紀未必是自由貿易的世紀。」換句話說，新世紀的世界未必是平的，和時人看法，大相逕庭。

不必諱言，別說在十多年前，即使到了現在，尤其是經過「二十國集團領導人杭州峰會」之後，對自由貿易存疑的人，都會被視為保守、落伍、不能「與時並進」，甚至有向「一個自信的大國闊步走向世界」潑冷水之嫌。不過，如果檢視歷史——貿易史——當了解新興國家是藉貿易保護主義（徵收進口關稅、津貼工農業產品出口及規範外資流入）令經濟壯大後，才反過來推動自由貿易！剛剛收到出版社傳來將於明年出版的《美國貿易政策拉鋸史》（*The Battle over U. S. Trade Policy*）的目錄，顯見「自由貿易」是遲至1992

年後的事——這一年，保護主義者才「退潮」（The Protectionist Tide Receedes）。

大家都知道經濟學鼻祖阿當·史密斯的《原富》，是自由貿易的同義詞，自然帶來英國向來已有自由貿易的聯想；事實卻絕非如此，大量史實顯示，14至15世紀英國（愛德華三世及亨利七世）是如何保護當時國內最重要的初生行業（如紡織業），其中包括「招聘」荷蘭、比利時和盧森堡的廉價勞工，以降低生產成本……。《原富》於1776年初版，英國過了近百年後的1860年前後，才開始推出自由貿易政策！

《原富》被視為經濟學聖經，何以英國遲遲才採納史密斯極力鼓吹的自由貿易？扼要的答案是，英國在本身富強起來，尤其是軍事及工業穩執世界牛耳後（1815至1914年大英是唯一的世界霸權），才大力推動放任自由——根據大英意志行事的自由——的貿易策略；當時德國經濟學家李斯特（F. List, 1789-1846）便曾為文痛斥英國「爬上牆頭踢掉梯子」，他以英國貿易政策轉變的史實，指出一國工業如無力與外國競爭而又奉行史密斯的理論便與在經濟上自掘墳墓並無二致；換句話說，政府必須對國內工業採取適當保護措施，待其健康茁壯具競爭力後，方可採取自由貿易政策。

二、

英國和美國在經濟發展初階至起飛期，均以關稅作為保護其「初創工業」的有效工具，其他國家見此法可行，爭相效尤，因此很快成為先進國。日本和歐洲諸國政府都通過直接撥款或稅務優待津貼「重要工業」，美國至今仍是融資工業研究最多的政府；新加坡在「自由港」的包裝下，其國營企業經濟比重之大（約佔GDP 30%），在資本主義社會，排名第一；法國、芬蘭、奧地利、挪威和台灣的官營企業亦左右經濟發展，然而，這些國家（地區）都以自由貿易為招商的賣點！

現今的先進國家，在19世紀均限制外資投入其銀行、船務、礦業及林業（今人所說的「戰略性行業」）；日本和南韓市場迄20世紀80年代仍未對外資開放（現在亦未完全開放）；在19世紀30年代至20世紀80年代，予人以非常放任自由印象的芬蘭，明文把有兩成外資的企業列為「危險企業」（dangerous enterprises），為甚麼？因為它們只追求股東利益，置投資地區經濟發展於不顧，當業務稍不如意時，隨時會在保障股東利益的藉口下關門或「撤資」。目前先進國家尤其是美國保護知識產權不遺餘力，可是，直至1891年，美國才承認有「外國專利（版權）」這回事；即使在歷史上從未實行貿易保護主義的荷蘭和瑞士，亦是20世紀初葉才立法保護包括外國企業擁有的專利權。

從20世紀80年代開始，先進國無論在科技、知識產業、工農生產或企管手法上，都有突破性進展，和發展中國家相比，早着先鞭，佔盡優勢，開始了全面鼓吹自由貿易的好處，而西方學者和傳媒（包括當年的《信報》）亦致力推介自由學派經濟學，因為適其時而深具說服力，自由貿易思想幾乎成為不可挑戰的「真理」，差不多所有經濟學家現在都認同自由貿易是最佳的經貿形式。在自由貿易成為「大勢所趨」，先進國把她們賴以成長、起飛的保護政策，拋進歷史的垃圾堆填區；同時軟硬兼施，威逼利誘，要發展中國家全面落實自由貿易，通過諸如世貿組織的規範，不准她們徵收關税、津貼「初創工業」、擴大國企規模、限制外資收購及必須立法保障知識產權。這一切都是二次世界大戰前所謂先進國家、特別是美國普遍實行過的貿易保護政策！

徵收進口關税、漠視知識產權等等保護性政策，是打好經濟根基的必要「材料」，而這正是西方富國在上世紀90年代以前採納的策略。在處處設防及政府津貼之下，廠商才有機會生存、發展、壯大，而在此過程中，累積了龐大的、有能力參與海外市場競爭的生產力，至此才掉轉槍頭、踢掉梯子、過橋抽板，鼓吹自由貿易！

三、

中國的崛興，特別是經濟持續數十年的高速增長後，「先富起來」的西方國家，由於失去競爭優勢，便有走回頭路再行保護主義的傾向，今年7月8日，《華爾街日報》發表對華貿易十六年美國得不償失的長文（這只是同主題系列文章之一），清楚細説「中國輸出令美國製造業喪失二百四十多萬工作崗位」，而人民幣貶值、美國對華貿赤月月增長，以至美國失業情況毫無改善的數字和圖表統計，令美國人心驚膽跳。在這樣的環境下，認為環球自由貿易將會持續並據此定出長期經濟規劃，必會遭遇愈來愈多的困阻——自由貿易之途非常崎嶇，世界根本不是平的！

筆者有此想法，皆因拜讀內地傳媒有關「杭州二十國集團峰會」的報道和評論而起。如今中國人的自負，真是無可救藥，自己花巨資——有說達三千多億元人民幣，二千億元來自中央撥款，餘數來自杭州市府——把這次峰會辦得有聲有色，便以詩的語言來形容世界主要經濟體領導人是「為友誼而來、為發展而來、為世界經濟的未來而來」；「二十國集團遇見中國，這是爬坡過坎的世界經濟走向復甦的必然選擇，也是一個影響力不斷提升的大國走向復興的必經之路」；又說甚麼二十國集團（應該十九國吧）「追隨中國特色大國外交壯麗篇章的徐徐鋪展」，世界因此感知「中國的道路自信、理論自信、制度自信、文化自信……」而這個「自信大國……從睜開眼看世界到叩開世界的大門，再到逐步融入世界，直至向世界貢獻中國方案，中國一步步走向世界舞台的中央……。」

用這類華而不實的花言巧語烘托習近平主席的世界領袖地位，無可厚非，尤其是寫手所屬傳媒的經費來自國庫；可惜，「中國聲音響亮地欲打造開放型世界經濟」，而且點明「各國經濟相通則共進，相閉則各退……」更指出習近平主席強調，保護主義政策如飲鴆止渴。中國鼓吹自由貿易，真的是不遺餘力。

中國把「杭州峰會」視作推動自由貿易、讓極具競爭力的中國「走進全世界」的「誓師大會」，這種理念（理想？）值得鼓勵，可是，如今作此主張，卻有點昧於經濟現實。筆者要指出的是，從歷史視角看，西方（先進）國家的貿易硬策略，並非着眼「全人類的幸福」，只貫注於本國產品的競爭力。經過二三十年的環球自由貿易，中國的崛興已令她們有走回保護主義（當然是手法迂迴曲折的變相保護主義）的迫切性；筆者7月下旬便在這裏指出，自由貿易因為未能惠及受薪階級而式微（見「理論與政策貴在適時」系列），去週IMF的研究報告列舉事實，指出「保護主義已冒起」……。在這樣的大環境下，中國藉「杭州峰會」展示的願景，恐怕不易成為事實！

2016年10月6日

各就各位勁越位 承擔叛逆怎施為

一、

說來有點不可思議，準確「預測」昨午立法會候任議員宣誓就職「盛況」的，不是本地主流媒體，而是一本以報道評述「嘆世界」的月刊《獨眼觀世》的同名網站（Monocle.com），且看它怎麼說：「加入不少新面孔的本屆立法會，肯定精力充沛、充滿活力；由於不少新進議員事先張揚會於誓詞中加料，宣誓儀式必然好戲連場；安德魯．梁君彥『坐定粒六』當上立法會主席，以佔大多數席位的親北京議員會投他一票，但他未上任已惹來滿城風雨，因為梁氏在賈斯伯．曾鈺成主席任內擔當副主席時，持有英國護照。由於梁君彥來自功能組別而非一人一票選出的議員，其代表性難免會受普選產生議員的詰難。政客們當有大會拖得很長的心理準備。」

昨午在立法會上演的「政治秀」，大體果然如此。

老實說，對於筆者這樣的「老餅」，今早見余錦賢在「香港脈搏」談及政府「先小人」於昨天「罕有地發表一份小小『聲明』」，指出議員若在誓詞中「加料」，或「未能完成誓詞」，「該人必須離任或被取消其就任資格」。清楚傳達了改動「誓詞」的嚴重性。筆者以為各激進新科議員因而會自我制約，免生意外，哪知他們當立法會秘書處的「溫馨提示」若耳邊風……。有關立法會的「好戲」，《信報》今天必有詳細報道，這裏按下不表。

應該一提的是，在誓詞上大耍花槍的議員雖然不算多，但不少過態得不成體統。筆者不禁要問，你們已被選進議會，為何還要像競選般表演？當然，有些新加誓詞，言之有物且具現實意義，比如姚松炎議員加入的「（本人）當守護香港制度公義，爭取真普選，為香港可持續發展服務。」不是切中時弊嗎？可惜，大部份建制派議員都不支持這種做法，意味這屆立法會議事的進度將比去屆緩慢，那是否等於更無「作為」，因此拖慢立法進度甚至令不少議案胎死腹中?!

二、

梁君彥議員以英國人身份當上屆立法會副主席，雖然「完全符合（立法會）議事規則和《基本法》的規定」（只規定主席不能持有外國護照），但這明顯是鑽法例漏洞，其實，處於「高」位的議員，理應有「最好」不要持有外國護照的自覺；梁議員顯然沒有這種「自覺」——也許說缺乏政治警覺更恰切——才有知道會「坐」正當主席後、方匆忙放棄英籍、顯出時間上未能配合的尷尬。新科議員橫洲朱凱迪的質疑，大有道理。當然，那在建制派護航下，梁君彥當立法會主席，「並無懸念」，梁氏終以三十八票支持（三張白票）當選，他「用很沉重的心，接受大家支持做新一屆立法會主席」，用詞尚算恰可，因為往後他主持立法會會議，必然會遇上更多意想不到的困阻……。

筆者認為從政者「最好」放棄外籍身份，以示對本土（本國）的信心，但樂意這樣做的人，不管是如何「愛國」的，寥寥可數，這是百數十年殖民地教育培養出來的港人，其對本土、歸屬的國籍，缺乏了一份承擔責任的政治意識！

昨天免費報章《am730》的獨家消息，指港人出任內地政協人數將會大減，原因有四——①同時兼任外國政協職務；②從不提交文件；③擁有外國護照及④中央不想再有官員借意從中賣位敲詐。第一與第二都沒問題，但目的在統戰各路人馬各方牛鬼蛇神的政協，只要有用（有利用價值），便是「統戰對象」，哪管他持有甚麼護照（人大代表的是國家，持有外國護照便不成體統，應被勸退或取消資格）；至於第四點，若非誤傳便屬玩笑性質，因為物以稀為貴，政協名額愈少，等於席位更難求，可以「叫價」愈高，完全符合市場法則，藉削減名額達「反貪」的目的，可能適得其反！

在中國治下，從政者持有外國護照，是對中國的褻瀆；即使《基本法》規定香港永久居民便有選舉與被選舉權，真正有國家觀念及有政治智慧的人，一旦從政，便該早早放棄以示對國家的忠誠。

三、

立法會「開局」混亂，預示該會很易陷入無序亂局，如果有一個不能服眾的主席，情況必然更難收拾。

如何「治亂」？筆者認為北京會委出一位類CY或勝CY的人當下任行政長官。類CY不必談。勝CY等於絕對服從權力來源的旨意（和指示），而且打擊反對派絕不手軟；由於用這套方法治港的梁振英因此而失去很大多數港人的支持（如果各類民調可以參考的話），不僅拖累北京臉上無光，且予人以「用人無方」、「讀不通香港這本書」的顢頇印象，因此，下任行政長官，除要具備「硬實力」的基本功，尚須掌握管治權術（Statecraft）的「軟實力」。簡單來說，地方長官應技巧地落實上頭交下的任務，不能狐假虎威，硬橋硬馬地蠻幹，令「主上」蒙不白之冤甚且成為箭垛，失其民心。比方說，當北京示意某人或某政黨「非我族類」時，執行任務者不可直接粗暴地把之除掉，而應設法動員民意把之排擠，說得直率點，你不能把「主子」不想見的人一槍擊斃，你應製造意外，讓這位「異端」安樂死。一句話，「親疏有別」以至「敵我分明」，只宜用以制定策略而不應宣諸於言詞！

無論如何，看北京的強勢和本土的激進，下屆行政長官肯定不是與人為善之輩，因為對大權在握的人來說，不飲敬酒的人必定得要喝罰酒。這種思維當然不易見容於民主社會，但港人現在面對的是專制國家……。筆者對香港政治前景從不樂觀，看昨天新科議員出軌的表演，更加加深筆者的這種看法！

2016年10月13日

輕狂議士卑劣穢
紅油抄手賜黃袍

一、

出於一些說之已屢的緣故，港人投票選出的新一屆立法會議員中，出現了多張年輕新臉孔，大家對他們的期望不一，比較一致的，是想他們能給立法會帶來新氣象，不致政事凋溏。可惜，一場宣誓就職的例行公事，由於少數候任議員有違常規的言行，竟然暴露了新人中確有擔當不起「政」事亦即斤両不足的問題。對他們能在議會發揮「正能量」以提高議會積極功能的選民，難免大失所望甚且悔不當初，有投錯一票的感喟。

基於不同的立場和政見，突圍而出的新議員，想抓緊機會於宣誓就職時，表達一下他們的立場取態，以廣周知，以提高港人對其政見抱負的認識，未嘗不可；為增加效果而有加油添醬的「小動作」，亦無可厚非。然而，種種乖離正道的造作必須得體，不能還未登台便拆台——而且是自己拆自己的台——違反大會行之有年的規定尺度，亦難獲投他們一票者的認同。如今加於若干新科議員身上的政治和道德壓力，排山倒海；他們的應對若再犯錯，候任的身份可能無法扶正，當不了議員，入局的政治戲未開鑼便收場，唱不成了！

以激烈抗爭路線為號召的候任議員，豈止捱上一片罵聲的梁頌恒和游蕙禎（青年新政）？熱血的鄭松泰不也主「暴」主「獨」，然而，相比之下，他在議會表演的技藝便遠為成熟，於宣誓就職前先向「各位香港人」發言，說他不以為「今日的宣誓形式會構成具體的抗爭效果」，接着便按照「文本」，讀完整段認可的誓詞後，然後高呼「全民制憲，重新立約，港人為大，香港萬歲！」加頭加尾的「前後夾攻」，清楚表達其政治理念和立場，由於他完整「不走音」地唸完整份誓詞，得到了立法會秘書長確認。這反映了梁、游受責罵，不是立場受壓，而是處事不當！

梁頌恒和游蕙禎的「誓詞」，雖然有人拍爛手掌，但掌聲之後，不必深思，單看表象，便知其道具、台詞，蹩腳無聊造作，令支持他們以抗爭路線而投他們一票的選民，深感懊悔，羞見他們選出的代議士如此低劣跡近無賴的猥瑣。梁、游有負於他們的選民、對不起自己的同志和黨友，因為未入局便自製閉門羹，那是開誰的玩笑？任性胡來的幼稚，哪有議事抗爭的能耐？選出這些年輕人入「局」，對爭取真普選和港人高度自治的，亦是一種打擊，因為大家看到由一人一票選出的（候任）議員，政治修為比害群之馬的扯線木偶還不如。筆者希望這場不成熟的政治表演，讓港人看清楚真普選爭取的是一個相對比較公平踏實的選舉制度，而不是入選者質素夠好的保證。

二、

把Republic讀成Refucking，是有「創意」，與「扑嘢」說一脈相承，體現了游候任議員之所好；同路人梁頌恆雖然堅持把中國讀成「支那」是「鄉音」，但是相信的能有幾人？玩弄這類帶髒意的諧音詞，說者雖然一臉正經，聽者一笑置之之餘，只會嗤之以鼻，看他們不起！

不過，在「支那」一詞上大做文章，卻可不必。行政長官梁振英後知後覺地指責梁、游二人把China唸成「支那」，是侮辱全體中國人，建制派團體和各級議員亦紛紛發表聲明，有人更上綱上線，說甚麼「中華民族……巍然屹立於當今世界，從此不再蒙受這種污名的羞辱，但今日竟有如斯狂妄無知的香港青年，把這歷史上的臭名拿到立法會上指稱中國……是可忍孰不可忍！」譴責之外還要求梁、游公開道歉，他們所以如此「憤怒」，皆因認為梁、游的言行，形同叛國，僅此一端，便足以失去當議員的資格……。

其實「支那」並不是那麼罪大惡極的貶詞。此詞源自梵文、音若Cina，是漢傳佛教經典中對中國的尊稱，與「震旦」同義。「支那」一詞常見於中國僧侶翻譯的佛教經典，有「邊遠之地」和「思想（智慧）之國」的意思（見維基百科「支那」條）。歷朝文獻載有「支那」二字，正經八百，絕非貶詞、不帶貶義、直至辛亥（宣統三年，公元1911年）革命成功，共和政體的中華民國成立後，中國駐日代理公使於1913年才要求日本政府廢除稱中國為「支那共和」，但日本政府充耳不聞（這亦難怪，以是年3月20日同盟會要角宋教仁還在日本創辦論政刊物《二十世紀之支那》）；其後中日戰爭爆發，日本外務省跟軍部稱中華民國為「支那」，此詞帶有歧視色彩才實在起來。

三、

譴責「法京」和「支那」這兩個於議事廳堂「說不得」的詞語，成為向北京表忠不交心（他們中不少人持有外國護照也！）的最佳「工具」，可是，大家知否在這次就職宣誓中，「効忠」上帝的竟有十九名議員（十名屬泛民九名為建制），在宗教信仰自由的地方，尤其已定佛誕為公眾假期的本港（佛道儒信徒佔本港人口43%！），誓詞中竟沒有對「釋迦牟尼」効忠（秘書處大概亦未備佛經候用），可見港人的信仰深受西方傳教士的影響。

宗教自由誠然可貴，但在「一國」之下，竟有超過四分之一代表香港民意的尊貴議員，向全能的上帝宣誓効忠，置全權操控香港命運的北京於何地?!筆者只能說，內地有地下教會，因為有些信奉上帝、聽命教宗為至尊者的信徒，是不能見容於無神論者的中共，國內的教會要受政府管轄才被當局承認和接納。從立法會議員立誓之所本是其信仰的宗教，大可以是北京對港事無法完全放心的原因之一。事實上，香港議會內外，確有一些口口聲聲說政治前途由「上帝安排」的政客政棍，如此表態，目的當然不是向北京「示威」，更非挑戰北京的不信上帝，而在累積宗教能量，以符合有朝一日有機會在香港的愛國教會（這是遲早出現的）當上要職的資格！

再說梁君彥的國籍問題。筆者認為他以香港商人身份，擁有英國護照，實屬尋常，遲了放棄，以致抨擊之聲四起，罵他的理由，並不全然得當，因為主席是立法會議員之間推選，群眾沒有說是道非之必要，他沒有及早自揭「身份」，有資格起而抗議轟他的，是會內議員，尤其是曾打算與其角逐主席位置的對手如田北辰和謝偉俊。市民看這一幕的解讀是，梁議員原本無心此位，「黃袍加身」的決定來得匆促，於是「狼狽」變成奸詐以騙取支持。誰能不顧規定把黃袍加諸梁議員身上？幕後的江南小吃「紅油抄手」有點燙手……！

2016年10月18日

貶美褒中利所在
港府行事失中節

一、

9月14日及21日，作者專欄二評菲律賓總統杜特地（也有譯為杜特爾特）疏美親中的向錢看外交，他對「老大」美國總統的詛咒和辱罵，以至下令美軍顧問撤出該國後，正式取消與美國的「聯合軍演」及不再加入「美菲南海巡航」，種種「變革」，把菲律賓「提升」至和柬埔寨同級的境地。柬埔寨事事聽北京的旨意辦事，看杜特地的政治表演，頗有向柬埔寨看齊的意圖；昨午《信報》網站指「（中國）國防部將向柬埔寨軍方提供物資」，相信看得杜特地口水直流。可是和反美情緒高漲的柬埔寨不同，美國「皮優研究中心」（Pew Research Center）的民調，85%菲律賓人對美國有「好感」（菲律賓社研所9月下旬的民調顯示不信任中國的受訪者高達55%，不信任美國的只有11%），比只有84%美國人讚賞老家還多。上述數字來自2013年的民調，現在的情況當無大變。

杜特地的言行，不僅是對美國政府和人民的褻瀆，而且危及美國在亞洲的政經利益，向來趾高氣揚、盛氣凌人甚至自恃「武功高強」而橫行無忌的美國，面對這種「外交恥辱」，何以至今不發一言，那是大選進入生死搏鬥階段，現總統已成跛腳鴨無法作出有力回應之故；大選塵埃落定後，針對菲律賓的策略必會陸續出籠，以菲人的親美及美國在菲百餘年的深耕，加上「重返亞洲」的堅定國策不能因為菲律賓轉投中國懷抱而「斷層」，筆者相信菲律賓——不論杜特地是否在位——和美國很快會「言歸於好」，這是筆者認為「中國對菲律賓的投資，必須計算經濟效益」，因為惟有「斤斤計較」，才不會承受菲律賓從中國取得重大經濟利益後又與美國「重拾舊歡」帶來的損失。（見9月21日作者專欄）。

二、

一方面了解菲律賓可在「一帶一路」中發揮積極作用，邀中國到當地作重大基建投資；另方面看中中國是個龐大的消費市場，有利菲律賓的農產和水產出口。再加上北京有的是外匯，如杜特地能「拍」得領導人飄飄然而無後顧，便不難獲得巨額「軟貸款」（利息低於市價還款期有商量餘地而非「硬」性規定）！杜特地說中國「慷慨助人……，不忘幫助其他貧窮落後國家」，其在北京獲禮遇受歡迎，以深受「來而不往非禮也」傳統文化影響的中國，特別是為了給亞洲「諸小」樹立好榜樣，杜特地此行大有斬獲，可以預期。

在南海問題上，杜特地說，中、菲「為一片水域而起刀兵，毫不足取！」他再次表明反對他國介入南海事務，「我沒興趣讓其他國家參與南海問題談判，我只願跟中國談」，與中國的定調「無縫吻合」；他又強調訪京時會「柔和地」和中國領導人談判……。

杜特地說得輕鬆且合北京胃口，不過，他所說的「南海問題」，並非「一片水域」這麼簡單。2012年，當時的菲律賓政府強烈反對中國把位於九段線內的菲律賓領土黃岩島（Scarborough Shoal）劃歸中國版圖，掀起全球菲律賓人的反中潮，剛卸任國務卿的克林頓夫人聞訊，在一次「受薪」閉門演說中，認為循着中國的邏輯，美國可視太平洋為美國海（American Sea）。是年菲律賓把南海權爭糾紛提交海牙國際法庭，其對中國不利的裁決於7月中旬公佈，當時主催此事的阿基諾三世已下台，惟裁決獲西方國家支持，但於6月底當選的杜特地，一上台便顛覆其前任的政策，令情況急轉直下，鋪下了他這次應邀訪華的「基石」。不必諱言，此行菲律賓若獲得重大好處，菲人也許會暫時不提黃岩島主權，但稍後必有反對以國土換經濟利益之聲和行動，加上西方國家特別是美國因本身的政經利益不會輕言放棄「重返亞洲」政策，菲律賓政府前景在杜特地未從北京滿載歸國前，已是陰霾密佈！

杜特地向中國推銷該國的「土特產」，包括「豐富的旅遊」，相信可收成效，陪他去中國的龐大商團，料亦受惠，因為中國既需要農作物和海產供應以滿足富裕起來的國人消費；復急於把產量過剩的基建項目出口，中、菲互補性強，兩國必將簽訂不少商務協議。至於在吸引內地遊客上，當前的時機對菲律賓非常有利，那不僅僅因為內地旅客少去（甚至不去）綠色台灣，近年泰國吸納了八成多內地東南亞旅客，其中以尋芳客最為注目（內地官媒雖指「中國嫖客包下曼谷整條紅燈街」是「假新聞」，但已窺見中國遊客對泰國旅遊業的「重要性」），如今因泰王仙遊全民「戴孝」，旅遊業者不得不收斂而令吸引力下降，這類旅客轉赴菲律賓玩個痛快的可能性大增。在眾多行業中，菲律賓旅遊業最先受惠！

三、

菲律賓蟬過別枝，對中國的南海主權訴求有利，亦令海牙國際法庭的權威性下挫，不過，那絕不等於南海就此風平浪靜。新加坡和澳洲的軍事合作，雖然兩國強調不能因此視她們為「反中國集團」，但其有在南海牽制中國的軍事活動，路人皆見。本來大可置身事外（因與中國沒有領海島礁主權之爭），新加坡何以「主動出擊」，既「哀求」美國不要撤出亞洲，復與美國盟友澳洲簽署協定提升軍事合作，這種外交政策取向，適足以展示現總理李顯龍血液裏流着乃父新加坡國父李光耀的恐共基因。眾所周知，李光耀以把馬共新共一一捉光（並逼他們在電視上痛泣懺悔認錯），在免去老共干擾後，新加坡果然政通人和、一帆風順。四五十年過去了，新加坡因為人丁稀薄，決定招徠「優質移民」，結果來了不少內地人……。令新加坡當局如芒在背的是，這些內地人中，不知滲進了多少有共黨背景的移民（他們可通過社區活動以及從政發揮影響力，加拿大便是顯例）！新加坡一面修訂移民政策，對內地移民的審批更加嚴格，一面進一步拉攏甚至投靠美國，以防萬一！

在吹拍中國獲得經濟甜頭後，相信深受美國影響的菲律賓會走回頭路——重投美國懷抱是遲早的事。

四、

立法會主席梁君彥昨日書面通知五名候任議員，去週三的「宣誓暫時無效」，他們是青年新政梁頌恒及游蕙禎，建築、測量、都市規劃及園境界功能界別姚松炎，無黨派劉小麗和民建聯黃定光；立法會秘書長陳維安昨午亦對「未能為三名議員姚松炎、梁頌恒及游蕙禎監誓」，作書面的解釋，他的做法及説詞都合情合法。在這種情況下，筆者希望出狀況的候任議員，今天能作出符合立法會要求的宣誓，成為新一屆立法會議員。可是，昨天傍晚，律政司宣佈已就梁、游「宣誓無效」須補回宣誓一事，入稟法庭，申請推翻立法會主席的有關裁決；對於政府干預立法會的舉措，如何發展，截稿時未有定論。港府過問立法會主席的決定，是行政干預立法，別說過往法院很少介入立法會事務，亦嚴重破壞三權分立的界線，政府的做法因此會招「風雨」，不過，如果當局判斷梁頌恆和游蕙禎有搞「港獨」之嫌，犯了北京大忌，港府的做法便「另當別論」！

9月6日筆者評論「九．四」選舉結果時，指出「強蠻橫行的當權者會否濫用酌情權，把一些『眼中釘』議員定性為『港獨分子』，進而褫奪其議員身份？」如今被指宣誓有問題的議員，應跟足法定程序宣誓，以免授人以柄，跨不過門檻！但梁頌恆和游蕙禎因玩得過火過態，以為當選便目空一切，現在可能要受點苦頭甚且成為當權者除去極端「異見分子」的箭垛！

昨天有網絡客指筆者「離地」，因為選民對那些在誓詞中加添字句或作髒穢諧音候任議員的反應，並非如筆者指陳，說投他們一票的選民已後悔，而是為此鼓掌歡呼！若果真有此事，請問那些只聽見擁蠆歡呼聲的候任議員，如繼續無視立法會規章，他們如何當得成議員？如此又怎能不負其選民重託？謹以一句筆者多次引述的話提醒這些網絡客：「殺君馬者道旁兒」，還有就是不要自作孽！

2016年10月19日

重返亞洲靠核彈
中國睦鄰用銀彈

一、

雖然不少「網民」認為菲律賓總統杜特地（杜特爾特）應習近平主席之邀官式訪問中國的言行，「99%做戲」，但從「收穫」上看，主角演技出色，不然隨行菲商（二百多名至約四百名，真確數字似乎未見公佈）不會和中國「對口單位」簽了達一百三十五億元（美元·下同）的商貿合約。

回應杜特地訪華前對中方的公開訴求，北京做了黃大仙，有求必應，比如恢復一度被吊銷的二十一家菲企業對華水果出口的資格，再添批六家公司對華輸出芒果；在加強「兩國在南海漁業的合作」上，把難以一時談得攏的（島礁主權）暫時擱置，看情形菲漁民很快獲准到黃岩島海域捕魚；此外，外交部副部長劉振民還說會「極大地鼓勵跟刺激大批中國遊客赴菲旅遊」，大量內地旅客湧入菲律賓玩樂令該國服務性行業大旺特旺，不難預期——讀過筆者較早前的有關評論，當知此事對菲律賓的重要性。

關於商業合同以外的「現金補貼」，據「世界社會主義者網絡」（wsws.org）21日消息，習主席還答應對菲律賓借出「九十億低息貸款」（傳今天訪日杜特地會獲該國五十億日圓的農業貸款，不足四億港元，有點「小兒科」），此消息似乎未見公佈亦可能未正式簽約，那是國務院發言人華女士被問及時答以「不掌握」、即是她也不了解的原由。姑勿論貸款多寡，那該是杜特地所說的「軟貸款」（還息還本的條件可慢慢商量）。杜特地曾公開「笑」說：「我會向中國借錢，因為中國人不會上門討債！」現在果然心想事成。

杜特地此行在經濟上「盤滿缽滿」，但菲律賓要付出多大的政治代價？很快便見真章。事實上，這點經濟「施捨」，以中國的財力，蠅頭小數，何況是「互利共贏」即「互補性」極強的合作，北京以「小利」便在政治上大豐收！這宗交易，因此可說是兩利之中，中國還有重大無形政治收益，為大贏家。

為與中國「親善」（目的在經濟上佔新發財中國的便宜），杜特地不惜和關係悠久的美國劃清界線，而且不僅是經濟事務，連政治亦一併割離；他公開與美國說「拜拜」，公然置海牙仲裁法庭就黃岩島（南海）主權的裁決於不顧；還不避嫌一而再以粗鄙口頭禪辱罵美國總統奧巴馬（奇怪的是，此舉似乎並沒傷害美國人的感情）。上任不足四個月的杜特地訂定的「獨立外交策略」是「疏美親中」，他自己固然說「有生之年不會再去美國」（經過這番表演後，美國是否歡迎他到訪，實是未知之數），又決定不再以美「小弟」的身份與「大佬」軍演和巡弋之外，尚說要購中國（及俄羅斯）軍火——100%美式裝備的菲律賓軍隊如何適應這種大變，是未知之數。

最令人「驚奇」的是，杜特地指菲律賓與中國有深遠的歷史淵源（他的外公是華人，杜特地與中國關係更深）。習主席對此的回應可圈可點（簡直是可歌可泣），他對這位「遠親」說：「中菲是隔海相望的近鄰，兩國人民是血緣相親的兄弟，雖然兩國之間，經歷風雨，但睦鄰友好的情感基礎和合作意願沒有變。」習主席又說：「願同菲方一道努力，不斷增進政治互信、深化互利合作、妥善處理分歧，做感情上相近相通、合作中互幫互助、發展中攜手前行的睦鄰好夥伴……。」循此路進，如果杜特地長期執政，菲律賓也許有一天會走上夏威夷之路，成為中國的「海外省」！

二、

世事遠比杜特地想像的複雜，不是和習主席「說了算數」。海牙裁決是國際承認、遵行的「法律」文件，這是杜特地尚未「凱旋回國」，美國已派遣驅逐艦在「保障自由航行」的大纛下，「昂然」駛進菲律賓要與中國「私了」海域的原因（據說美艦為中方配備「火力兇猛、性能先進」的大口徑新型艦炮的艦隻驅離）。美國以行動推翻杜特地對北京的承諾，時間不遲不早，就在中菲簽訂了不少商業合約（及可能談妥卻未拍板的貸款問題）後，加上杜特地指出他和「我的朋友美國說再見」並不意味要與美國「絕交」，為自己鋪了下台階。再看美國政府對杜特地在京言行的反應，態度輕鬆、言詞模棱兩可，不大當作一回事般，有人因而揣想這場戲的「幕後玩家」是美國。當然，另一說法，就是政權交替在即，華府「無暇」處理所致。

無論如何，如果杜特地真的要把美國趕出菲律賓，有兩種「預期中的後果」值得注意——

第一、如果杜特地踢走「老東家」美國，大發其財（商界固然受惠，經手官員袋袋平安亦是常態；在「國際透明」的貪污排名榜，菲居九十五位，屬貪腐大國），還能穩坐江山，則亞洲「諸小」起而效尤者，必陸續有來、接踵而至（三艘中國軍艦應邀首訪越南前美海軍基地金蘭灣，有論者解讀這是越南欲走「杜特地路線」的先兆！），那將令美國「重返亞洲」的策（戰）略報廢。換句話說，美國處心積慮圍堵中國的「亞太再平衡」因此失衡，這有可能嗎？當然有，可惜美國是隻滿口核子牙的噬人猛獸（據Theweek.com24日報道，華府雖不承認，但是目前美國最少捲入五國〔伊拉克、敘利亞、也門、利比亞及索馬里〕的戰事），可能遂變成不可能！僅僅看日本、新加坡和澳洲（主動不起來的深綠台灣且別說了）抱緊美國並建立了某種「軍事聯防」關係，便知美國不會坐視菲律賓這名小跟班不辭而別令其圍堵中國的「島鏈」中斷。

第二、為了防範再有參與圍堵中國的亞洲國家步杜特地後塵，筆者擔心東海南海都有可能爆發熱戰，惟有如此，「諸小」怕有所失才會逃進美國的核子保護傘。認為世界隨時爆發戰事的美國智庫不少，當中以「最權威」的大西洋理事會（Atlantic Council）戰意最濃；擔憂未來之戰是「核彈互擲」的，不僅有美國著名智庫「威爾遜中心」（Wilson Center），還有德國親建制的大規模智庫「國際及安全事務德國研究所」（Stiftung Wissenschaft und Politik, SWP）。這些從來不作聳聽危言，對國際形勢瞭如指掌、對世局前景有洞見的智庫的有關看法，主要是因俄羅斯「張牙舞爪」（鯨吞克里米亞之餘，尚有力左右中東局勢）而起，俄羅斯的勃勃野心，已令西方國家有「危機感」。「溫文爾雅」（淡定說理）的《經濟學人》去週竟然敲響「戰鼓」，出專輯討論如何遏制普京治下「垂死掙扎帝國」的擴張。

世界局勢比冷戰期間更危險更易爆發核戰，但願東海南海長保太平，不要成為「戰爭販子」動手的藉口！

2016年10月25日

直路失蹄難擔保 黑客入侵誰認輸

一、

美國總統競選，經過三場總統候選人及一場副總統候選人的電視辯論後，今天距11月8日投票日剛好還有兩週，在競選歷程上，可說是已進入「直路」；然而，路雖「直」，卻崎嶇不平，且陷阱處處，那等於說，競選隨時出「意外」，現在預測勝負，言之尚「早」！

看過近月傳媒鋪天蓋地的報道和評論（當然還有候選人在電視觀眾前的表演），一個瘋子一個騙子的形象已深入人心；《信報》榮休老總鑒治兄越洋飛鴿傳書，問是否仍「買瘋子」跑出，筆者予以肯定的答案，所本理由不外是，「大多數」選民對行之數十年的「政治正確」已非常厭倦和不滿，求變之心甚切，因此有意投票令那班在「新自由主義時代」（Neoliberal Era）財源廣進的精英退出政治第一線的選民，不在少數。

比較兩位候選人的「政綱」，意義不大，反正當選者上任後，便要根據政經現實，制訂適時的施政策略。

很多年前在這裏寫過一個笑話，可以簡略再說一遍。有「好人」死後獲准上天堂「嘆世界」，路過地獄，見貼滿承諾「居民」可享免費全餐的標語和橫匾，非常誘人，遂自願申請進入地獄；哪知原來地獄在一鬼一票選閻羅王，各政客大吹法螺，「一切免費，前途似錦」，那只是引誘選民投票的伎倆，初到貴境的「好人」信以為真，一落地獄，才知大選過後是生不如死的煉獄！此時天堂大門已閉，這位「好人」只有在地獄「捱世界」。

西方選民聽過這「笑話」而深有體會者不少，不知者，亦有對落差的親身經驗，因此對「政綱」莫敢輕信。美國的共和、民主兩黨，不知對國人作了多少美好的承諾，但事實顯示，只有「精英階層」受惠。1981年，1%的「人上人」分享10%的社會財富；至2015年，比例增至22%！在這三十餘年間，民主共和可說平均輪流執政，「人上人」囊括大部份社會財富的事實，說明兩個「以民為本」政黨的施政，均有違「政綱」對全體選民的承諾！

受2011年阿拉伯之春的感染，世界各地掀起以佔領形式抗議政府為精英階層効勞的社會運動潮。美國（華爾街）、冰島、葡萄牙、西班牙、希臘以至法國（始於今年3月底佔領巴黎共和國廣場為爭取工人權益的「不眠之夜」〔Nuit debout「黑夜站立」〕運動剛結束），都是參與者以年輕一代為主的「佔領運動」（2014年香港的「佔領中環黃傘運動」，其主旨在政改而非拉近貧富不均），這類佔領活動大多「無疾而終」，但其打倒建制、在這個貧富嚴重不均的世界，為「90%甚至99%」的非精英（非特權）階級爭取權益的精神，傳遍中國和俄羅斯（古巴及北韓）以外世界各地。美國人對此的感受最深，反抗力度最強，你道選民最終會投票給予華爾街——貧富不均的發源地——關係非比尋常的克林頓夫人一票嗎？筆者的答案是否定的。

從其往事及競選活動中的言行看，特朗普肯定不是「好東西」，但兩害相權，相信會投這位共和黨「異類」一票以求「大變」的選民，數量不容小覷。說「兩害」已是用詞「溫和」，因為有人以為這兩名候選人都是第三期癌病患者，不管誰當選，美國都會「陪葬」！

二、

去週末，特朗普公然說除非當選，否則他不會承認「點票結果」！那意味他若落敗，便會尋求「司法覆核」（高院判決），令政權交替枝節橫生……。

特朗普口出狂言是常態，當中不少是信口開河，亦有一些是拾人牙慧，比如他說克林頓夫人是個令人討厭的女人（a nasty woman），便是她在國務卿任內、保安人員對她的「評語」，可知不易「服侍」。至於他不服「判決」，並非沒道理。為甚麼？因為美國首屈一指的網絡保安公司黑碳（Carbon Black，網站同名）今年9

月發表一份網絡民調，顯示56%受訪者認為此次選情會因網絡黑客（cyber hacker）入侵而被扭曲；基於同一理由，36%人認為選情在網上的資訊不可靠（不能忠實反映），還有約20%不會投票，原因是不希望其選票被盜用。

電腦最先在美國普及，因此不少已成「古董」，令其性能不符需求。設置於投票站的「投票機器」（Voting Machinery），大部份因「歷史悠久」，易受新科技操縱（四十三州的「投票機器」已用了十年、十四州用了十五年，都應受淘汰），由於網絡軟件日新月異，「黑客」很易入侵，令選舉結果常受挑戰。2000年大選引起糾紛後（是年大選布殊和戈爾得票十分接近，難定勝負，最後由高院「司法判決」，經過三十六天的爭議才定案〔布殊勝出〕），當局成立一個由朝野人士組成的委員會，於2014年發表一份長達一百一十二頁的報告：《美國的投票經驗》，指出當年點票結果之所以出爭議，皆因十多年前添置的「投票機器」已失時效……。翌年發表的後續報告：《美國的投票機器存在風險》（America's Voting Machines at Risk），指出如今網絡科技出奇制勝、天天進步，有關電腦的設計不再耐用（沒有人會認為電腦能有十年壽命），因此建議政府把這批於90年代生產的「投票機器」換掉。

「點票機器」未能與時並進，「黑客」遂有機可乘；如今「黑客」可能來自有意干擾選情的俄羅斯、恐怖組織、「世界愈亂愈好」的無政府主義分子及與本國不同政治立場的個人和團體，更有無事生非、意在挑戰建制的「黑客」趁機「搞局」。由這批年久失修（已沒有零件更換）「容易被入侵的點票機器」決定選舉結果，如果勝負雙方得票數量相近，不僅特朗普會不認輸，克林頓夫人亦不會接受！對過時電腦的計算結果存疑的，據美聯社和（芝加哥大學）國家民意研調中心（AP-NORC）9月間的民調，顯示多名專家、學者和群眾對美國政制投以不信任票（可於同名網站覓之），在這種情形下，如果得勝者僅「贏半個馬鼻」，美國政壇必有一番擾攘，這會否令政出無門而使美國以至世界局勢亂上加亂？身處「亂局」的港人，比較之下，也許會覺得「美國比香港還亂」！

2016年10月26日

宣誓風波怎補救？
胡謅亂道損自由！

一、

兩名就任立法會新科議員的、有違常規的「宣誓風波」，後天法院或有裁決，因此不好評說；然而，為了杜絕今後發生類同事件，既耽誤民選議員為選民「問政」的機會，復浪費大量納稅人金錢，以這宗本港未見先例的訴訟，敗訴一方肯定上訴，因而耽誤，剝奪了法院的大量時間，令不少「正事」因而躭擱。在一個講求效率城市的做法，最佳補救莫如成立一個「從政者資格審查委員會」（下稱「資審委」；選舉事務主任褫奪涉嫌「港獨分子」的被選資格，有違章法遭人詬病），獲其審查通過的人，才有資格參與各級議會選舉！雖然這是不符合港人享有參選的自由，卻是避免選舉事務主任濫權及浪費公帑的次佳辦法！

「資審委」應由立法會立法抑或由北京釋法而成立，可以慢慢商量；其成員如何產生，亦可由大眾討論。筆者對此並無成見，只因有感於因少數人不見容於權力來源（理論上是本地選民實際上是北京）的言行，令立法會無法如期順利議事，是全體港人的損失，因此應該設法補弊。

有人會說，「資審委」的成員，不論以甚麼形式出選，最終必然是親共者（或稱愛國者或建制派）佔絕大多數，如此這般，其審查的結果，還會公正公道嗎？答案當然是否定的。可是，這卻是香港人必須承受的現實，亦是回歸後香港政治的常態，「行政長官選委會」的組成不亦如此嗎？港人在無法可想之下既能勉強接受「選委會」人選，其在「資審委」的組成上又能有甚麼「制勝之道」？以當前的情勢，答案是沒有。換句話說，大家不可自欺欺人，如今北京有權（槍桿子）有錢，港人要參與這場遊（兒）戲，只有接受北京定下的規矩；所以梁游出軌，犯下損人害己的錯誤，只會令選舉遊戲的規條更多更麻煩。

由於上海無法仿效香港行三權（或如「胡官」胡國興所說「權力」）分立，做不了國際金融中心，而前海離成功之途尚遠（前海若有成，內地官商還要來港買高價物業嗎？），香港可說是北京掌控中唯一可以「錢通世界」的樞紐（且別說內企來港上市集資後以「印公仔紙購實業」到世界各地投資之利），那意味香港仍有北京用得着的地方；北京對香港因而一再高舉「一國兩制」大纛，享有點點這樣那樣的自由，比如立法會就職宣誓和言論自由！當然，自由並非毫無限制、更不是不知自重的胡作非為，那便如奧國學派宗師米塞斯在《人的行為》（Human Action）中所說，為避免走路和開車的自由引致混亂，當局只有設斑馬線和交通燈，令自由不會闖出大禍……。在政治事務上，北京設下種種限制，港人的「自由」的確減少了，但北京為求「穩定」，不得不爾。當然，以大部份港人認知的「一國兩制」及「高度自治」，北京根本不能為香港制訂規矩，但北京有其「強有力」的說法，且具「釋法」的特權，加上香港的應聲蟲數之不盡，在這種情形下，香港人當然仍有不參與這場「遊（兒）戲」的自由，但若投身其中，便得遵循規矩，那便如步行者只好「沿步路過」而司機只有看燈行車！這種現實，多數理性務實的香港人是清楚體認，只有少數虛妄的人，才敢不顧後果捋虎鬚尾！

二、

認同青年新政二位候任議員「誓詞」的遣詞用字及怪腔異調者，相信只屬極少數（可稱之為「不負責任不顧後果的少數），對其他正常讀出「誓詞」聲稱「効忠中華人民共和國香港特別行政區」者則無微言，其實這是十分荒謬的，二者只是「五十步笑一百步」而已，因為除了獲《基本法》特准的功能組別議員，民選議員中有多少人擁有外國護照，特別是那些「亡華之心」未死國家的護照。獲得外國護照的先決條件是宣誓効忠入籍國，那等於說他們在立法會的誓言，若非謊言便是對入籍國不忠！

筆者當然知道在「一國兩制」及「五十年不變」的承諾下，雙重國籍無人理會；但問題是，回歸至今已過十九年，慶祝二十年大典的籌備工作如鴨子划水般靜默而緊張地進行，可是，這些享用政治免費午餐多年的大人先生女士包括各級議會議員，竟然沒有人為了「從政從公」而自動自覺放棄外國護照、以免在立法會就職宣誓或其他官式場合中「出醜」（欺騙祖國或對入籍國不忠）的「政治自覺（遑論「智慧」），這正是香港政治的弔詭及從政從公者的可悲。但願在回歸二十年的慶典上，那些「台前幕後」的人都已放棄外籍身份，是只持有在世界絕大部份國家（地區）通行無阻的香港特別行政區護照的中國人！惟有如此，這場表演才有說服力。

不過，除非棄外國護照蔚然成風，不然，「資審委」的成立，自有必要。

事實上，一如筆者較早前（9月6日）在這裏指出，「選舉行政長官委員會」的成員，必須沒有外國護照，因為這是防範「外國勢力」介入香港事務，尤其是地方首長遴選事務的根本途徑（地方首長由外國人選出，真是貽笑方家！）。在提請人大常委釋法讓「辱華者不能進立法會」之聲響徹雲霄的現在，提請人大常委「順便」釋法為「選委」與從政者釐清國籍身份的時候，看來已在眼前！

2016年11月1日

競選鈎心鬥法 圖利揮金如土

一、

進入「直路」的美國總統大選，果真崎嶇不平、陷阱處處；10月26日筆者指出距離投票雖只有兩週，但預測誰人「跑出」，為時尚「早」。今天距離投票日僅七天（2日至8日），按照常理，結果「可測性」較高，然而，以政治一天都嫌長的「邏輯」及選情之激烈（民主共和兩黨「火併」慘烈），誰勝誰負，仍無定數。可以準確「預測」的是，如果克林頓夫人勝出，仍要面對聯邦調查局（FBI）的調查，若其「電郵門」被證實違法，新科總統便有被告上法庭之厄；加上特朗普一早揚言會為「黑客入侵」令點票結果有誤差，他若落敗必會興訟。顯而易見，美國政壇必將亂成一團，以「國將不國」形容，似不為過。北京如何利用此亂局「渾水摸魚」，「閃攻」奪下台灣之外，再把美國趕出亞洲。大家不妨拭目以待。

「電郵門」始於去週五（10月28日）聯邦調查局長科米（James Comey）那封致國會的函件，指出有證據顯示克林頓夫人「公郵私用」情況嚴重，因此「獲授權取得審閱克林頓夫人於國務卿任內電郵的搜查令」，此事關係不少「國家機密」及「克林頓基金」以億元計捐款，既涉「國家安全」復有重大貪腐成份，有如對美國政壇投下被傳媒稱為「十月驚奇」的重磅炸彈……。有關「電郵門」種切，這幾天傳媒尤其是昨天的《信報》有很詳盡的報道，這裏不重複。

對於隔海觀選戰的人，這場美國大選，真是高潮迭起，非常刺激；而刺激之源在雙方以無所不用其極的手段互揭瘡疤。僅僅在兩三週前，民主黨仍是集中火力，細說特朗普「玩弄女性」的不羈行徑（當然還安排了數女性挺身指證），指控特朗普是「俄酋」普京在美國的代理人；雖然此事看似無稽，民主黨人卻十分認真，比如九十多名議員和官員（在任及退休）聯署修函，痛批科米此時重提「電郵門」，可能違法（美國數家電視台於10月31日進行的民調顯示，譴責科米的受訪者達86%，認為克林頓夫人做錯事的只有31%），其中便強調FBI拒絕把調查特朗普與「俄酋」關係的內容公開……。在未來數天，民主黨突然公開有關對特朗普（或他的高級顧問）勾結俄羅斯的證據，也說不定。真的是好戲在後頭！

特朗普少年得志（多次跌倒後仍能再起），「荒淫無恥」不是秘密，以東方人故舊的冬烘思想，這樣的人肯定會被選民唾棄；但在國情不同的西方，尤其是美國，卻是政客「常態」，選民看的是候選人的治國能力而不是私生活！特朗普便沒有因此而失票（當然他極力否認亦爭回一些分數）。自1984年便以準確預測歷屆總統大選結果的美國大學（華盛頓）歷史學教授李特民的新書《預測來屆新總統——打開白宮大門之匙》（A. Lichtman: *Predicting the next President: The Keys to the White House*；據其2008年的舊作修訂），便認為「性侵（sexual assault）女性問題與選情無關」。李特民在書中縷列十三項左右選民投票意向的事實，對特朗普較為有利。由於剛收此書，也許待來屆大選再據之為文了。

二、

下面是三項與選情有關（與政綱無關）的小事，簡略書之，供讀者為談佐：

■政治是一場戲（引邱吉爾的話，民主已是「最佳的戲種」），演員的演技，位階愈高愈出神入化。大家在熒幕上看得真切，奧巴馬總統夫婦數度粉墨登場，為克林頓夫人「站台」，不折不扣是「希拉莉粉絲」，誰亦想不到在競選衝刺關口，FBI竟對克林頓夫人選情作出致命的一擊。在民主國家，總統無法干預司法與執法機構的決策，但FBI獲搜查令審閱競選大熱的總統候選人的數十萬封電郵，總統（和司法部）不可能會被完完全全地蒙在鼓裏（肯定有被知會），此時只要有人曲線干預，以避免左右選情之嫌，押候至投票日後才展開調查（橫豎要數週才能「完工」）較為恰當，一切問題若選後解決，自然便「天下太平」。然而在此關鍵時刻，偏偏出現了人人「秉公依法」的雞犬不寧。

■美國政治競選（各級議會及總統）的最大特色是各方投入的大量金錢，這些所謂「競選經費」，小部份來自財富用不完的參選人（若當選必然想法多倍「回本」），絕大部份來自「各色人等」主要是財閥的捐款。捐款目的，撇除那些高蹈虛無如「為國為民」的大話。政治學者的「實證研究」指出，如果「押中」，捐款者有機會「完成心願」（accomplish their goals），舉個顯例，一位在澳門有重大投資的賭業大亨，此次捐了近五千萬美元給特朗普，所以如此慷慨，皆因「不讓網絡賭博合法化」包涵在特朗普政綱內！

迄10月24日，競選捐款共達十三多億美元，比上屆（2012年）同期多約27%；這筆巨款（Moolah），共和民主兩黨依次得56%和37%——餘數流進其他四位分別代表保守自由黨、綠黨、憲法黨及獨立黨候選人的「份內」。

一般美國人對競選熱誠已不若過去，那在競選捐款主要來自新舊財主可以體現，今年「十大家族」的捐款便高達六億五千四百餘萬！

■競選活動每一環節，均要用錢打通，助選人員、「啦啦隊」議員以至宣傳（買媒體時間及版位），非財莫辦；而在此中「附（寄）生」的，是數之不盡的學者、論者和記者，那從他們撰寫與競選活動有關的評論和著作充斥市面網絡可見。剛收書店「通知」，塔虎特大學國際政治學教授特累斯特書明年內出版的《計仔工業》（D. W. Drezner: *Ideas Industry*，戲譯，見書後再譯），寫的便是隨政經發展而出現的各種「意念」，成行成市均成「企業」。

有關大選的「意念」，最令讀者（起碼是筆者）拍案驚奇的，莫過於研究天災、流行病及鯊魚咬人對選情的影響！「鯊魚咬人」與選情有關？答案先是肯定後被否定。2002年有政治學者認為1916年競逐連任的威爾遜（W. Wilson）總統，原本炙手可熱，一般預測他會「山崩式」勝出，那知最終僅贏半個馬鼻。何以如此，學者認為是大選期近新澤西等海濱城市出現多宗「鯊魚咬人」慘劇，令有關市鎮的選民遷怒政府未及做好防鯊準備而改投威爾遜對手一票……。這種說法，看似成理，但經過十多年研究，有學者撰成〈鯊魚咬人會左右總統選情？〉（A. Fowler和A. B. Hall: Do Shark Attacks Influence Presidential Elections?可免費下載）的論文，梳爬1872年至2012年「鯊魚咬人」與總統選情的關係，結果得出「沒關係」的結論。學者的求證和推敲，當然十分仔細精確，惟筆者認為只要知道此一論斷已足——

「鯊魚咬人」只影響濱海市鎮的民心，在幅員廣袤的國度，影響所及相當有限，因為無法感染那些不見海地區的民意。因此，「鯊魚咬人」，對大美國的影響，如果有的話，只是微不足道。

2016年11月2日

監誓人有罷免權？禁獨戲給台灣看！

一、

香港立法會候任議員宣誓出現疑似「港獨及辱華」而鬧出「宣誓風波」，那在不少港人看來，不過是荒謬荒唐下作難看的一幕新丁鬧劇；觀劇者莫不暗忖，這些年輕人若真個心存「造反」、「搞獨立」，理該「假發誓」（不是「發假誓」）當上議員，才無負裏應外合謀抗極權的本意，怎會連臨門宣誓的三分鐘耐性亦付闕如？梁、游兩位政治初哥這場驚動人大的表演，結果有如球員未落場便因犯規趕了出場，縱有過人球技，亦無從發揮，他們固然「壯志未酬」，一眾球迷亦非常失望。

這場被不少人目為「小學雞」的政治秀，卻受強國夢酣而亢奮不已的京官「高度關注」，十二屆全國人大常務委員會第二十四次會議，11月7日上午全票通過《全國人大常委會關於香港特別行政區基本法第一百零四條的解釋》，「為確保（候任議員）莊嚴並誠實地宣誓」，決定作出第五次釋法。決定釋法的消息於6日上午傳出後，中聯辦主任召見此間人大代及政協委員，轉述北京意旨，申明「釋法」目的是針對「港獨」，強調中央對國家主權沒有任何退讓的空間，絕不容許「港獨分子」出任立法會議員。至此，梁、游雖然高票當選，其不能成為議員，已無懸念。

人大煞有介事的回應，港人心目中的鬧劇便非「兒戲」，因為政治的詭譎變化，此舉大有可能觸動春秋大義成為明日的歷史，非以重錘打壓不可！事實是歷史長河中，偶然的失當與不巧的用計，往往不成功業便是造孽。

一本正經、照本宣科地逐字字正腔圓讀出誓章，便能確保立誓人的取態誠實？那是怎樣的法眼和法力？又是出於甚麼邏輯的「正確性」、「合法性」和「必然性」？

凌駕香港法律的「釋法」具有四種含義，其四指出「宣誓必須在法律規定的監誓人面前進行。監誓人負有確保宣誓合法進行的責任……，對不符合這樣解釋和香港特別行政區法律規定的宣誓，應確定為無效宣誓，並不得重新安排宣誓。」那等於説監誓人（現為立法會秘書長）要判斷宣誓人是否「真誠、莊重地進行」；而監誓人如何決定「真誠」和「莊重」，即甚麼是「真誠」和「莊重」的標準，「釋法」並無解説。看來監誓人已被賦予「篩選」的酌情權！梁、游以外是否還有新科議員被加上「不真誠、不莊重」之罪而被逐，大可拭目以待。

二、

無論梁頌恆和游蕙禎「兒戲」假發誓是胡作非為，還是存心辱國、宣揚港獨的不知天高地厚，原是香港司法體系可以輕易發落的「宣誓無效」案，何以非要「釋法」不罷休？換句話說，為何北京對港獨「如臨大敵」？筆者以為這是北京在台灣於統一問題上愈走愈遠之後，擔心爭取香港獨立的民意會發酵；對於這個新型大國，隔海的台灣不聽話聽教，只能以軟硬手段「教訓」，若經濟抵制、外交制裁效用不彰，在判斷美國不會為這個小島與中國大打出手之後，習核心會在任內以武力拿下台灣（這是習近平坐正國家主席位子時筆者的揣測）。統一祖國，習主席名留青史，與毛鄧平起平坐，成為共和國偉人，當之無愧。

在這種一統中國的宏偉構想下，北京怎容得早成囊中物的香港，走上綠色台灣之路。在香港以言文談論獨立問題，無視言論自由是香港歷史悠久、香港人最珍貴的核心價值之一，尚且遭受親共政客及傳媒的猛力抨擊，讓「隱形」（遑論公然鼓吹）港獨分子進入議事堂，有關當局（包括立法會的新科主席）可能已被北京在港代理人怒斥有虧責守、把關不力。如今這些被選進立法會的所謂「港獨分子」，竟然斗膽作出令人聯想到致力爭取香港獨立的舉措，在北京來說，真正是此可忍孰不可忍！繞過香港行政立法司法機關自行釋法（說立新法亦不為過，以「佔中三子」之一戴耀廷教授的話，此舉「實際上為香港本地有關宣誓的法律加入了更具體的法律條文，是在直接為香港立法」），便顯得大有必要，且具天經地義的理直氣壯！

北京現在有財有勢有人脈，要和她講理，除非順其心遂其意，不然必然是「大理壓倒小理」，當然，「大」理在北京，「小」理在香港，港人豈不就此有理說不清。不過，筆者仍要說的一點是，北京可有想想，何以在最近三四年，在北京一再強調會恪守對香港的政治承諾，而且在經濟上令香港某些行業受惠的情形下，為甚麼港獨思潮還會興起？愈來愈多港人（特別是受過高等教育的年輕一代）不肯承認是中國人？尋求答案，必須從管治手法入手，輕率地把一切推給「外來勢力」的影響，既無人相信更無法找到事實根據⋯⋯。兩位快將正式被擯出局的青年新政成員，去台灣參加若干台獨人士主辦的活動，雖然有如學生聯誼，卻刺中北京恐獨神經，他們受排擠打擊並不意外，令不少人感意外的是人大常委會因而「釋法」或替香港立法!?

綜合而言，北京藉梁、游宣誓當演戲而犯眾憎的乖謬，乘機反撲，向港人展示人大有權便會用盡的「合法性」，而「釋法」不過是「恢復」而非「不斷擴張」人大的「法力」！

全國人大副秘書長兼基本法委員會主任李飛昨天（7日）完全不假辭色、毫無保留地揚言：「回歸前香港就有一股顛覆中央政府、推翻中國的反動勢力；回歸後不認同『一國』的香港人，以各種包裝和口號，侵蝕『一國兩制』和《基本法》、架空人大……。」李主任又批評香港一些「法律權威人士」，一直散佈歪理，製造「輿論陷阱」，説釋法是干預香港司法……。總而言之，現在人大大晒！香港的法治精神和三權（權力）分立，只能被視為部份港人的迷信和誤信！如此這般變本加厲的演變，香港將會出現怎樣的另一局面?!

2016年11月8日

癲佬登龍倫理失序　老千登基官非纏身

美國總統大選開票在即，今天傍晚結果應陸續「出籠」；由於選情激烈緊湊，究竟誰勝誰敗，此刻仍然說不準。今天以三種「假設」作簡評（第四種「假設」是兩名熱門候選人均不獲足夠選舉人票而無法當選，要由議會在其他四名候選人中遴選，筆者不熟悉這方面的情況，不去說了），希望有助讀者對未來四年美國政局的認識。

第一、特朗普勝出（如「對家」記憶未衰，筆者「即袋」三百多元），以香港政壇的流行術語，他是當前美國最大的反建制派，反建制派當總統，在美國競選史上這是第一次。從建制對他步步進逼處處圍剿看，他之當選，「突圍而出」是最恰當的形容；他用以「突圍」的是口沒遮攔其表、反精英其裏的反傳統「重型武器」。

由於他和傳統建制「誓不兩立」，美國的一貫政策，不論內政外交，到了特朗普治下，肯定都會大變，當然，所謂大變，是在提高就業下增加受薪階級收入及美國仍是「世界一哥」的前提下進行。善待「打工仔」，等於說「1%或10%」的富裕階層要對經濟作出較大貢獻，這一階層的人的稅負會提高，走稅避稅（特朗普是大行家）的猖獗度將受抑制；而要「再造美國」，軍事先行，天經地義，意味美國會變本加厲行窮兵黷武棄常規武備集中開發新型核武之策；至於受美國「軍事保護」的國家，現在和香港與中國的關係一樣，不必或只支付極少的駐軍費用，今後被要求提高承擔駐軍開銷份額，應是意料中事。

特朗普對華爾街並無好感，多次指出股票和債券市場泡沫已形成。他出手戳破泡沫的可能性，不容抹殺。另一在競選期間一再叫囂誓要扭轉的，是外貿赤字（工作崗位因此流失），以他對中國操縱人民幣匯價的指控（要把中國列為「匯價操控國」），看來他上台後會力促美元匯價形成下降軌，但要藉此削減對中國的外貿逆差，不是易事。值得注意的是，即使美國軟硬兼施「逼」人民幣升值，亦不等於美元會貶值，因為迄今為止，以法治及保護私有產權為世人稱道的美國，仍是「資產避難所」；雖說選後美國政情和經濟前景陰晴未定，但東海南海可能「有事」，在歐洲則因英國脫歐（意大利的有關公投下月8日進行，大增歐盟的不穩定性）、俄羅斯咄咄逼人（北約已集結大軍擺出與俄羅斯一較雄長的架勢）而為有錢人見棄的情況下，資金仍會湧進美國「避難」，美元匯價（和金價）因此不宜看淡！

瘋言瘋語的特朗普當然仍有落敗的可能（筆者已想出「勝敗乃兵家常事」及Homer sometimes nods中外各一成語，作為從容體面認輸之階），經過這幾個月的近身肉搏，關心美國政情的，已清楚看出民主政治特別是美式政治充滿謊言、詛咒辱罵對手的粗言穢語如閒話家常（用天體物理學大家霍金對特朗普的形容：「其蠱惑只能迎向最低公分母的挑戰」〔a demagogue...the lowest common denominator〕，特朗普的競選經理回應說：「如果霍金教授下次要發言，請他說英語！」妙不可言，錄之以博諸君一粲），對此，不少電視觀眾的即時反應是「咁都得？」相比之下，香港「小學雞」的鄉音及粗口誓言，不過是「小兒科」而已。可是，即使如此惡毒甚且可說下流的唇槍舌劍，仍有美國選民傾力支持！美國民風之敗壞，於茲可見。

由於是「另類」，無論特朗普當選與否，他對美國大法官的「偏頗」（biased）、主流傳媒扮中立而不獨立，以至指責政府部門不公道不值得信任等等，並非沒有「事實根據」，因此會令美國人的「價值觀」漸生變化；更重要的是，過去「政治正確」的物事，今後可能變為「不正確」。在「國際事務」上，特朗普競選期間偏激言論的影響力，清晰可見，英國的「脫歐」、多個歐洲國家建圍牆阻遏難民以及不少極右政客突然在各國

「崛起」，都與特朗普的「政見」有關。

第二、如果克林頓夫人勝出，她的政府不會有「蜜月期」，那意味甫上台便會官司纏身。共和黨雖然在支持特朗普身上並不團結，那從「黨內派系之爭」以至有不少「大老」公開要投其對手一票可見；但一旦特朗普執政，情況大變，因為要「分豬頭肉」是人情之常，更是從政人士的最終標的。在這種情勢下，共和黨人必會攜手合作，配合聯邦調查局（FBI），對克林頓夫婦——從維基解密的電郵看，他們是美國政壇的「雄雌大盜」——如何假公濟私、濫用公權為其「慈善」基金籌款活動窮追猛打。克林頓夫人因此很易步尼克遜（松）總統老路……。FBI前天已宣佈不起訴克林頓夫人，但共和黨人齊心合力，她仍難逃被告之厄。這種極可能出現的情況，將癱瘓政府運作！

克林頓夫人不管是在朝在野，都有可能重蹈尼克遜覆轍。尼克遜於1972年11月11日以超過六成選票「山崩式」勝出，成功連任，但幾乎在他上任之日的1973年1月底，「水門竊聽事件」東窗事發；4月底兩名高級助手分別請辭及被炒，5月中旬參院成立「水門事件調查小組」，公開進行電視聆訊，「醜聞」愈揭愈多，而致命的是，白宮錄音帶中有一段18.5分鐘「空白」，顯然是被心虛者「洗掉」，國會遂於1974年7月間通過「彈劾法案」，如此擾攘近月，尼克遜盡失民心，至1974年8月8日，他以「妨礙公義」（Obstruction of Justice）罪被國會彈劾，令他不得不辭職以謝天下！

尼克遜「出事」，是有「內鬼」（當年稱「深喉」〔Deep Throat，同名四級電影當年「大賣」〕，事發三十一年後的2004年，證實為當時FBI助理局長），如今則是「電腦洩秘」，而電腦肯定收藏更多不可告人的秘密（有進一步興趣的讀者，請上johnpilger.com；維基洩秘者阿桑奇在倫敦厄瓜多爾使館對這名資深澳洲記者一一細說克林頓基金令人生疑的資金來源），受這種種困擾，克林頓夫人政府如何能夠有效運作?!

從已公開的電郵看，克林頓夫婦最大的「罪行」是利用職權，向從美國討得好處的企業和政府「募捐」——捐款是給他們夫婦名義設立的「慈善」基金。這雖然是近世貪婪聰明人的慣技（香港大專院校年前亦爆類似醜聞），然而，這種「勾當」最好是寧讓人知，莫使人見的模糊地帶運作，一旦見光，從中受惠者肯定易吃官司。眾所周知，美國立下嚴苛法例，禁止公職人員受賄、行賄者同罪，和美國政府有商業交易的個人和法人，遂不敢以支付回佣之類的藉口賄賂有關官員，但這些個人、企業和政府捐款給美國的慈善基金，則無任歡迎，多多益善。克林頓夫婦成立基金，成功逃過法律規管！說來有點不可思議，據維基解密電郵，兩三年前，他們的獨女「醜死」已在電郵中溫馨提示雙親這樣做可能「犯規」，克林頓夫婦置若罔聞，但女兒有所堅持，這也許是Bill, Hillary & Chelsea Clinton Foundation

終於正名為Clinton Foundation的一項原因。

第三、如果點票結果相差無幾而克林頓夫人以半馬鼻勝出，一場告上法庭要求重新點票的官司，無可避免；而特朗普陣營並非沒有道理（見10月26日作者專欄），屆時若真的出現這種情況，必然把美國社會鬧得天翻地覆。不論從哪一「視角」看，美國政壇短期內將陷混亂之局，以美國無遠弗屆的「國力」，國際政情因此大受衝擊，不在話下。不過，港人最關注的也許是對資本和金融市場的影響⋯⋯。人人都說前景陰晴未定是把投機者投資者驅離市場的最大動力，這幾天華爾街連跌若干天後聞FBI不起訴而「翻身（生）」，這是前景不明朗令人不願蹚此渾水相繼賣貨離場而「博懵炒消息」者仍眾的明證。正因為這類對消息敏感者搶先採取行動，當政局底定後，有關市場便可能反彈。市場升沉無定，正是吸引無數精英之士奮不顧身、斷指未駁又投入市場搏殺的原因！以當前美國的政治氣候，大選開票後，市場將因消息滿天而大漲大跌，對於善於火中取栗的投機者，這是多年未遇的良機！

2016年11月9日

普選進程剋星現
主教特首一例看

一、

中國人大常委會7日全票通過的「釋法」，是2014年人大常委頒佈「八．三一議決」為香港雙普選畫上句號後，又一次在毫無必要的情況下，出重手摧殘香港法治的舉措。

前天，亦即「釋法」後翌日，本港數以百計（法律界指三千多警方說不足二千）法律界人士，黑衣上街，從高等法院走到不算很遠的終審法院前（因為進入終審法院的通道被「最高當局」下令堵塞！）、沉默抗議「釋法」（而且已是第五次釋法），肅穆的表態，是對當前法制受到泰山壓頂式進犯而無言？還是展示了對「兩制」無望貫徹的沉痛和心死？相對於當天藉宣誓而亂舞「港獨魔術」的兩位候任議員（他們能否躋身議會還是被擯出局，有待今天法院裁決），他們的胡作非為，令人鄙夷。要是人大常委釋法威力所及，只是褫奪他們的議席，大家彈冠相慶。可惜，「釋法」茲事體大，打擊法治的破壞性摧枯拉朽，令人寒慄。

「八．三一議決」和今次「釋法」引起的抗議，表面看是暴力示威升級，但「黃傘佔領」之後，和平示威已變成嘉年華式的市民集會；滲入暴力號稱「勇武」的行動時有出現，可是，面對鐵板一塊的京港政府，只予人以社會不安的觀感而於事無補。為了「平亂」為了「社會和諧」，當局不以溝通對話說理為手段，而是警力用武程度升級……。至此，「兩制」承諾只剩一個空殼！

二、

別說立法會「宣誓風波」的兩位主角梁頌恆和游蕙禎在去週日「反釋法遊行」中表現「機靈」：「游小姐在街頭叫囂幾聲，即被警員挾走，跟手收工。梁頌恆更詼諧，分分吓物資，夠鐘即跳上的士絕塵而去。令在場示威者都傻了眼」（見8日金箴「金針集」），對泛民組織的群眾運動毫無承擔；他們在立法會的表演，雖然令北京重手出拳，斷送他們的從政機會和辜負了以萬計選民的期待，譴責北京蠻幹的港人數不在少，但認為這兩名「小學雞」「死」不足惜的，為數更多；這部份港人，相信當中不少是他們的選民，何以會如此反感，答案是他們的表現為香港高度自治帶來了嚴重的反效果，同時讓理性港人對從政的年輕人留下極為惡劣的印象。梁、游在立法會上演的荒謬劇，是否如陰謀論者所說有不可告人的計謀，筆者不得而知亦不想探究；筆者只知道事件的發展不但帶來補選，等同為建制派製造了可能全面當權的機會，而且亦讓人大常委藉機展示其有絕對操控香港法政的權力——北京於彈指間，香港法治便全身發軟，而京官土共亦因而齊齊上位，大言不慚！

在突出港獨發酵讓北京可以天經地義地「釋法」的同時，港官的表現更令港人嘆息，這批本來受港人敬仰、平時也文也武的官員，在「釋法」面前，表面上雖不至誠惶誠恐，但其反應已充份顯示喪家犬之本性，尤其是法治代表人物的反應，令人悚然。馬道立無言以對，袁國強低聲下氣、打倒「昨日之我」。受過完整法治教育的，怎不「啃」得辛苦⁉

不必諱言，梁、游之輩，究竟憑甚麼打倒中共極權爭取香港獨立？肯定連他們亦沒有答案，只有虛妄的狂言而已。遙不可及的志向，是大多數港人發夢亦不敢「夢想」的野心，這種所謂「野心」，不切實際，不着邊際；然而，他們追求這般虛不可及如攀梯登月野心的「兒戲」，卻給香港帶來無盡的煩惱和痛苦，而且等同為北京送上套在香港民主發展以至堅守法治精神上的枷鎖。

昨天余錦賢在「香港脈搏」透露謝偉俊議員向立法會主席「教路」，指出引用《基本法》第七十九條第一款「因嚴重疾病或其他情況無力履行職務」條文中的「其他情況」，宣佈「有關議員」（估計十四人）違反人大釋法條文因而喪失議員資格……。再看中聯辦法律部長王振民和全國港澳研究會會長陳佐洱昨天在深圳一個研討會上有關處罰在宣誓時「羞辱儀式」的多名議員*。一場剔走「非我族類」議員的政治大戲已敲響鑼鼓！

一句話，未來歷史特別是「釋法史」寫梁、游的表演，肯定是「公」「婆」各有說詞，正史和野史的筆法必大異其趣，但不論史書如何記載，港人已為兩個言大而誇的政治「豆丁」吃盡眼前虧。循此路進，說他們是摧殘香港的害人精，是香港政治文化革命的螞蟻紅兵，也不為過！

三、

經過九七回歸談判的老一輩，他們留港（不少且是「回流」）就是接受中共統轄的現實，認同香港是中國不可分割的一部份，安於五十年不變的守成管治。但是，對於八九以後，尤其是九七後出生的一代，他們開創生活的自由空間愈來愈渺茫，他們失去奔放的打拚機會、社會向上流動的通道已蔽塞，這種變化，令他們萌生打倒建制的念頭，不足為奇。一如問近三四年不認同中國人身份的港人何以日多，大家應再問年輕一代何以如此不滿現狀？求出答案並予以解決，香港社會的撕裂才有望解決。

寫時評近半個世紀，經歷許多變化，眼前的局面，令筆者感到心情沉重、下筆千鈞，所述有被論壇讀者指為「窩囊」，筆者慘然受之。此前，立論基礎是分析評價香港的管治，管治好壞可據政策優劣為論斷基礎，而於《基本法》亦有理有據可依，因此能揮灑下筆。如今香港全盤政治化，且北京一言（釋法）而為香港法，令人無從作客觀明理的剖析。費盡心力的權爭角鬥，蓋過社會和經濟建設的根本。同樣是走抗議路線，梁、游兩個混蛋的亂搞，令香港跌入釋法的泥淖，朱凱迪甚得民心的橫洲建屋數量大幅萎縮的質詢，因此沒有機會成為年輕一派議員展示功力的機會，多麼可惜！

梁、游轉瞬間成為名揚港內外的政治反斗明星——他們亦可能自我感覺良好地自視為政治明星——尤其是中英穢語琅琅上口的游小姐，無論打扮髮式，都經悉心整理，可是，其言其行，卻實實在在是香港民主進程的衰神剋星！

四、

香港當前這場政治爭議，歸根究柢，是「八．三一議決」令爭取真雙普選的港人絕望，他們不甘心選舉權被褫奪，遂起而抗議、爭取真普選。這些人的道理非常充份，其致力的目標且與國際政治發展合流，可是，香港面對是一個與民主絕緣的宗主國⋯⋯。

相關的討論過往寫過不少，現在可以一說的是，看北京對委任天主教中國教區主教的堅持，香港由公民提名的真普選，不管港人如何爭持，無法成功，可準確斷言。以梵蒂岡全球約有十二、三億信眾的「國力」，尚且有可能不得不接受「主教由中國官方的『愛國教會』提名而梵蒂岡認可」，便知小小香港實在無法、無力在選舉行政長官上與北京抗衡。中國堅持梵蒂岡必須接受的主教任命方式，與香港特別行政區行政長官的任命過程，如出一轍——人選均由北京確定，然後由梵蒂岡認可或由提名委員會選出。教廷和香港普通選民都無置喙餘地，一切必須順京意而行。

中共是無神論者，中國的「人民民主」與香港人普遍認同的西方民主背馳。有這類根本性差異，權勢日盛的中國要以自己的方式「普選」政、教代理人，外力相信很難令其改變主意！從此一角度看，2007年全國人大常委頒行於2017年及2020年依次貫徹行政長官和立法會議員普選的議決，恐怕已成泡影——也許，不久後會再次釋法把之釋掉！

2016年11月10日

＊ 陳佐洱指不符《基本法》104條解釋的宣誓言行

被指不真誠、不莊重的宣誓方式	涉及立法會議員
宣誓時撕毀人大8.31決定	張超雄、梁國雄
宣誓時喊「民主自決」	朱凱迪
舉雨傘	梁國雄
把中華人民共和國的「國」字用變調讀出顯示反義	羅冠聰
怪聲怪調花了12分鐘念完誓詞，並在Facebook上説不認同宣誓內容	劉小麗
宣誓後拍桌子搖佔中道具鈴鼓	邵家臻
把國旗和區旗倒轉插	鄭松泰＊

註＊ ：鄭松泰於10月19日會議上將建制派議員座位的國旗和區旗倒轉，行為與宣誓儀式無關。

癲佬變「勻循」 談判加辣招

一、

特朗普已經勝出，雖然明年1月20日才正式「登龍」，但從得知當選的一刻開始，他已忙於進行外交工作和組閣，緊湊的工作日程，和他從商時以勤奮（第二任妻子且因此下堂求去）為同行稱譽的形象匹配。眾所周知，特朗普「突圍」而出，令經濟學家、政經演員（Pundits）、民調專家（機構）及主流傳媒臉上無光（哥倫比亞大學大眾傳播系的CJR.org9日的短評，指報道、評論今次競選是「新聞工作者的最大挫敗！」〔Journalism's great failure〕），而這些高傲的自由派精英（不少是自稱）現在忙於為「看（押）錯」自辯之餘，尚大肆抨擊現行選舉制度「過時」……。對於筆者來說，現在最重要的是，如何從特朗普的競選言論及他的主要顧問（智囊）的政經背景，窺視特朗普政府的走向！

「癲佬」特朗普當上美國總統，大多數論者預測大錯，是不難想像的，因為有誰想到曾經數（三或四）度破產的商人，會被投他一票的選民視為「成功大亨」，而一再侮辱西班牙人、回教徒、猶太人、黑人（非裔美國人）、退伍軍人、女性甚至嘲笑傷殘者的人，會在一人一票的選舉中勝出。更令人百思不解的是，先後和兩名移民（第一任捷克和第三任〔現任〕斯洛文尼亞）結婚的「成功商人」，竟然是反移民的急先鋒；不但如此，特朗普還讚揚以種族歧視為「核心價值」的三K黨對美國大有貢獻，他當選後三K黨黨徒連群結隊着「制服」持火把上街慶祝，是史無前例的事。特朗普真是一個「充滿矛盾」的人物，他受過正規良好教育，卻沒有一套固定的意識形態（「他沒有思想，老是想着自己」），他是成功的地產商人，卻同時在正統商人視為「偏門」的賭業大展拳腳；他強調要重新打造「美國」，卻有意裁削美國海外駐軍及減縮對友邦的軍事援助……。

特朗普令人不屑、吃驚不置的事太多了，惟有不受傳統智慧（Conventional Wisdom）規範和從身無長物（have not）者的角度「觀戰」的人，才能準確預測他的勝利。

二、

在一年多的競選活動中，特朗普口沒遮攔、大放厥詞的演技深入民心，正因為如此「出位」，才會成為對他毫無好感甚至鄙視他的媒體的「寵兒」。他的

「性醜聞」固然天天見報上電視，他的言論被批為「童稚之言」（不少主流論者批評他用詞遣字不僅粗俗下流，而且簡單幼稚如小學生〔小學雞〕），沒有具體內容之外，尚且隨時推翻己說，簡直是恬不知恥、不知所謂……。然而，他的「瘋言瘋語」非常「吸睛」，媒體雖然看他不起，還是不得不「有聞必錄」，這令特朗普成為美國最受注目的政治人物。他自稱商業談判最拿手（和他交過手的港商應該不會不同意吧），是最虔誠的基督徒和「毋庸置疑的愛國者」。這種種正面形象，亦在他不按傳統牌理出牌的競選活動中，塑造了他的正面形象。

特朗普如何愛國、是否虔誠教徒，筆者不得而知；筆者知道的是，他確是商業談判高手，1990年拙文〈家不和不傷心　業不興最傷神〉（刊是年5月號《信報月刊》，收《閒讀閒筆》）記他「成功談判」完成一宗交易——特朗普和格里芬（Merv Griffin，大受歡迎的電視節目《幸運輪》的主持兼製作人）意見不和，經過一場公開競爭和對罵之後，協議「拆夥」。1988年11月，格里芬以四億零四百萬美元收購他們合資的Resorts International，再以六千三百七十萬元代價將泰姬陵賭場從公司拆出來……，格里芬的資金來自發行三億二千五百萬元垃圾債券，但未及一年，已於1989年11月申請破產保護令。至於特朗普會否被總投資達十二億美元的泰姬陵拖垮，當時財務界幾持肯定態度，惟特朗普本人卻充滿自信！後來果真起死回生。

僅舉此例，便足以說明他是多麼精明，那正是他能數度破產後再起尋且成為坐擁近四十億美元財富淨值的大亨——比甘迺迪總統更富有也是不受薪的總統！

三、

特朗普當選後，搖身一變成了「正常人」，他的勝選演說，以一本正經的腔調出之，可見雖未正式入政壇，而做戲功架足以媲美老牌政客。總而言之，政治人物說一套做一套，上台前上台後兩副嘴臉是常態，但連腔調與身體語言都大變，特朗普確是此中翹楚。不過，他雖然善變，但若干施政原則，仍有蛛絲馬跡可尋，以不少兩黨有共識的「國策」，在位者無法不遵循，這是避免遭國會（即使府會同黨）「杯葛」的不二途徑。

從特朗普競選顧問團的人選看，下屆美國政府施政，不論內政外交經貿軍事，都不會荒腔走板。許多早成既得利益集團一分子的精英，對特朗普政府會令天下大亂的憂慮，筆者只能說他們杞人憂天。

特朗普的經濟顧問摩爾（S. Moore），是傳統基金會（Heritage Foundation）的「駐會」經濟學家之一，他和其他經濟團隊成員，起草的經濟綱領，處處滲透着「供應方面（側）經濟學」「稅率低稅入高」（大家尚記起「拉發曲線」〔Laffer Curve〕乎？）的痕跡，因此，新政府調低稅率以促進投資、創造就業、提高工資水平的可能性不低。路人皆見，反對「供應方面經濟學」的大有人在，但摩爾所據理由亦不易駁倒——1981年於經濟衰退期上台的列根總統，便是據「拉發曲線」的「實證數據」釐定（調低）税率令經濟復甦並有可觀增長……。

特朗普的經濟智囊，堅信「貿易協議對美國有害」，「跨太平洋戰略經濟夥伴關係協議」（TPP）因此非棄之最低限度要大幅修改不可（由於TPP把中國排擠，有人遂說此計告吹，令「一帶一路」可以更順暢運作，因此是特朗普向中國示好的表態。大錯。），對其他「貿協」，亦持同一取態；雖然提高關税可收遏制進口進而改善外貿逆差的效用，卻有進口貨價因此上升令美國企業和消費者同受其害的副作用（羊毛出在羊身上，市況不錯時關税泰半反映在價格上），因此，進口關税的提升，肯定比競選時許下的「承諾」低（從聲稱徵收中國貨45%進口關稅降低至15% !?）。

值得留意的是，在貿易談判上，美國的態度將較前「嚴厲」（出發點將從「與人為善」轉為美國利益掛帥），這可以下述兩件「小事」作說明——特朗普經濟顧問之一、前鋼鐵企業總裁狄米高（D. DiMicco）認為，和經常出術（cheating）的中國代表談判，要像看牙醫般，當牙醫把尖刀利刃電鑽放進你的口腔內準備「動手」之際，你得抓住醫生的「要害」（grabs the dentist by the nuts〔balls〕），然後對醫生說：「我平安無痛楚便不會傷害你！」意味和美國談判經貿的一方不會獲得「額外紅利」。另外一事是，習近平主席訪美受奧巴馬政府隆重款待，特朗普的「評論」是：「我不會擺國宴請他大嚼，我只會買個牛肉包給他吃。對於搶去數以十萬計美國人的工作機會的國家，我不會請其領袖吃大餐！」特朗普和十多國領袖「通電」後，新華社才發出習主席因電賀而與特朗普「溝通」的消息，預示「中、美利加」的關係充滿暗湧。

〔「正常人」特朗普治下的美國．二之一〕

2016年11月15日

美國本土優先　國際秩序重整

四、

因為缺乏一套實用的「意識形態」（亦可說因此沒有「思想包袱」），特朗普談國內海外政經問題時，東拉西扯、毫無章法，予人以一切仍在摸索未有定見因此而有顛三倒四的惡劣印象；不過看他的「簡歷」，當知他是工作狂、做事有明確標的、為達標而不惜在法律邊緣遊走；他對宏觀（總體）經濟理論，可說半竅不通，反映他並非那種定下策略（當政後是政策）便一成不變的人。換句話說，特朗普不是空想家而是實幹型人物，不會大談理論而會「貼地」做事，一旦「出錯」便會馬上修正！

特朗普最上心的是如何營造經濟增長的環境和創造就業（特別全力支持他的州份就業）。非常明顯，一如昨文指陳，特朗普政府將全力爭取較佳的貿易條件，會向貿易對手國硬軟兼施，對他認為是佔了不少美國便宜的中國，尤其會要她多購美國產品。特朗普是典型商人（而且「奸奸地」），當上總統，頗類收購、接手一家企業後，有決心做好業績，令企業起死回生或更上層樓，藉此把「上手」比了下去。這種譬喻，甚為恰切，換句話說，美國經濟在他治下將勝從前，而以甚麼政策達此目的，看他在商界混跡多年的往績，他的對手大多要吃點苦頭。筆者說他為達標無所不用其極，粗俗點說，就是像無賴地痞般、在法律許可的條件下胡來，這名橫衝直撞的惡棍，身懷絕世武功，不易打發！

五、

特朗普政府必會貫徹「資本回國」（Capital repatriation）的措施，「利誘」美國企業把多年積聚於海外數以千億元（美元‧下同）計的資金回流本土（粗略統計達二萬五千餘億元，約為GDP 14%，當中微軟及通用電氣各一千億元、蘋果九百一十五億元、瑞輝藥業八百億元……），對此，美國新政府會提出系列優惠條件，比如稅務寬減，而接受條件的企業，唯一的「義務」是在國內投資，比如開工廠及在科研上投入更多資源。「資金回國」的政策一旦啟動，不要輕視其對環球經濟帶來的深遠影響。

爭取「資金回國」的同時，新政府還會設法促使美企外判的工作回歸本土，「為甚麼蘋果電腦不在本土而在海外生產？」答案對稍有點經濟常識的人都能了然，即意味政府會在稅務等方面，誘使企業改變行之多年且證實成功的決策；把工作外判至低薪地區，對企業的確有利，卻掏空美國工業、對「80%的大眾不利」。筆者擔心在推行資金與工作回國的策略時，貿易保護主義將抬頭。事態果真朝此方向運行，世界經濟秩序必起巨變。

在促進經濟增長的前提下，筆者相信新政府會大大減少規範工商業活動的繁文縟節，一項統計顯示，美國企業應付政府相關條例，每年開支高達一萬八千多億元（business regulations which costs American business US$1.8 trillion），確是令人意想不及的「大數據」。做了數十年生意，特朗普有切膚之痛，他下定決心向「建制中的暴君」（指公務員系統——佛利民的「金句」）開刀，順應商情、提高效率，必受商界歡迎。

和稅務改革同樣重要的是，特朗普抱有重整重建美國基本（公共）設施的宏圖。美國的基本設施，受大為落後的公路及供水系統所拖累，被美國土木工程學會（American Society of Civil Engineers）評為丁加（D+），評分不及格，急須「現代化」；該會估計至2020年，要投入三萬六千億元（僅供水系統便需一萬億元），才能令美國的基本設施達「可接受水平」（acceptable level）。情況也許比公路和供水系統更差的是輸電網絡，電力研究學社（Electric Power Research Institute）的研調顯示，把輸電網絡翻新（令停電時數減至「合理水平」）需款在四千至五千億元之間。公路、供水、供電的建設，由於「早發達」，因此大都已殘舊不堪，欠缺效率；但新興行業「網絡保安」（Cybersecurity）亦「大落後」，marketsandmarkets.com今年初一份報告，認為從今年至2020年，私人企業每年投入一千七百億元才能把「網絡安全」提高至滿意程度（美國政府「網絡保安」預算，已由今年的一百四十億元提升至2017年的一百九十億元）。美國網絡執世界牛耳，可是網絡安全竟因投資不足而「不安全」，在人意想之外。

這類建設，除需投入巨額資金，尚會僱請大量工人，有助提高就業率，不言而喻。

六、

物業發展商毫無例外是以借貸起家，特朗普當然是此中高手，那等於說，他深明信貸對經濟增長的重要；如今他進入廟堂，政府的財政開支大幅增加（橫豎財赤已達難以清還的地步），是必要之惡；以近年美國財赤高築的情況，當局要再發債籌款（向市場借錢），利率，特別是長期利率日日高，可以預期，換句話說，長債孳息惟有不斷攀升才能吸引買家（借錢給政府）的興趣。這數天來美債孳息「上行」，可知債券炒家確是得風氣之先的「市場精仔」。

特朗普有意增加受美國保護國家的軍事開支承擔（歐盟諸國和日本因此而惴惴不安），並不意味美國會因此削減軍費。從特朗普的擴軍計劃看，作最樂觀的推想，軍費開支會維持過去數年的平均增幅（如此才能平息軍火工業及國會綜合體〔The Military-Industrial-Congressional Complex〕即美國軍事工業及五角大樓的怨氣）。除了更積極研發新式武備，特朗普擬把軍隊人數（army troops）從現在的四十九萬增至五十四萬，海軍陸戰隊則由二十三營增至三十六營（員額增一萬二千四百八十名），他還答應把海軍艦艇（包括潛艇）由去年底的二百七十五艘增至三百五十艘；至於戰機則會增加百餘架（未公佈甚麼型號）至一共一千二百架！大增本土防衛力量的同時，美國有意關閉若干海外軍事基地，加上要求「受保護國」出錢自保，如果一切順利，這方面減縮的開支可移為本土擴軍的支出。

七、

雖然特朗普決心推行「促進經濟增長」（Pro-growth）及「刺激通脹」（Pro-inflation）政策，能否收到成效，實是未知之數（經濟前景可以肯定的話，投資市場豈非充滿低能兒？），文前說列根以「拉發曲線」扭轉「下行」的經濟，惟他上任初期（約有年多時間）該國經濟真是慘不忍睹——這種不確定性，使投資前景不易捉摸。然而，新政府若能順利地開展「重建基本設施」計劃，則有關商品（各種建材及礦材）的價格必升無疑；在利率看漲的前提下，過去數年因測市困難而興起「但求不蝕」的消極投資（Passive Investing），令「指數基金」成行成市，至此盛況將成過去。因為利率看升，不少股票受壓，50%強的標普五百指數成份股，以至無數FANG（Facebook, Amazon.com, Netflix及Google〔已改Alphabet〕，此詞為「出位股評人」克林瑪CJ. Cramer〔電視評股如做戲，真正是「財經演員」〕所創，代表股價大升大跌的科網股）股票都屬「利率敏感股」，即利率上升每股盈利下降股價看跌。在利率趨升的趨勢下，股市將進入不同新境界！

〔「正常人」特朗普治下的美國．二之二〕

2016年11月16日

管治珠璣驚世殊
中資外購覺困阻

雜談近事兩則。

甲、

去週末，在「公民實踐培育基金」主辦的論壇上，前港督彭定康和公民黨前主席余若薇對香港管治問題的發言，俱言之有物、持之有故，引起廣泛議論；可是在筆者看來，兩位講者以「洪荒治道」——老子和孔子的「金句」——論當前的特區政情，雖然入情入理，令人動容之餘，也實在教人唏噓。時代不同、政治文化變色，不但聽得懂英文發言的港人大減，其論調對一般港人與當權在位者亦不一定認同，因此起不了積極的作用。

彭定康以「民無信不立」喻認受性低的行政長官梁振英管不好香港，但他忘記或故意忽視了在北京的陰影下，「黨不信『冇得撈』（不能上位）」，那意味北京而非港人信任的人，才是管治香港的當時得令人選。大約二千五百年前的「子貢問政」，現在真的派不上用場了！

彭定康先生到底是老練能幹、辯才無礙的政治人物。他一方面鼓勵港人要在「去獨」的前提下爭取民主；一方面指出英國有責（他接受《信報》訪問時作了清晰的解釋）為香港民主發聲。他說的完全中聽。問題是，如果港人逆京意致力爭取民主遭受打擊甚且迫害，期望英國會為此「發聲」者，勢必大失所望，因為基於本國的政經利益，英國「沉默是金」的可能性大於一切。筆者不是說，港人不應該爭取民主，而是指出「倫敦不可靠」是顛撲不破的「真理」——泛民要繼續爭取民主，卻千萬不能寄望英國會施援手！

對「法治」和「依法而治」的闡釋，彭定康所說並無新意，惟他說得非常透徹、扼要，值得細味。

余若薇女士以「治大國若烹小鮮」，作為衡量特區政府管治手法的「尺度」，亦有未能「與時並進」的「時差」。老子此說雖合「積極不干預」之意，亦符合「小政府」之旨，然而，與特區的太上皇（大老闆）北京大小權力一把抓有權用盡無事不管（管不了便「釋法」甚至替香港「修法」）的宗旨背馳。事實上，老子這句話雖等同儒家學說中的「無為」，是所謂「垂拱而治」的治道；但北京給香港的「高度自治」，顯然是法家「無為」的貫徹，韓非子的「無為」，是治術、是計謀，其意是政府力量無所不在，因此「無為而無不為」

（〈解老〉：「上德無為而無不為也」）！談論香港政事不能不體察這種管治的「法」術。以「治大國若烹小鮮」向以法家治術治港的今上進言，何異於對牛彈琴。

乙、

美國候任總統特朗普競選時聲言如果上台，便會把中國定性為「貨幣匯價操控國」，無視這種「指控」，人民幣匯價在特朗普當選後，持續近月來的跌勢，兑美元再貶2%；由於進入「下降軌」，擔心匯價再挫，拋售人民幣以防止進一步虧損者眾……。

人民幣持續貶值，不但會招惹特朗普採取對抗的非常手段，令北京不得不分心應付；更重要的是，弱貨幣無法配合中國目前的經濟「戰略」。中國經濟已慢慢轉型，從促進外銷為主轉變為刺激本地消費優先，那意味人民幣匯價貶值有反效果——貶值會令進口貨價值上升，對本地消費有負面影響。在這種情形下，《人民日報》遂於昨天發表長文報道，讓專家如中金所研究院首席經濟學家趙慶明發言「安民心」：「人民幣不存在長期貶值的基礎。」

眾所周知，近來美元匯價強勁，皆因預期聯儲局「短期內」加息及大選前炒家看錯市（有誰相信特朗普會勝選）的反彈（日圓、歐羅及英鎊兑美元跌幅均甚於人民幣），人民幣下跌並非中國債務纏困、經濟趨疲，而是受大勢牽累，因此不宜跟風跌。人行副行長易綱亦就此現象作出評論，指出央行外匯（主指美元）儲備雖略降，「但仍高居全球首位，是十分充足的」。黨報和專家的話有立竿見影效應，人民幣匯價果然「止跌回揚」，上午甫開市，在岸及離岸人民幣兌美元依次升0.04%（6.9012兌1美元）及0.06%（6.9254兌1美元）。

「不存在貶值基礎」的人民幣何以偏軟？答案很簡單，這是國企和私企（當中有多少官股外人不得而知）近月海外大肆收購所致；收購海外投資項目，用的是美元，收購者如手上沒有足夠美元，便要在市場拋人民幣吸美元，政府若不加干預，供求關係便令美元強人民幣弱。

傳聞是受當局鼓勵的海外收購潮，令央行外儲稍減；剛成過去的10月，外匯減四百五十七億元（美元，下同），令總額跌至三萬一千二百億元，為2011年3月以來的新低。由於迄10月底，內地企業海外收購總額共達二千一百三十億元，當中自有不少是企業本身的美元累積。

大舉在海外投資的內企（工礦農場金融機構以至球隊都在收購之列）令筆者想起一個「經濟問題」。80年代中期，美國外貿赤字引起論者關注，而更多人擔心美國經濟會因長期流失巨額美元而走下坡，但經濟學大師佛利民獨排眾議，認為以印出來的鈔票換來消費者樂用的「實物」，何樂不為（這與「印公仔紙」收購實物同理），筆者亦然斯說，對佛老的銳見佩服不已，「佛迷」當然更雀躍歡呼，把他捧上九重天⋯⋯。

可惜好景不常，問題很快出現，美國政府隨心所欲便印出來的美元，中國可以萬億元計累積，且用以收購中國以外——迄今為止，主要似在美國——的投資項目。那即是說，佛利民看來是「無用之物」的無錨鈔票，終於發揮了重大「正能量」，如果貿赤持續的話，那就是中國企業更有財力收購更多海外企業，令美國人心中發毛的是，不少中企是國企，那豈非等於中國政府隱隱然扼着美國經濟命脈⋯⋯？作為精明且非常大美國主義者的生意人，特朗普看出此中弊端，因此要行保護主義，藉此扭轉貿赤之外，還會對海外資金收購美國投資項目設下諸多限制！

2016年11月29日

政情變寧右莫左
公投敗意銀高危

一、

今天距離特朗普宣誓就職還有整整五十天，但他揭示的美國優先施政路向，已令國際秩序「騷動」，極右民粹主義全面抬頭，看來勢不可免。「民粹」是個令人有不祥聯想的名詞，其實它指的只是政治體制中「平民」的話語權提升而已，在法制堅實法治嚴明的國家，那不過顯示政治權力從長期壟斷政壇的所謂精英階層和平過渡至一般百姓選出的代理人手中而已。引致這種「權力易手」的導因，究竟是特朗普的當選還是英國的脱歐（認為脱歐有助特朗普突圍的論者數不在少）？可以留待專家評説（大概是未來數年的「顯學」），國際政治「大變天」的進程以至金融業可能陷入大混亂的趨向，更值得注意。

這週日，歐洲的平民百姓有兩個用手中選票「表明心跡」的機會。12月4日，奧地利總統大選，極右派的自由黨候選人賀化（N. Hofer）在特朗普勝出的影響下，民調已大幅趕前甚且超越原本民望甚高的綠黨代表；如果賀化勝出，便顛覆了二戰後奧地利的政治傳統。不過，由於奧國總統是「虛君」（剪綵迎送為主），該國政策不會大變，惟此舉足令執政者今後施政「寧右莫左」以迎合民情。同樣情況可能在荷蘭上演，該國反歐盟的右派自由黨（又是自由黨）領袖懷特斯（G. Wilders），近來民望急升……。

可是，「特朗普效應」在法國似乎影響甚微，那從代表極右勢力的朱佩（A. Juppé）在人民行動聯盟（共和黨）的總統候選人初選中一再敗於以「經濟優先」為政綱的斐永（F. Fillon；也有譯作菲永）；法國選民也許比較「冷靜」，但如果特朗普上台後做出成績，以當前的政治氣氛，法國政壇向右拐的可能性大於一切。同樣值得注目的是，德國國會去週五通過「擴軍」預算，德軍核武化已進入議程。如此趨向，被本週一的《法蘭克福匯報》（FAZ）稱為「不敢想像」——把外交政策與國防（Security）政策掛鈎，於德國而言原是大忌！在特朗普有意要「盟友」增加軍費以減少對美國依賴及德國認為英國和法國防衛力不足的前提下，德國「擴軍」事在必行，極右主張的政客乘機崛起，威脅默克爾夫人競逐「四連任」的選情。

最惹人關注的歐洲政局，是將於週日舉行的意大利修憲公投，現任總理倫齊（M. Renzi）2014年2月上台後，政事推展不太順利，他把之歸因於參議院和眾議院具有左右立法的權力（意大利行「對稱兩院制」〔Symmetrie bicameral legislature〕），因此亟謀改革以強化施政能力。《信報》的沈旭暉和習廣思昨天為文指出公投難獲選民認同。由於倫齊有言在先，聲稱公投不成便馬上辭職（他今年才41歲，大有東山再起的本錢），意大利政局將因此而再度風雨飄搖。倫齊政府若因此倒台，成立於2009年、近日在地方選舉成績斐然的「五星運動」（Five Star Movement）便可望執政，該黨力主脫歐，獲不滿現狀者支持，然而，脫歐或把脫歐正式提上議程，意大利經濟必會進一步動盪、萎縮（英國便是顯例），經濟頹唐是意大利的流行病，當局在沒有重振經濟策略前便進入脫歐程序，經濟滑坡將不知伊於胡底。

二、

受2008年金融風暴衝擊，底子不厚的意大利經濟可說一沉不起。今年中國民毛產值比2008年底減6%，而青年（15歲至24歲）失業率達35%，如無意外（此處「意外」是指經濟奇蹟），意大利銀行以至債務危機都會浮現！

當前的「風眼」是1472年開業的錫耶拿銀行（Banca Monte dei Paschi di Siena；岔開一筆，若干年前，與大約十位友好經逶迤崎嶇的山中小徑、鄉間小道，從佛羅倫斯步行至此一古城，耗時五、六天—— 車程不過半天——

入到市中心便見此總部外觀若修道院的、世上最古老的銀行，即進去索取介紹該行的小冊子；當時覺得該行「悠靜」，職員對我們非常友善），該行是2008年金融風暴的「受害者」，曾經超逾千歐羅的股價，如今企於二十歐羅水平（僅今年便挫86.37%！）。意大利銀行大約共值四萬億（歐羅．下同），問題債務三千六百多億，當中爛賬（美其名為non-performing）二千餘億，這些是意大利財政部的數字，可能不盡不實，惟已足見銀行業的窘迫一角。

錫耶拿銀行負債纍纍，IMF的資料顯示壞賬高達三千六百億，僅經民事訴訟要求賠償的金額便達八十億（該行的債務撥備為六億二千七百萬；該行週二收市的總市值僅六億三千三百萬），有待政府施加援手，才能「繼續營業」，不在話下。倫齊政府本已擬好救援計劃，以不救此意國第三大銀行，讓其破產，會引發全國進而歐盟銀行危機；可是，歐盟不准（ban）會員政府動用公帑支援銀行，因此只能運用「財技」，由財政部作保證人，把債務證券化……。

倫齊政府絞盡腦汁試圖救援瀕臨破產銀行（錫耶拿之外，另一家財困同樣嚴重的是托斯卡〔Tuscan〕銀行，其「問題賬目」大於市值八倍），若公投失敗，一切便成泡影，至此，唯一自救的辦法是脱歐；脱歐意味改用央行可根據需求印刷的里拉，而且在「危急」時可以貶值（入歐前里拉貶值經常發生），藉吃掉債權人的資金渡難關。這種情況，過去見之已屢，如今重來，意大利將見利率與通脹齊飛的景觀（債權人豈是省油的燈，面對貶值和通脹，必然「要求」高利率才有興趣購買政府債券）！

近日來，在一片認為意大利公投甚難通過稍後必然脫歐聲中，不少人看淡歐羅匯價，加上美元強勁，歐羅已「形成下降軌」；如果意大利政情的發展不如人意，歐羅會否再挫，由於特朗普當選後兑美元已跌約5%，筆者不敢妄下判斷。

2016年12月1日

拉攏台灣中國遠
中美利加「凍過水」

一、

上週五最震撼外交界和華人社會的消息，莫過於台灣總統蔡英文和美國候任總統特朗普的「歷史性對話」。據首先報道此事的《金融時報》，兩人不僅以總統互稱，特朗普還禮尚往來，恭賀主動打電話給他的、年初當選總統的蔡英文！自從1979年中美建交、美台斷交後，美國一直恪守一個中國政策，不當台灣為「國家」，當然更不可能稱此地方政府的領袖為總統。2000至2003年在布殊總統任內擔當白宮新聞發言人的阿里．佛萊齊（Ari Fleischer），週六接受《國會山莊》（The Hill）訪問時，「回憶」當年他連「台灣政府」亦不能說（只能說「〔在〕台灣的政府」〔not allowed to refer the government of Taiwan; I could say government on Taiwan〕），顯見當年美國政府小心翼翼，不想在此極度敏感的問題上令北京不快。如今兩「國」政府領袖竟以「總統」互稱，據台北的消息，他們還就經濟、政治及國防以至亞洲事務交換了意見，佛萊齊不免覺得「世界變了」。

遭逢外交巨變（特朗普給北京一記耳光），北京不給氣炸，才是怪事；不過，在未徹底弄清楚特朗普「意欲何為」前，與美國新政府交惡鬧翻，殊為不智，北京因此把矛頭指向台灣。北京的初步反應非常明智，為使特朗普有「改過」餘地和下台之階，王毅外長只說這是台灣搞的「小動作」；外交部雖對美國提出「嚴正交涉」，卻是不具威脅性、甚至近乎溫馨的「抗議」。

昨天《環球時報》的「社評」，則說此事顯示「特朗普的行為可以看做一種撒嬌……，為從中美關係中撈取更多利益造勢……。」繼而聲稱因為特朗普政府尚未成立，「當前的懲罰行動應當打向台灣當局」。而懲罰有文有武，「文」的是「可以拿掉台灣若干個邦交國」，令台灣在國際間更形孤立；「武」則是「盡早將東風四十一戰略核導彈在軍隊列裝」，大概是指要盡快把這種最犀利的「戰略工具」對準台灣，好「讓台灣社會看到這就是蔡英文與特朗普通話十（多）分鐘的代價」！這段可圈可點的話，真正目的當然不在「嚇退」蔡英文政府或大挫「美國對華戰略挑釁的氣勢」，而在恫嚇「熱愛和平」的台灣百姓，讓他們為了本身安全，起而反蔡英文遠中的外交政策。只是有美國撐腰，台灣政府即使陷入民望劇挫的困局，亦不會輕言改變外交策略的！

二、

究竟特朗普是無心之失還是故意給中國好看，「言人人殊」，雖然有論者認為特朗普缺乏外交經驗、低估中台政治的複雜性，才會「闖下大禍」，但筆者傾向相信他是「故意」而為。看美國傳媒的闡釋，毫無疑義，此舉是特朗普團隊處心積慮的「大動作」。特朗普政府對台政策大變的「前因」，筆者梳理為下列三點——

甲、在競選期，特朗普有不少對中國「不懷好意」的言論，聲色俱厲地批評北京操控人民幣匯價、斥中國南海的「造地」是破壞地區和平的「侵略行為」，又指中國在貿易上佔盡美國便宜（他曾公開說過「中國是美國經濟的強姦者」〔Rapist of the America Economy〕的狠話！）；

乙、12月2日《信報》消息，事實顯示「美國高調強化對台軍事合作」，是為了不顧北京反對、繼續甚至提高對台售武規格以及協助台灣發展軍工業的伏筆；

丙、布殊政府駐聯合國大使保爾頓（J. Bolton），他在競選期任特朗普的外交政策顧問（現為國務卿候選人之一），多年來均主張要與台灣「親善」（cozying up to Taiwan），不論他能否成功當上國務卿，在這類政治人物環繞下，本來便有心「遏制」中國的特朗普，上任後肯定會重新釐定對華政策——奧巴馬政府被批對中國太軟弱，新政府態度較強硬不客氣，絕非意外。

僅此三點便知道特朗普的台灣政策一以貫之，絕非信口胡謅，更不是「天真無知」。當特朗普公然說他就任第一天下的第一道指令是叫停《跨太平洋戰略經濟夥伴關係協議》（TPP）談判時，本地有論者認為此舉是對中國示好，筆者即指出此說大謬（見11月15日作者專欄），因為這不過是履行其落實貿易保護主義的承諾，矛頭直指「經濟上佔了太多美國人便宜」的中國。從美、台總統通電話看，「中美利加」（Chimerica）這段由於有經濟「互補性」而結合的婚事，因有一方認為受到不公平對待而將以離婚收場！當然，北京的外交反擊是否有效、能否成功，即這段「婚姻」能否維持，端視「蔡英文積極爭取（不是安排吧？）晤特朗普」的結果，如果明年初在尼加拉瓜或過境美國時蔡、特有握手言歡的機會，便等於宣佈這段「婚姻」已成過去。

三、

對於特朗普的「出位」言論，奧巴馬總統發言人強調現政府堅守「美中三個聯合公報」*及《台灣關係法》的「一個中國」政策，「對兩岸議題長久政策不變……」相信特朗普上任、未與北京撕破臉皮前，亦會如是說。看清北京如何解釋《基本法》的強橫，難道美國不會用其有核武霸權為後盾的「強盜邏輯」詮釋甚麼是「一個中國」?!看特朗普在其「推特」（Twitter）就中國不滿此事的反應（如中國有沒有問我們「是否可以將人民幣貶值」以至可否「在南中國海建立大型軍事設施」），他的確非常強詞奪理、無理取鬧。王毅外長和外交部的有關反應，迄今為止，尚算溫和，只是看情勢特朗普政府在對待中國上會「變本加厲」……。但願北京不會被激怒而把香港當出氣袋！

美國雖然在政治上拋棄台灣，但這些年來，美、台不僅商貿頻密（台灣是美國第九大商貿「國」，美國是台灣第二大商貿「國」），而且美國長期售武給台灣，隨着中國軍事崛起，武備日益精良，美售台的「防禦性武器」亦逐步升級；自1990年以來，售武金額達到四百六十億（美元．下同；僅去年12月的反坦克導彈及艦艇等便值十八億），看情形台灣會向美國購買更多比較先進、足以「防禦」殺傷性能已大為提高的大陸新發展武器；在其協助下，台灣發展本身的武器特別是柴油潛艇（蔡英文競選政綱之一），看來亦快水到渠成……。

〔中、台、美關係前瞻．二之一〕

2016年12月6日

* 《仁海公報》、《中美建交公報》及《八一七公報》。

對華心結黷武解 美國軍火股價升

四、

不少美國右傾政客和學者認為，全方位崛起的中國勢將會削弱美國操控世界的權力，最終難免會在戰場上一較雄長！這種推想是許多美國智囊特別是「越戰以還美國對外戰爭策劃者」蘭德公司的看法（說主張似更恰可），該組織於今年7月底發表一份受美國軍方委託而撰寫的報告：《和中國開戰》（War With China: Thinking Through the Unthinkable。Rand.org，免費下載），11月底公演、長居英國的澳洲多媒體人斐爾格（J. Pilger）編導拍攝的紀錄片《迫近眉睫的反中之戰》（The Coming War on China），只看題目，便會令人惴惴不安；如果再聽聽美國太平洋司令部司令哈里斯（Harry Harris；美日混血兒）針對中國戰意高揚的言論，以至現任防長卡達「會痛擊挑戰美國支配地位（dominance）的任何國家」，近似的挑釁性警告，與特朗普重圓美國夢首要條件是擴軍黷武的設想一脈通。

特朗普說他上任的第一道指令是中止TPP談判，等於啟動保護主義的議程，是國際自由貿易的「分水嶺」；不過，更令人關注的是，他的當務之急是和國會達成增加國防預算的協議，如今世人皆知美國軍事開支佔全球同類支出四成強，在一百二十餘國設有六百三十多個軍事基地（包括基地、觀察站、據點等），當中約四百個負圍堵、監視中國的任務，而美國特種部隊（SOF）「常駐」在一百三十三國……。美國自恃「武功高強」，真是橫行天下。如此這般，特朗普和他的軍事顧問卻認為美國軍力仍然「大落後」（depleted），因為奧巴馬政府把更多經濟資源消耗於非軍事用途，據www.donaldjtrump.com展示的數據，以2014年度為例，奧巴馬把原本國防部要求的預算六千一百九十億減至（實際支出）五千一百五十億——去週五美國眾議院以三百七十五票對三十四票通過六千一百九十億的追加國防預算，似是為特朗普的黷武政策鳴鑼開道。

為了鞏固其「神授」的世界霸權（divine right ... to rule），美國現在非要大事增兵和添置武備（具體資料見11月16日作者專欄），這可能需要額外增加五千億（美元．下同）預算。在外行人看來，美國軍備非常犀利，但特朗普在一次公開談話中指，今天美海軍規模是1915年以來最小、空軍則比不上1947年；這並非胡說八道，他以事實舉證，顯示美國軍機平均機齡二十七年（許多二戰時戰機仍在各地服役），稍知越戰史的人都認識的B52轟炸機，原來至今仍是美國的空軍主力，特朗普慨嘆說祖孫三代機師駕駛同款轟炸機，未免太離譜太不爭氣了；另一方面，俄羅斯和中國的先進導彈系統，尤其是11月下旬中國成功試射射程三百里以上「高超音速」（超音速五倍以上）的空對空飛彈，令美軍優勢黯然失色。顯而易見，美國再起，此時不擴軍添武備，更待何時！

五、

除了國務卿一職懸而未決，特朗普內閣基本成型，當中不少是對中國不懷好意的軍、政老兵，國家安全顧問弗林是其一。弗林中將為國防部情報局前局長，2014年因與奧巴馬總統就如何反恐意見不合而被辭退——在今年7月間出版的《我們怎樣才能打敗激進伊斯蘭》（M. Flynn: *The Field of fight: How we can win the global war against Radical Islam and its Allies*）一書，他說被「炒」的原因，是在國會「聽證」上指出「聖戰恐怖組織對和平的威脅升級」，與奧巴馬認為「威脅已不嚴重」的「官方看法」相悖。弗林大力主張美國應把作戰能力提高至二戰的水平，那意味必須積極擴軍。特朗普這位競選顧問現在竟官拜國安顧問，美國走上軍國主義之路，勢不可免。

雖然美國對外用武重心仍在伊拉克和阿富汗，惟中國軍事崛起後的「外侵性」（...grown more

aggressive）、擁有核武戰意高揚的北韓以至把奧巴馬政府玩弄於股掌間的俄羅斯，令美國可能漸失「世界領導地位」，這樣的現狀，都是特朗普急於扭轉的；欲達此一標的，如以編彙年度「世界經濟自由指數」為港人熟知的「傳統基金」對特朗普的「獻計」，必須把國防預算提升至蓋茨（R. Gates）任部長時的水平（八千至九千億）。

國防開支將大增，經費從何而來？看特朗普開出但未知能否貫徹的「支票」，是削減政府「不當開支」（improper payments）一千三百五十億、追回漏網稅款三千八百五十億……；而目前美國負擔72%北約開支將大幅裁減，那些國防開支少於GDP 2%的北約（歐盟）成員國，勢將被迫提高對北約的「供款」。不過，這些俱為紙上談兵，落實絕非易事（不然歷屆美國政府不會不做），不過，饒是如此，亦不會壞了特朗普好戰的好夢，因為美元仍是世上最搶手（最多人樂於持有）的貨幣，美國的嚴明法治、金融制度以及華爾街仍執世界牛耳，那意味特朗普政府可藉增加財赤「完成任務」！

六、

在特朗普治下，世界局勢必然會趨緊張，很多國家步美國後塵擴軍增軍備，將成趨勢。政客和時評家會就此放言高論，希望達致「世界和平經濟繁榮」的烏托邦境界；有另一批人，見世局如此，則「悶聲發大財」，吸購軍火工業股，特朗普11月9日當選後，至去週五，道瓊斯指數升約2.8%，軍火股指數（DFI）則漲近16%！以製造坦克、驅逐艦和潛艇為主的通用動力（GD）、以生產海軍航母及核動力潛艇的Huntington Ingalls Industries（HII）、以研發F35（至2019年產量倍增）及導彈防禦系統聞名的洛歇馬丁（LMT）等的股價已處「上升軌」，在現水平是否值得吸納，應參考投資專家的意見……。

北京對美國候任總統和台灣總統的「歷史性對話」，大為光火，不在話下；看美國政壇的反應，在朝的仍發出討好北京的信息，已準備上任的在野政客，則完全不當一回事；而台灣赴特朗普就職典禮的「規格」，將從過往由法院院長率領、「升級」至行政院長，這是特朗普不理會北京的重要信息。何以朝野有如此分明的分野，筆者簡單的解釋是，快將失業的政客特別是奧巴馬總統，因為有在卸任後在與中國有關事務上賺一筆的圖謀（當企業顧問或成立基金要中國企業捐款），因此仍煞有介事、堅持「一中原則」；但特朗普團隊多為有身家有身份或食皇糧（拿退休金）的人，他們承諾若獲委以重任，離職後五年內不得擔任任何與華府有關（如說客）的職務，加上他們大都公開表示不滿中國，未上任已和北京結怨。換句話說，這班新貴並不一定清廉，但是斷然不會打中國主意。在這種情形下，北京「經濟牌」無效，須用其他辦法才能重建其在華府的影響力！

〔中、台、美關係前瞻・二之二〕

2016年12月7日

貿保山頭孤峰獨
建材當旺興土木

一、

和所有競選活動中政客對選民的承諾極難兑現一樣，特朗普「走數」的機會也很高，不過爬梳他那看似信口開河的施政細節，有數點是筆者覺得特朗普新政府將會貫徹的機會不低；那是基於他執着於「美國本土優先」的原則下而作出的推斷。

在經貿層面，削減外貿逆差是主軸，作為對美貿易最大貿易國，中國對美輸出肯定會受這樣那樣的打擊；雖然近年中國對美貿易順差明顯萎縮，但是去年仍超逾三千四百億（美元．下同；參考數據，歐盟一千多億、墨西哥五百八十億、日本五百五十億〔美國對香港則有逆差——輸美多進口美貨少——約三百五十億〕），而拉近貿易差距的方法，可能是對進口貨課以關税，對那些把工作外判的美國企業徵收特別税;「內外夾擊」或許有效，不過，美國的貿易對手國如何反應，將決定雙方進而世界的貿易秩序。事實上，美國亦有「死穴」，在貿易（其實是所有）政策上因此不能為所欲為，單方面行事，因為招對手不滿必遭反擊，而美國不一定承受得了。比方說，特朗普競選工程的「大金主」永利（S. Wynn）和阿德遜（S. Adelson），他們的賭場收入不少來自澳門（佔總收入依次約70%及50%左右），只要北京微調一下政策，便足以重挫他們的收益。昨天因被特朗普抨擊定價太高的波音飛機廠亦如是，該廠去年的營業額是九百六十億，其生產的四百九十五架七三七型客機，三分之一出口給中國企業；其生產的七八七、七七七及七四七型客機，四分之一賣給中國客戶。如果中國下令停買，波音如何向股東交代？筆者順便舉這兩個例子，說明貿易向來是互惠的，那等於說特朗普不能任意胡為，說加關稅便加關稅……。

貿易雖有「互補性」，但中國行的是國家資本主義，那意味國企之外，具規模的私企中必有官股成份。這結構令配合國家政策的內企可以不理會股東利益而無須按市場規律「出招」，經營策略不必利潤掛帥，競爭對手便難以招架。內地不改這種企業結構，等於海外私企要與可以不講求經濟效益的內企在自由市場上競爭，前者處境不利，十分顯然。如今特朗普政府致力保護本土企業利益，因此極有可能引進一些針對性策略，令內企無論在美國收購、投資或開設分支上，將會遭遇重重困擾！

和香港有一點直接利害關係的是，新政府極可能收緊對「非移民簽證」（H-1B）的監控，因為濫用此簽證賦予的權利，即持證者走法律漏洞留美工作，近年蔚然成風，搶走大量美國專業人士的就業機會。美國移民局的資料顯示，目前這類簽證持有者在美國工作的人數在八十萬至九十萬之間，這些人大都是醫生、教師、工程師及軟件設計師等的專業者，那意味搶去數以十萬計同等學歷美國人的「飯碗」。以H-1B簽證留美工作，勢會日趨困難甚且犯罪；而這些人之中，大部份是內地學生，當然亦有少數香港學生。勞工專家認為至2025年，自動化將令約兩成低技術美國工人失業。那即是說，不同原因令美國高低技術受薪者陷入困境，在本土優先的原則下，特朗普經濟政策顧問摩爾（S. Moore）在回應北京不滿美台「總統對話」時公開說，「如果中國不滿，讓他們見鬼去」（If China doesn't like it, screw'em），即使是「戲言」，亦可反映特朗普團隊對中國的不友善。在這種氣氛下，新政府有更多不利中國的政策，勢所不免。

二、

特朗普的政綱未必能落實，而落實的政綱未必會成功，這是由社會的特色，亦是投資市場起伏無常規的根由。特朗普在本土建設尤其基建上的鴻圖大計，令以為有機可乘有資可投的投資者興奮莫名，不過，由於這類計劃既可能胎死腹中、可能尾大不掉、可能成為大白象，更可能因為缺乏效益成為納稅人的沉重負擔，因此，投資其中，肯定有重大風險，而且報酬與風險不一定成正比。投資之路不易走，正是走正道的成功投資者值得敬重的原因！

特朗普的首席政策顧問班農（S. Bannon）11月18日接受《荷里活記者》（Hollywood Reporter）訪問，聲言自己是「經濟民族主義者」（Economic Nationalist），一切都以美國利益先行。主張在低利率環境下，以萬億計資金「重建美國」，創造充份就業。班農所指的當然是基本建設，雖然要投入巨資，但他強調非要如此，否則經濟損耗更驚人。

一項統計顯示，過時、落伍、陳舊、沒有效率的基本建設，不但維修費用大，而且浪費了大量消費者（個人和企業）的時間。美國土木工程師學會估計，到2025年，因此而損失的商機、高成本運費及消費者虛擲的時間等，數達四萬億（反映在GDP增長緩慢上）……。雖然「土木工程師」是既得利益者，容或誇大，但是重建自60年代開始便停建的跨州超級公路等，是特朗普政綱重中之重的建設。在過去半世紀，聯邦及州政府在這類大型建設上的投資，不及GDP 2%，比以前的3%，跌幅達50%強！

特朗普團隊已揭示「重建美國」的決心，至於如何貫徹、會否成功，走着瞧。不過，不論成效，大規模的基建肯定會消耗大量資源，而不管這些基建的效益有、無、高、低，供應相關資源的企業均蒙其利，是該受注意的投資項目。

在一份寄（電郵）給客戶的「通訊」中，有專家特別推介世界第二大水泥公司海德堡水泥（美國股市存託證券編號HDELY），被視為「特朗普經濟學」（Trumponomics）的受惠者之一；總部設於德國海德堡的公司，去年營業額一百七十多億歐羅，員工六萬二千多，去年生產一億九千七百萬噸水泥，約有三千間工廠分佈到六十餘國，其中不少位於得薩斯州和紐約——伊利諾走廊，美國大事基建，在在需用水泥，其營業前景看來不錯（今年來股價從十六元升至昨天十八元左右，尚未被「熱炒」），不過，一如舊貫，現價是否有「投資價值」，應聽專業人士的意見。

2016年12月8日

功過洞明去留定 民主無為無不為

一、

一千二百人組成的「選委會」名單產生前夕，被人視為近日做了不少「連任熱身工程」的行政長官梁振英，突然宣佈不會角逐連任，不少市民感到愕然；不過，此舉讓人看到梁氏在任期結束前半年，終於作出了一個中央接受、群眾稱意而他本人亦停止了撈捕水中月般的枉拋心力的、顯出換算明智（俯順民情）的決定！

對於幾乎沒有一個不是ABC（Anyone But CY）的泛民中人，他們為梁氏自「決」離場而極度興奮之餘，卻為民主發展怎樣才能保持「自決」意義而繼續苦惱和憂慮。

立法會新貴之一的朱凱迪認為，現在可能是香港民主最為脆弱的時刻，因為有四名議員正被DQ（Disqualify〔剔除資格〕的縮寫），他說「消滅立法會作為民主陣地」，是當局打壓消解民主運動的其中一步，而保衛立法會則是立法會議員的最大任務。

梁振英不角逐連任與南韓總統朴槿惠因「閨蜜事件」遭國會彈劾是同一天傳出的新聞，工黨的張超雄議員認為，兩件事雖然彰顯了民意的勝利，可是，換人而不改制度缺陷，未必就能為明天帶來富有積極意義的轉變，張氏因此心存警惕，指出現屆特區政府對立法會攻擊之烈，前所未見，梁振英不尋求連任，雖然可令人心頭一樂，但是隨後的民主前路斷非崎嶇不再，泛民應有還是要打一場硬仗的準備。

23歲便高票當選立法會議員的羅冠聰，呼籲不要被「和風」吹的熏熏然而懵然以為中央放軟對民主派的打壓；他認為打壓接踵而來的可能性大於一切！

二、

從上引數名泛民議員的回應，市民可以看到「民營」（民主陣營）對民主發展顧慮仍多，深知「梁營」敵視民主的偏執，不因梁振英卸任在即而緩和降溫、遑論消除；重發「回鄉證」給證件被沒收的泛民新舊議員是一陣「和風」，卻沒吹散他們認為北京還會繼續打壓香港民主的看法。筆者並不以為他們過慮，且有幾點補充意見，寫下供屬意香港應該繼續追求民主發展者參詳——

甲、梁振英不連任，究竟是源於家庭考慮還是另有情由，大可不必細究，因為那已無關宏旨。不過，北京何以放棄梁氏，尊重他的決定而沒加挽留，便須用心解讀。

論功過，筆者認為諸如「限奶令」以至叫停「雙非配額」等，都可算是梁氏的「功績」，然而，從治港的宏觀角度看，這些畢竟是芝麻綠豆的小事；梁振英任內的一大——甚至可說是最大——污點是錯誤處理因為政改而起的佔中（黃傘）行動。雖然國家主席習近平在佔領運動清場後接見上京述職的行政長官時，力陳中央政府充份肯定梁氏團隊一年來「保持了大局穩定」的工作，又說甚麼「疾風知勁草，板蕩識忠臣」，表揚梁氏的忠誠；稍後又勉勵梁氏要「帶領各界凝聚發展共識」……。當年《文匯報》認為這是「習主席盛讚梁振英在關鍵時刻靠得住！」

靠得住的「信任」不等於工作上可以無往而不利的「勝任」。

梁振英政府在處理國民教育事件上拖泥帶水，盡顯庸吏的愚劣無能特質；此役造就黃之鋒以「未夠秤」的資質，成為國際間數落中國專政萬般不是的揚聲筒。北京難道不曾聽聞？

醞釀佔中到實際佔領的時間甚長，在此「真空期」，梁振英執意不聞不問不溝通，然後在與示威者發生衝撞後，便一改處理「國教事件」的「頹風」，變本加厲心狠手辣地發放胡椒噴霧催淚彈，造成聳動國際的新聞。港人不僅因此不滿在位的當權者，還「遷怒」中央政府，認為若非北京縱容、默許，梁政府怎敢用對付武裝暴徒的手法鎮壓手無寸鐵的和平示威者！事實上，經此一役，北京在國際間已塗上一點「暴政」的顏色。

對付和平靜坐的佔領，態度冷酷、用力過猛，加上穿插了下三濫的「運動群眾」活動，誘發了大量年輕人的憤怒與反感，這類絕非促進「團結社會」更不是「穩中求變」而是視和平示威者為敵人的態度，連帶想起毛主席那句曾令不少國人毛骨悚然的：「世界愈亂愈好！」一群不知天高地厚、勇猛抗爭、有如初生之犢的自決或港獨派，也就有了一批糊裏糊塗的追隨者。

這一切，都是梁振英任內發生的事，其回應民意、處理民情的手法，沒有一樁得體、服眾。在封建皇朝，「忠臣」會受賞賜，但若屬「不才」，不論如何「死忠」，還是會遭明主棄。具有中國特色的社會主義時代，國家領導人會欣賞、讚揚維護黨國利益的幹部，對於處事不是力不用心而是樣樣失算失利的奴而不才，怎能不棄？這也許是北京港澳辦在梁氏宣佈不再爭取連任後馬上以「尊重不參選決定」的底因。

乙、「無回鄉證的反對派人士可以重新申請領取證件到內地旅遊、探親和交流等」，消息先由「幫港出聲」訪京團傳出，比特區政府更早公告天下，那對「反對派」而言，即使好歹是個「喜訊」，卻不免有點「反胃」，因為「幫港出聲」的作為雖然受北京肯定，其作風卻為很多港人，尤其是泛民中人和文化界傳媒業所不齒。不過，港人不必「對人不對事」而厭惡他們帶來的這陣「和風」，因為「和風」放發有多重意義，不但讓梁振英釋出其受「器重」出了狀況，同時亦是一個引導公眾知道梁氏並非下屆行政長官當然人選的信號。在疑似行政長官人選「跑馬仔」的熱身期間，找反對派認為聲名狼藉的團體千里傳音，少了許多錯誤引導中央早已心有所屬的問題。

當梁振英政府透過司法覆核褫奪兩位當選議員的資格後，律政部門鍥而不捨，繼續對付另外四位當選後就職宣誓出現「疑患」的議員，在這種情形下，北京此時給反對派人士重發「回鄉證」，究竟是甚麼意思？是否如坊間所言，不是一次政策性改變，而是一次策略性調整。筆者不擬猜測，只感到中央政府其實已發出一個信息，就是藉「回鄉證」向傳統民主黨派擺出冰釋前嫌的態度，用以說明香港發展民主政治、甚至是進入議會爭取民主進度不是問題；但是涉「獨」的話，便依法嚴辦，絕不姑息。

簡而言之，在《基本法》允許的鳥籠內推動民主，少了抵制和歧視，尺度寬鬆了。其實，在香港奢談獨立自主，非常的不切實際。筆者亦希望民主黨派能在共事建政的氣氛下，好好爭取重啟政改，朝誠實的民主建政大方向邁進，不要與妄想港獨者細綁糾纏！

2016年12月13日

美恃強權詞奪理 攤分軍費保平安

一、

美國候任總統特朗普回應北京指責他乖離「一中原則」的說詞，簡直是強詞奪理、有「法」（「美中三個聯合公報」）不依，因此才會說出諸如「我不明白為何要受『一中』約束」這類只有市井流氓才會出口的話；不過，北京有點拿他沒法，因為美國的龐大消費市場，即使中國已開始把出口主導轉向內銷主導（刺激本地消費），卻仍然是經濟增長不可或缺的一環，加上美元風行全球（是否搶手姑且勿說）及「武功高強」，其強橫霸道，北京除了在言文上消消氣，相信不會採取甚麼會令雙方交惡（「離婚」亦要和平分手）的實際行動。那些在東海台灣海飛來飛去的解放軍戰機，目的應該不在恫嚇美國及其保護「國」，而在向國人展示實力，「長自己威風」，仿似夜行吹口哨。中國空軍當然有權在本國領空和國際空域飛行，不過，有關當局千萬不要低估狼子野心的對頭可能製造另一次「八一一九二（被撞毀中方戰機的編號）撞機事件」。這宗發生於2001年4月1日解放軍戰機與美海軍偵察機在海南島專屬經濟區上空相撞，導致前者墜毀駕駛員王偉被中方「確認犧牲」的意外。當時在「中美利加」雙方受惠的融洽氣氛下，不消半個月便「圓滿解決」（有美國論者更說美方的「歉意」，促成了中國於是年11月被納入世貿組織〔WTO〕成員國）。如今特朗普可不會那麼「客氣」，北京還是小心為上！

特朗普對「一中原則」的說法豈有此理，然而美國雖已明顯「衰落」卻未失卻「武功」，因此她的候任總統可以胡說八道，那與北京「法學權威」解釋《基本法》甚且替香港立法的情況如出一轍——中國不僅擁有香港主權且負「國防」之責，還有操控香港經濟盛衰之力，加上香港望風承旨者多如螞蟻，北京遂有一言而為香港法的威權……。如今特朗普口出狂言，「還治其人」，由於形勢比人強（美國武功犀利不可輕試），中方之於美國，正如香港之於北京，可以以言文出口鳥氣，要採取行動則千萬要有承擔嚴重不良後果的打算。以當前的情勢，再來一次「撞機事件」，肯定不易和氣收場。

二、

由於內閣有多名退休將官，特朗普政府因此被「反特」的論者稱為「軍事集團」（Junta）；以掌握機要部門的主管，「將星」閃閃，不過，美國總統權力受國會節制，武人當道不等於能夠輕易動武。

總統權力受國會制約，還反映在人事任命上，總統不能「說了算數」，以委任軍人出掌國防部為例，便受《1947年國安法令》（National Security Act, 1947）的規囿，軍方人員退伍（休）後七年，才能出任政府官職。議會通過此法令，是防止於二戰後解甲的軍人「干政」；此「法令」通過時，二戰英雄馬歇爾（G. Marshall）已任國務卿（任內制定了援歐的「馬歇爾計劃」），卻令他不能調任國防部長——直至國會豁免此法令對他不適用才能上任——二戰盟軍統帥艾森豪威爾亦要經此「手續」才能選總統。

特朗普提名綽號「癲狗」（mad dog）的海軍陸戰隊上將馬蒂斯（J. Mattis, 1950-；2013年在美軍中央司令部司令任上退役）為國防部長，由於未符「七年過冷河」規定，有待國會「豁免」，但一般相信國會會照批如儀，這不僅因為執政共和黨是多數黨，更因為馬蒂斯是出名的「儒將」（藏書七千餘冊，飽讀政治軍事典籍包括對《孫子兵法》的研究），是參院軍事委員會主席麥凱恩議員推崇備至的軍人。這位新國防部長甚具政治智慧，認為「擁有強大兵力目的在防止（deterring）而非發動戰爭」上可見一斑。這種成為擴軍黷武最佳藉口的「思維」，與「戰爭販子」（越戰以還多次對外戰爭的策動者但是被北京捧為上賓）基辛格的「戰略思想」，一脈相承。馬蒂斯認為過去二十多年，美軍有如「盲頭烏蠅」（unguided by strategy），對國際局勢反應遲鈍、被動及不進取；在他獲委任為國防部長前約三個月，他直言無忌，指出要阻遏「中國在亞洲削奪他國主權」（China chips away at other's sovereignty），對中國的「不懷好意」，路人皆見。

三、

這名「儒將」的「戰略思想」，可於8月間他和兩位合作者（一退休將官一軍事研究者）合著的《戰士和平民——美國人對美軍的看法》（*Warriors and Citizens: American Views of Our Military*）和他為於胡佛學社（Hoover Institution）10月1日出版的論文結集《（重建）美國的藍圖》（Blueprint for America；編者舒爾茲〔G.P. Schultz, 1920〕，為列根任內的國務卿）第十章〈重振美國國防〉（Restore our National Security）見之（本文題為上書的撮要）。綜合而言，他反覆舉證，得出由於國防經費用不得其所，令美軍多方面包括「核武威懾力」（Nuclear Deterrence）均落後於形勢。顯而易見，特朗普抨擊波音和研發F35戰機的洛歇馬丁「食水太深」（該公司股價應聲一天內跌5%強——但願沒讀者讀7日作者專欄而購入！），便是馬蒂斯認為軍費被濫用的反映。

馬蒂斯是少數有「經濟為軍力後盾」識見的軍人，

因此他對美國負債纍纍，甚有憂慮，在〈重振美國國防〉，他指出高負債對國家安全不利，「如果利率上揚，更多稅款將被用於還債」（債主主要是利雅德〔沙地〕、莫斯科和北京），包括軍費在內的項目經費便會被削。在債務重壓及利率只有上升一途的條件下，如何紓解國防經費不足？馬蒂斯的看法，已通過特朗普之口公諸於世：「美國並非世界秩序井然的唯一受惠者，因此美國不應承擔維持國際秩序的經費……；北約、澳洲、日本、南韓和中東諸國，都應盡份內義務（意譯）」。馬蒂斯說的沒錯，看來美國「保護國」的納稅人「有難」了。

北京應該注意，馬蒂斯指出當前美國的挑戰主要來自俄羅斯、中國（強調「在南海的活動」）、「伊斯蘭國」和伊朗……。美國當然會全力應對，要收成效，卻須提高軍力！由於馬蒂斯還認為像美國這樣的大國，應同時具備開闢兩個戰場的力量（ability to fight two wars simultaneously），不必諱言，要保持這種「優勢」唯大事擴軍！

美軍的歷史使命，以馬蒂斯的看法，是對抗一切橫逆的力量，把今人享受的自由繁榮留給下一世代，美軍因此必須保持「武功高強」之外，還要制訂一套事事主動進取的戰略。馬蒂斯說的並非沒有道理——美國人聽來當然更加受落——特朗普拜這位「儒將」為「國師」（那從其近日的言論見之），看來國際秩序風起雲湧，勢所難免。

2016年12月14日

對爛攤子可以無愧？選特首不忘ABC！

一、

與其前任董建華和曾蔭權不同，梁振英對「一國兩制」的忠誠，並非全面地以香港為重，而是以黨國權威為「重中之重」，梁氏任內成為第一位帶領「兩制回歸一黨思路」的大旗手。

梁振英籌謀與黨國形神合一而中港有別的管治模式，與港人心目中意識形態具有楚河漢界的「兩制」有異，因為那顯然是陽關道與獨木橋的各行其是——後果便是社會愈形撕裂！

在這短短四五年間，梁振英的管治，令港人躁動、騷亂迭起、政經表現滯後、認同中國人身份者大幅萎縮、自決「港獨」從無中生有到勃興，政治取向在競逐「選委」上徹底反映，泛民派入選比去屆大增，建制派在若干界別全線潰敗、一些建制勢力深厚如高等教育界之類，灰頭土臉，大增來屆行政長官誰屬的不明朗性。如此斑斑劣績，在梁振英任內表露無遺；可是，中央為了「面子」、為了擦亮黨是永遠正確的「招牌」，梁氏的工作遂獲得黨國領導人的一再「肯定」，亦被此間「共」字背景名人讚譽，認為他以強悍手段對付反對派，是有功於黨國的「硬骨頭」！

黨總書記習近平主席麾下，李克強總理統領管治的內地，雖然幅員遼闊，但由於權力不論大小向由黨國一把抓，因此施政「無往不利」；而瑟縮於南方一隅的香港，讓梁振英當挑夫的擔子，則是沿襲自英殖管治的A貨建構。如此「兩制」，北京老闆受落，理所當然；但是登上「兩制」「香港號」列車的香港人，便經歷了震盪、顛簸以至「落閘」出軌的變數，暈頭轉向的傾跌，如滾地葫蘆，橫七豎八，亂成一團，大可視為梁振英無奈棄選的「病灶」。

二、

梁振英決定放棄角逐連任，香港人對換屆將帶來轉機的憧憬，油然而生。當年被上司今為階下囚的許仕仁（前朝遺臣，特區政府的「二臣」群「英」之一，在曾蔭權接替中途墮馬的董建華「登基」後，當了兩年政務司司長，後來因貪污罪成身陷囹圄），譽為「好打得」，在梁粉班子中說話最「口響」（放言高論、理直氣壯）、語態真與語意不誠的林鄭月娥女士，她對她的「老闆」梁氏「棄選」的反應是，一改多月來自己快將退休因而「無求膽自大」的口風，表示「目前變化之巨大，不能不重新考慮是否參選特首……。」

此前大約兩個月，林鄭司長在一個由《灼見名家》主辦、以香港願景為主題的論壇上，哽咽訴肺腑，強調其共有八項之多的「願景談話」，並非競選行政長官的「政綱」，亦不介意別人視之為退休前的「臨別贈言」。她對香港經濟增長落後於新加坡耿耿於懷，很「不甘心」，指出香港近年的情況，除了令人關心、擔心、痛心之外，亦難免令她灰心……，不過，她相信只要仍然愛這個城市，她的香港「八願景」是既可望亦可及……。

廣東人說是「挑通眼眉毛」的林鄭司長，明知人家可能批評她在官場進退間出爾反爾，頻頻反口，一再食言；於是以當仁不讓的態度，坦然回應：「擺在眼前的問題，恐怕不是一個個人名聲的考慮，而是香港的整體福祉……。我會認真考慮參選。」眼神的閃縮，大增這番說話的「震撼性」！

不久前，種種關乎香港形勢急轉直下的關心、擔心、痛心和灰心等等，在梁振英一聲棄選引退之後，瞬間消於無形；林鄭司長為了「香港的整體福祉」而變得積極，棄「多心」為「責任心」，在她快將赴京公幹兼與家人團聚聲中，看來更像萬丈雄心和「紅」心。

回歸以來，前有「N屆」不會選特首的梁氏當上特首，今有將港人福祉置於個人名聲之上的競逐特首候命人，黨國的感染力果然不凡，原來幾乎無人不是先作個人考慮，然後才會顧及他人的資本主義香港，看來很快便有專門利人毫不利己的雷鋒式英雄問世！

三、

不再隱藏競逐行政長官意欲的政務司司長表示，她決定去從的考慮有三。一是她成功當選是否有利於「一國兩制」、「港人治港」和「高度自治」的成功貫徹；二是考慮現任行政長官的施政理念即行之有道、穩中求變的政策能否持續；三是是否得到家人的支持和諒解。

在很多人心目中，「一國兩制」的理念，已遭不惜犧牲「兩制」的「愛國（愛黨的誤讀誤寫）牌」人士侵權——變得體無完膚——經梁振英多年領導，管治團隊良莠不齊、公務員士氣低落，而對立、撕裂的社會，已令香港淪為不折不扣的爛攤子。林鄭司長竟以能否延續CY的施政理念和行政手段為會否參選的大前提，那是多少港人聞之喪膽的「見地」。

林鄭司長不會不知民間對梁氏施為的反感，只是決定有意競逐行政長官寶座者能否「入閘」的紅綠燈未有任何動靜，追隨梁振英老路，既有顧全管治延續的周延，又有充份肯定其工作的領導人的好感，港人在選行政長官的這個階段，並非至關緊要的因素，所以有此「嚴重傷害香港人感情」的説法，顯然還是犯得着押下的賭注。自稱是梁氏四年多來「最緊密的合作夥伴」的林太，又怎會完全看不出梁氏的「兩制回歸一黨思路」

是邀功取寵的上佳路數!?不過，如此思維弄巧也有反拙的危險，那從過去四年多來香港經濟發展不進反退、以敵我手段對付和平示威的「雨傘運動」令港人及世人不期然勾起「六四風波」，有損中國國際形象，莫此為甚，高高在上的高官察察為明，又怎會繼續偏袒維護梁氏的港政?

四、

一千二百人的「選委會」，泛民所佔的數目，今年雖有明顯增加，卻亦不過是三百二十五席，起不了決定性作用，在候選人不只二、三位的情況下，堅守支持同一對象的綑綁式投票，左右大局的作用卻是不容小覷。梁振英不再參選，當初的ABC未必不再成為泛民和所謂「地產黨」選委的「選項」，因為若由林鄭補上，ABC（Anyone But CY）變為另類ABC（Anyone But Carrie，林鄭的洋名），意義用場一致，天衣無縫。

其實，以梁班子管治香港之劣，梁「閣」主要閣員，是憑甚麼擺出捨我其誰的架勢角逐行政長官之位?雖然不少人知道剛剛辭任財政司司長的曾俊華，與行政長官並不「合拍」，甚至會在一些公開場合以「面左左」（互不瞅睬）示人，但曾氏畢竟是梁班子多年的要角，怎能若無其事便從施政既無力亦不力的崗位，搖身便上層樓、特首我自為之?林鄭月娥與梁振英「緊密合作」，若然她是真的出線，還說甚麼羞愧之心，顯然是更為難堪了。泛民選委對林鄭在過去幾年那些預設立場的假諮詢、真擺佈，不會沒有見識、更不可能已經遺忘，要是林鄭出選並當選，「兩制」不濟，豈不是「代表」港人的「選委」糊塗行事的明證！

2016年12月20日

文臣師蘭德武將好軍功
美國作風改中國當其衝

一、

特朗普政府的主要「武將」，人人驍勇善戰（參與1991年海灣戰爭以降的多次戰役），當中更有足智多謀、著書立說的表表者，由這些人出掌新政府的軍事和情報部門，世界秩序無法不起巨變（14日作者專欄）。細看特朗普政府的重要「文臣」，幾乎清一色是「蘭德信徒」（Randians），筆者不禁興起美國將行「反式雷鋒」的政策——眾所周知，雷鋒（以筆者的淺見，九成九是小說筆墨的人物）是以「專門利人毫不利己」成為某段時期內地政府硬軟兼施要人民膜拜的典範，蘭德哲學鼓吹的卻是「專門利己不管他人」（也許，未來有人考出這是蘭德向「各人自掃門前雪，那管他人瓦上霜」的「國故」偷師！）。在筆者的理解中，明年美國不僅會在軍事上和她的假想敵中國互相比併（但願限於言文「吹水」的層次），在意識形態上亦會鬥個你死我活，而交鋒的場合可能是形形色色的商務談判。

蘭德是誰？「資深」和記性好的讀者，或者知道距今三十多年（！）的一篇「政經短評」，題目是〈鼓吹自私自利的哲學家〉（1982年3月20日），「哲學家」指的便是當年3月6日去世的蘭德女士。

世紀之交經濟狂潮興起形成的新經濟，奉蘭德為師的「新發財」數以萬計，對這種現象，筆者數度為文說之（見2000年6月28日〈新經濟的新教主艾．蘭德〉及2005年紀念蘭德百年冥壽的〈內地大款與蘭德相見恨晚〉等）。在這些短評中，筆者扼要評介蘭德「絕對自私」和把「利他主義」掃進垃圾堆的學說。有點小事必須再度申明，艾．蘭德原文Ayn Rand（1905—1982），這是俄文本名Alisso（Alice）Zinovlerna的筆名，其姓蘭德來自她用的打字機的牌子Remington-Rand，其名源自一位芬蘭作家（她說她未讀過其作品，只對她的名字有好感而已），令蘭德大感不快的是，不少人誤讀Ayn為Ann，她雖然多次在公開場合指出這種想當然的小錯，且曾發而為文，「循循善誘」，說Ayn與英文的mine和pine同韻（見M. R. Gladstein編輯的《艾．蘭德伴讀》〔The Ayn Rand Companion〕），是艾（愛）非安；可惜號稱蘭德迷甚至研究蘭德學的學者，仍「安安」不息——內地著名文化雜誌《讀書》今年四月號有篇寫得不錯的長文，題目便叫〈安．蘭德與哈（海）耶克的對立〉。

二、

艾．蘭德生於聖彼德堡的猶太家庭，1917年10月革命時12歲，父親的藥房被「公有化」，全家逃難至克里米亞，1921年該地「淪陷」，「白色恐怖」令蘭德自覺地燒毀自己的「逃難日記」，以免其「反革命」言論被發現；1926年她以探親之名乘船抵達紐約……。這段動盪革命時期毀家逃亡的經歷，加深蘭德的仇共意識；她對蘇共憎恨和厭惡，從她成名後於美國國會「作證」時，一口咬定一部同場播映的蘇聯紀錄片是偽作的理由可見——該片有蘇聯人開懷大笑的鏡頭，蘭德因此不信其真，「因為在蘇共治下人民不可能笑得出來！」

移美短短十年後的1936年，蘭德第一本小說《我們，活着的》（*We The Living*）出版，反應不如理想，但她沒有氣餒，埋首打字機，1943年的《源頭》（*The Fountainhead*），奠定她的小說家地位；而她在國際文壇聲譽日隆且吸引了大批讀者——他們中不少後來成為她的追隨者，是1957年的《巨人聳肩》（*The Atlas Shrugged*），它描述在主角蓋爾特（John Galt）號召下，全國發明家、科學家、專業人士和「天才」集體罷工，結果經濟一落千丈、社會失序。通過主角之口，蘭德把她鼓吹「人為自己而活」、「人的最高目的在追求理性的自利」（rational self interest）和「自私的快樂」……。一言以蔽之，蘭德主張「理性」（reason）、「自我」（egoism）、個人主義，她對「自由放任」的推崇，令她成為奧國學派的同路人（《源頭》主角羅阿克〔H. Roark〕以奧國學派第二代掌門人威塞爾〔F. V. Wieser〕為原型）；貪婪在蘭德字典中有正面意義，她的不少著述遂被暴發的「新發財們」視為貪婪的福音（The Gospel of Greed）。

2016年12月29日